청년 녹두

청년 녹두

도서
출판 **한국농정**

목차

봄은 찾아왔건마는, 1866 / 7

한로삭풍 요란해도, 1866 / 17

이산저산 꽃은 피고, 1869 / 41

네가 가도 여름이 되면, 1871 / 65

세상사 쓸쓸하더라, 1872 / 91

월백설백 천지백하니, 1872 / 119

분명코 봄이로구나, 1873 / 147

녹음방초 승화시라, 1873 / 171

황국단풍은 어떠한고, 1874 / 201

여름이 가고 가을이 오면, 1874 / 235

봄아 왔다가 가려거든, 1875 / 261

백설만 펄펄 휘날려, 1875 / 293

해설 / 312
민심民心과 조화造化의 이치를 깨치는 성장소설
― 이광재의 소설 『청년 녹두』가 지닌 '다시 개벽'의 뜻
임우기(문학평론가)

작가의 말 / 330

실존 등장인물

전기창(全基昶)
— 전창혁(全彰赫)으로 더 알려진 사람.

전병호(全炳鎬)
— 훗날 녹두장군으로 불린 전봉준(全琫準)의 보명(譜名).

김필상(金弼商)
— 동학농민군 총참모이자 원평대접주 김덕명(金德明)의 젊은 시절 이름.

김기범(金箕範)
— 김개남(金開南)이라는 문제의 사내. 젊었을 때 쓰던 이름.

송희옥(宋喜玉)
— 전봉준의 처족 칠촌. 동학농민혁명 당시 집강소 도집강.

송진사
— 이름 모름. 김제 봉남의 선비. 전봉준의 스승.

여산송씨(礪山宋氏)
— 전봉준과 두 딸을 낳은 아내. 작중 이름 숙영은 창작.

경허(鏡虛)
— 여산송씨의 오라비로 추정되는 인물. 속명은 동욱(東旭).

봄은
찾아왔건마는,
1866

"네 이놈! 굴비를 내오라 한 지가 언젠데 여적지 말이 없느냐?"

회갑연에 모인 사람들 이목이 한 곳에 집중되었다. 회갑을 맞은 이는 호서의 비인에서 현감을 역임하고 이조정랑까지 지내다 낙향한 처지로 명망을 얻고 있는 눈치였다. 잔치에는 친인척 말고도 행세깨나 한다는 양반님네가 두루 참석하였고 소리꾼까지 합세하여 흥겨운 분위기가 종일 끊이지 않았다. 그 자리에 기창은 아들 병호를 데리고 참례하였으며 회갑을 맞은 이는 촌수가 먼 처가의 어느 인척이었다. 그날 병호는 기창의 뜻을 따라 어떤 이에게는 큰절을 하고 누구에게는 반절을 한 뒤 밥 한 그릇을 뚝딱 비웠다. 그때 대청마루의 도포짜리 하나가 가노를 불러 나무라는 소리가 하객의 이목을 끌었다.

"예, 예. 마침 굴비가 떨어져 사람이 달려갔습니다."

토방에 시립한 떠꺼머리 녀석이 주인에게 허리를 굽신거렸다.

"저런 주리를 틀 놈…… 장이 예서 천 리나 된다더냐?"

굴비는 더 이상 문제가 아니라고 여기는지 양반 목소리가 모질었다.

"제가 직접 달려가겠습니다요."

"저노무 주둥빼기를……."

양반은 참지 못하고 버선발로 뛰어내려 떠꺼머리의 뺨을 후려갈겼다. 언성을 높일 때 이미 체면은 깎인 것이니 차제에 기강이라도 잡으려는 듯하였다.

"죽을죄를 지었습니다. 용서해주십시오."

바닥에 엎드린 떠꺼머리 녀석이 비 맞은 생쥐 꼴로 몸을 떨었다. 잔칫집이 서늘해졌고, 대청마루의 하객과 마당의 인사들 누구 하나 토방에서 눈을 떼지 못하였다. 어디선가 혀 차는 소리가 들렸지만 꾸짖는 양반의 체면을 고려하는지 나서는 자가 없었다.

"저 사람은 잘못이 없는데 어찌 체통만을 따지십니까?"

그때 들려온 말을 따라 사람들 눈동자가 한곳에 집중되었다. 마당 귀퉁이에 차돌멩이 같은 녀석이 섰는데 눈빛이 방자하고 말버릇이 맹랑하였다.

"시비지심(是非之心)이야 측은지심(惻隱之心)이란 서책에만 있는 것입니까? 그깟 서책이 만 권이면 어디 쓰겠습니까?"

그러자 다른 자리에 가 있던 기창이 달려와 병호를 잡아 앉히며 양반네에게 허리를 숙였다.

"허허, 이런 봉욕이 있나?"

따지고 자시고 해봐야 점점 궁색해질 뿐 아니라 이미 수습할 계제도 지나버려 도포짜리는 여러모로 난처한 지경이었다. 더구나 상대는 어른도 아니요, 이제 막 털을 가는 중닭의 처지에 불과하였다. 그

나마 기창의 태도가 활로를 열어준 꼴인데 쩝 입맛을 다신 도포짜리
는 토방을 내려와 그예 대문 밖으로 꽁무니를 빼고 말았다. 주인이
흘린 발막신을 들고 떠꺼머리가 따라갔다.

"장재로다!"

어디선가 그런 소리가 들려왔으나 기창은 주저앉아 못 들은 척 잔
만 비웠다. 장내의 활기가 되살아나자 그가 아들을 향해 눈을 부라
렸다.

"네 경솔함이 사람을 잡았구나. 저 녀석은 오늘 다리몽댕이가 부
러질 것이다."

화톳불을 뒤집어쓴 듯 병호의 얼굴이 붉어졌고 그런 아들에게 기
창은 그만 돌아가자 일렀다. 그때 도포 차림에 흑립을 쓰고 수염이
가지런한 중년 사내가 그들에게 다가왔다. 살집이 없어 강팔라 뵈는
얼굴에 어깨가 비스듬한 선비였다.

"뵙기를 청합니다. 금구에서 온 진사 송문규입니다."

허리를 굽히는 그에게 기창이 반절을 하면서,

"고부 진선마을의 전기창입니다. 좌정하시지요."

하고서 비어 있는 잔에 술을 채웠다. 금구의 송진사라면 경서를 읽
거나 과거를 준비하는 인근 서생들로서는 모르는 이가 없을 정도였
다. 『퇴계집』을 읽고 뜻을 세운 후 한 번 대과에 낙방하고는 한사코
한사(寒士)로 머물며 학문에 전념한다는 인물이었다. 기(氣)에 비하
여 리(理)의 우위를 주장하던 호서의 임헌회와 서신을 주고받으며
리기(理氣) 논쟁을 벌인 사실도 소문이 나 있었다. 잔에 입술만 댄 송

진사가 병호에게 눈길을 주었다.

"이름이 무엇이냐?"

꾸중 때문에 주눅 든 아들에게 기창이 머리를 주억거렸다.

"밝을 병(炳)에 호경 호(鎬)를 써서 병호라 합니다."

"혹여 경서를 읽었더냐?"

송진사의 그 질문에는 기창이 답하였다.

"사서와 경서를 조금 가르쳤으나 이치는 깨닫지 못하였습니다."

"그렇다면 제게 아이를 맡겨주시지요. 힘닿는 데까지 가르치겠습니다."

기창은 병호를 향해 물러나 있으라고 턱짓하였다. 병호는 두 사람의 목소리가 들릴 만한 거리를 두고 섰다.

"호의는 고마우나 가세가 기울어 그럴 여력이 없습니다. 그저 곁에 두고 눈이나 틔워주렵니다."

"설경(舌耕)을 업으로 삼는 사람이 아니라 경을 읽고 논할 뿐입니다. 약간의 전답이 있기로 곡식 걱정은 없이 살지요."

"하지만 어찌 그런 무례를 범하겠습니까?"

"저 아이는 과거에 들어 집안을 일으킬 것입니다. 맡겨주시지요."

그 말에 기창은 꿀 먹은 벙어리가 되어 잔을 비웠다. 기창이 침묵하자 답변을 듣기 어렵다고 보았는지 송진사는 조금 머무르다가 조용히 본래 자리로 돌아갔다. 기창은 우두커니 앉아 잔을 기울이더니 한참이 지나서야 병호를 일으켜 잔칫집을 나섰다. 평소 땅을 차듯이 활개를 치고 걷던 그가 이날은 자꾸 발을 헛디뎌 옆에서 병호는 부축하느라고 애를 먹었다. 집에 돌아온 기창은 잔칫집에서 있었던 그 날 일을 어머니 인동장씨에게는 입도 벙긋하지 않더니 사흘 후 의관을 차리고 출타하여 밤이 이슥해져서 돌아왔다. 어머니 장씨와 조용히 말을 주고받던 그는 병호를 불러 송진사를 찾아 글공부를 하라고 일렀다. 그러며 송진사가 살고 있는 금구 종정마을까지 매양 오갈 수는 없는 노릇이니 수류면 이모할머니 댁에 우선 기거하도록 조처했다는 말도 덧붙였다. 기창은 태인이나 금구 어디쯤에 살 집을 알아보겠다 하였다.

이튿날 몇 가지 물품을 꾸려 할머니 장씨에게 큰절로 작별한 병호는 기창을 따라 집을 나섰다. 화호나루에서 동진강을 건너고 승방산 아래 논길을 따라 부자는 들을 가로질렀다. 논은 쟁기질이 끝나 뒤집힌 흙바닥이 보이기도 하고 보리 베기에 여념 없는 곳도 있었다. 그들이 잰걸음으로 태인 지경을 벗어날 무렵 이상한 정경이 눈에 띄는데 반쯤 벤 보리밭에 아무렇게나 낫이 버려져 있고 보리 이삭도 볼썽사납게 흩어져 있었다. 버려진 낫의 숫자로 보아 일곱 사람이 일을 했다는 이야기인데 뭔가 사달이 나지 않고서야 추수하던 농군이 그렇듯 종적을 감출 리 만무하였다.

"어디로 가는 길이오?"

솥튼재 바깥에서 철릭을 걸친 군관이 나졸들을 인솔하여 내왕하는 사람을 기찰하고 있었다.

"종정마을로 가는 길인데 무슨 일입니까?"

"어디 손바닥 좀 봅시다."

낡기는 하였으나 창의에 흑립 차림이라 군관은 기창을 함부로 대하지 못하는 눈치였다.

"손금을 보려고 기찰을 한단 말이오?"

그때 벙거지 쓴 나졸이 대신 설명하였다.

"원님 후실께서 행차하는데 추수하던 자들이 돌팍을 던졌다지 뭡니까? 몇은 잡아들였는데 나머지가 오리무중이라 이러구들 있수."

기창이 고개를 주억거렸다.

"손바닥을 보자는 연유는 잘 알았소. 헌데 원님도 아닌 첩실의 행차에 돌을 좀 던졌기로 기찰을 한단 말이오? 논에 돌멩이가 있을 리 없으니 흙부스러기나 던졌겠구만."

"말이 수상쩍습니다그려. 원님의 내실 행차에 돌을 던지면 잘한 일입니까? 호패 좀 봅시다."

군관이 언성을 높이며 손을 내밀었으나 기창은 버티고 서서 뻐시게 쳐다보았다. 가슴이며 허리와 허벅지가 얼마나 실한지 오 척 단구라도 그는 밭고랑에 세워둔 깍짓동 한가지였다. 더욱이 도드라진 이마 속으로 송곳 후빈 듯한 눈을 한번 치뜨자 들판에 꽂히는 번개처럼 섬광이 일었다. 그러나 지금은 송진사를 만나러 가는 길이요, 아들과 동행하는 길이었다. 호패를 건네받은 군관이 앞뒤로 짯짯이 살피더니 병호의 손에 들린 꾸러미를 가리켰다.

"손에 든 건 무어요?"

"아이의 스승에게 드릴 약재올시다."

"풀어보아라!"

군관이 뒤에 선 나졸에게 이르자 기창이 이죽거렸다.

"웅담이 들었거든 주워 자시려오?"

"말이 점점 불손해지는구려. 곤장 맞고 구더기를 파면 골로 가는 겝니다. 어서 풀지 않고 무엇 하느냐?"

군관의 재촉에 나졸이 꾸러미를 풀었다. 속단이며 녹각을 뒤적이던 군관이 턱짓을 하자 나졸이 다시 포장하는데 솜씨가 영 시원치 않았다. 기창이 대신 포장해서 꾸러미를 병호에게 건네자 군관이 일렀다.

"나중에 경을 칠 일이 있거든 그때나 한번 뵈입시다. 가보슈!"

무리에서 빠져나온 기창이 걷다 말고 뒤를 보았다.

"나장님네들! 거 붙잡거든 살살들 치시구려. 농사철이 아니오."

감곡천을 따라 뛰듯 걸었는데도 중화참 지나서야 두 사람은 거야 마을에 닿았다. 병호는 이모할머니에게 큰절을 올리고 사랑채 쪽방에 봇짐을 풀었다. 해 안에 돌아가야 하는 기창이 길을 서두르는 기색이라 물 한 모금 겨우 마시고 다시 아버지의 뒤를 따라나섰다. 들 왼편 야산에 어른 여럿이 둘러도 닿지 못할 느티나무가 서 있었으며 우회하자 곧 종정마을이 나타났다. 송진사는 남도의 일자집 사랑에서 서안을 앞에 두고 부자를 맞았다. 사랑 윗목에 반닫이가 놓이고 횃대와 시렁은 휑뎅그렁 비어 있었으며 향상에 가지런히 놓인 벼루며 지필묵이 주인의 야박한 성정을 대변하고 있었다. 병호가 자리에 엎드리자 송진사가 돋보기를 벗으며 기창에게 말하였다.

"먼 길인데 새벽같이 나섰겠습니다."

"길이 좋아 수월하였습니다."

송진사가 이번에는 병호를 보았다.

"『소학』은 막힘없이 암송하느냐?"

"그러합니다."

"혹여 형이상(形而上)과 형이하(形而下)가 무엇인지 아느냐?"

『소학』이 아닌 엉뚱한 것을 묻는 말에 병호는 자신 없는 목소리로 답하였다.

"『역경』에 나오는 말로 형상 이전의 것을 도라 하고 형상 이후의 것을 만물이라(形而上者謂之道 形而下者渭之器) 하였습니다."

"형상으로 드러나지 않는 원리를 형이상이라 하겠지. 그러면 머리 아프게 왜 형이상을 궁구하느냐?"

"세상만물의 이치를 뚫어 궁극의 원리를 깨닫기 위함이라 들었습니다."

수염자리도 없는 녀석의 답변이라 놀랄 일이건만 송진사는 고개만 주억거렸다.

"맞다. 연이 허공에서 돈다고 어찌 실을 잡은 사람까지 돈다 하겠느냐. 만물은 변해도 흔들리지 않는 중심이 있는 법이다. 사물의 극단을 파고 들면 엄청난 극단에 이르게 되니 이것이 곧 태극이다. 그래서 주자는 모든 존재가 그것이게 하는 근본이 태극임을 설하였느니라. 그 원리를 학습할 때 종지가 바로 섬을 알아야 한다. 나는 출사보다 경서를 읽고 궁구하는 일에 쾌가 있음을 알았다. 하지만 넌 다르게 살 동량임이 분명하다. 문과는 사서의(四書疑)든 오경의(五經

義)든 대문(大文)에서 출제하므로 초집(抄集)을 외우는 것으로 학문을 삼는 자도 있다 들었다. 그리하면 빨리 입격도 할 터이지. 너는 빠른 길로 가겠느냐, 경서를 읽고 기초를 튼튼히 하겠느냐?"

"성곽 쌓듯이 차근차근 하겠나이다."

기창을 없는 사람 취급하며 송진사는 이제 병호만을 상대하였다.

"양이들이 청국의 수부(首府)에 난입하여 원명원을 불사르고 또 다른 양이는 우리와 국경을 맞대게 되었다. 왜국도 양이에 굴복하였다 하니 저들은 어찌 이다지도 횡포하단 말이냐? 그럴수록 위정척사(衛正斥邪)의 정기를 굳게 세워야 하거늘 모범답안 따위로 나를 속이고 시관을 속이고 성상을 욕보이겠느냐? 젊고 강직한 선비가 쏟아져야 사직은 유지될 것이다."

담뱃진을 긁어 올리듯 성대를 쥐어짜는 소리였다. 벌써 땅거미가 내려 창호지가 누르스름하였다.

"내일부터는 조식을 마치면 곧장 찾아오너라."

첫 대면을 가름하자는 뜻으로 알고 병호는 얼른 고개를 숙였다.

"근실히 따르겠습니다."

한로삭풍
요란해도,
1866

전라도 금구현의 수류면에서 나고 자란 김필상은 십 년간 읽던 경서를 내던지고 스무 살이 되자 십 년간 주유하리라 하면서 조선 팔도를 떠돌았다. 병인년에는 북관을 주유하였는데 황주 동선령을 넘어 남으로 내려올 적에 한양 사는 한서방과 길동무를 하게 되었다. 행색은 초라하지 않지만 장돌뱅이라길래 이상하다 하였더니 한서방은 대갓집에 특이한 물건을 대는 사람이라고 하였다. 마침 청국에서 구한 물건을 강화도 김진사댁에 넘기러 간다면서 동행을 요청하므로 필상은 섬 구경도 할 겸 벽란나루에서 함께 배를 탔다.

필상이 한서방과 찾아간 김진사댁은 대대로 강화도에 살면서 벼슬도 하고 축재도 해온 안동김씨 가문의 일원이었다. 집은 강화도 남쪽 옷골에 있는데 사대가 한 데 모여 사는 다복한 집으로 노비를 합해 식솔만도 육십 명에 달하였다. 해질녘에 도착해 김진사는 만나지 못했지만 푸짐한 저녁을 대접받은 필상과 한서방은 소년의 안내를 받아 깨끗이 치워진 객방에 들었다. 그날 목욕물까지 데워주는 칙사 대접을 받은 뒤 세도가의 위세가 높기는 높은 모양이라고 희희덕대며 그들은 뜨끈한 구들에 몸을 지졌다.

"이거 방포소리 아닙니까?"

어디선가 들려온 소리에 잠을 깨고 보니 이른 아침이었다.

"방포소리라니?"

눈을 뜬 한서방이 자리에서 일어날 즈음 먼 데서 천둥 치는 우르릉 쿵쿵 소리가 들렸다. 계속해서 지지고 볶는 소리가 들리다가 잠깐 잠잠해지는데 바깥 섬에서 들리는 소리였다. 필상이 주섬주섬 옷을 걸치고 나서자 청지기로 보이는 사내가 사랑채로 뛰어가며 외쳤다.

"아마도 영종도에서 나는 소리 같습니다."

"이양선이더냐?"

사랑에서 가래 끓는 소리가 나왔다.

"그런가봅니다."

"그들이 올라온다더냐?"

"확인하고 다시 고하겠습니다."

청지기는 밖으로 나서고 객방에 돌아와 보니 한서방이 소식을 기다리는 중이었다. 툇마루에 앉으며 이양선이 나타난 모양이라고 일러주자 대통에 연초를 쟁이던 한서방이 손을 떠느라고 반 넘게 가루를 흘렸다. 필상이 넘겨받아 꾹꾹 눌러 담아주니 그제야 부시를 치고 볼이 패도록 물부리를 빠는 것이었다. 다시금 천지를 흔드는 소리와 함께 기왓장 밑에서 우수수 흙 부스러기가 떨어졌다. 이번에는 다른 하인이 사랑채 중문을 넘어갔다.

"이양선이 광성보에 포를 쏘고 있습니다."

필상이 따라가서 보니 김진사로 보이는 늙은이가 마루에 서 있고 아들로 보이는 사내들이 댓돌 밑에서 웅성거렸다.

"상륙을 했다는 것이냐, 포만 쏜다더냐?"

"광성보는 성곽이 높은지라 염하를 따라 북상할 모양입니다."

"터진개를 통과하진 않은 게로구나. 다시 보고 오너라."

"예."

이번에야말로 사태를 직접 목격하리라 하면서 필상은 돌아서는 사내를 따라갔다. 대문을 나설 무렵 객방을 안내하던 소년이 나타나 앞서 달리므로 뒤꼭지를 보면서 뛰었다. 마을은 집에서 나와 허둥거리며 발을 구르는 자와 주저앉아 우는 아낙네, 물정 모르고 짖어대는 개와 어딘가로 몰려가는 애새끼들까지 그야말로 난리법석이었다. 떠꺼머리 소년을 놓치지 않으려고 개울에 놓인 징검돌을 바짓가랑이 적시며 건너자 추수 끝난 들이 나왔다. 논으로 뛰어들고부터 벼 그루터기가 미투리를 찔렀지만 몰려가는 사람들 틈에서 그는 아픈 줄을 몰랐다. 들을 가로지르자 둔덕도 아니고 산도 아닌 등성이가 나타나 단내나도록 올라서고 보니 용당돈대와 통진 땅이 잡힐 듯 다가들었다. 김진사가 말한 터진개인지 땅은 염하 가운데 뿔처럼 뻗어나가고 건너편 내륙은 물길이 파먹어 남쪽 바다는 보이지 않았다. 그때,

"이양선이다!"

잠방이를 입은 아이가 군중 속에서 외쳤다. 고개를 돌려보니 용당돈대 뒤에서 과연 이양선이 나타나는데 좌현에 포신이 장착돼 있고 가운데 굴뚝에서는 검은 연기가 꿀럭꿀럭 솟구쳤다. 포함이 터진개

를 빠져나가자 이번에는 화선 세 척이 따라 나와 사람들 발치를 통과해갔다. 포함에만 포가 장착되었을 뿐 뒤를 따르는 배에는 몸에 붙는 군복 차림에 총을 든 병사들이 나란히 도열해 있었다. 그 모습을 보고 섰던 사내 하나가 전어를 잡으러 갔다가 작약도에 정박한 다른 이양선을 목격했노라 침을 물었다. 염하는 수심이 얕아 못 들어오지만 작약도의 이양선은 돛대만도 세 개나 되며 굴뚝은 용오름처럼 우람하더라는 것이었다. 염하를 지키는 조선 측 포대에서 아무런 반응도 하지 않자 이양선은 제집 마당인 양 물길을 거슬러 북상하였다.

"저놈들은 유람을 나온 꼴이 아닌가?"

소년과 북쪽 산록을 내려서며 필상이 혀를 찼다. 집안 걱정을 하는지 사람들이 한둘씩 흩어져 이양선을 따르는 무리는 반 토막이 되었다.

"넌 이름이 무어냐?"

"다금발이요. 아저씨는요?"

"난 김필상이다. 전라도 금구에서 왔지."

좌강돈대와 가리산돈대를 무인지경으로 통과한 포함이 갑곶진에 이르러 갑자기 쾅, 쾅 포를 쏘았다. 좌현이 연기에 휩싸이며 포탄이 성곽을 넘어가자 흙더미가 치솟고 어떤 것은 건물을 때렸는지 목재와 기와 조각이 솟구쳤다. 포함에서 몇 번 더 방포를 하는 사이 조선 병사들이 개미 떼처럼 진에서 나와 줄행랑을 놓는 모습이 보였다.

"쳐 죽일 놈들!"

필상이 이를 갈자 다금발이가 쳐다보았다.

"어느 쪽이 그리 미우세요?"

"다 밉지 이놈아."

마침내 선착장에 정박한 이양선에서 양이들이 하선해 총을 쏘며 갑곶진으로 돌격했다. 그러나 진이 빈 것을 깨닫고 각자 흩어져 경계하더니 일대는 싣고 온 물건을 내리고 다른 일대는 성루에 올라 보초를 서고 나머지는 갑창과 부속건물을 털었다. 진 안에는 들 수도 없으려니와 아무리 큰 굿판도 끝은 썰렁하게 마련이라 필상과 다금발이도 그쯤엔 걸음을 돌리지 않을 수 없었다. 그들이 염하를 따라 웃골에 돌아와 보니 김진사네 집에는 개미 새끼 한 마리 얼씬거리지 않았다. 지난번 이양선이 출몰했을 때 뒷산에 마련해둔 토굴로 다들 대피했을 거라고 다금발이는 입을 비쭉거렸다.

오후부터 시작된 비가 밤이 되어 천둥과 함께 굵어지자 뒷산 토굴로 피신한 김진사네가 쫄딱 젖어 귀가하였다. 비는 줄기차게 쏟아지다가 새벽녘에 잦아들었지만 청국 물건은 넘기지도 못한 채 섬에 갇힐까봐 한서방은 잠을 이루지 못하는 눈치였다. 뜬눈으로 새다시피 한 필상과 한서방이 조반 후 한 죽 태우는데 이번에는 부성 쪽에서 콩 볶는 소리가 들려왔다. 김진사댁 식구들은 또다시 토굴로 떠난다고 야단이었으나 필상은 웬일인지 허리춤에 단도를 찌르며 태연히 객방을 빠져나왔다. 그가 대문을 나서자 무슨 생각인지 다금발이가 옆구리에 붙어 따라오는데 난리 통에 잡일이며 심부름에서 놓여나 녀석은 도리어 신이 난 모양이었다. 길을 모르는 터에 잘 되었다 하면서 녀석을 데리고 대문고개에 올라서자 피난민이 남부여대하여 밀려 내려왔다.

"어찌 된 일이오?"

필상은 지나가는 사람을 잡고 말을 시켰다.

"말도 마시우. 시방 양이들이 성곽을 넘어 관아를 들쑤시는 바람에 난리가 났습니다."

"수성군은 뭘 했길래 성곽을 넘는단 말이오?"

"총 몇 방 놓고 도망치기 바쁜 터에 누가 성을 지키겠소. 유수(留守)라는 자까지 어진을 둘둘 말아 도망쳤으니 말 다했지요. 당최 들어갈 생각일랑 마시우."

그 말을 귓등으로 흘린 필상은 길을 재촉해 부랴부랴 부성 남문 안 파루를 통과하였다. 어른 걸음에 맞추느라고 다금발이가 뛰다시피 따라왔다.

"선비님은 봉변이라도 당하면 어쩌려고 남들과 반대로만 가세요?"

"이놈아, 봉변은 무슨 봉변!"

"총이라도 맞으면 어쩌시게요?"

"그런 너는 어째 따라오느냐?"

녀석이 이를 드러냈다.

"선비님하고 같이 있으면 재미도 있고 안심이 돼요."

이번에는 필상이 씩 웃었다.

"이놈아, 선비님이라고 하지 말어라. 난 선비도 뭣도 아니다."

"그럼 무엇이게요?"

"떠돌이 나그네지."

사거리에 이르자 서양 병사의 호위를 받아 궤짝을 싣고 서문을 빠져나가는 우마차가 보였다. 다른 사람은 부성을 탈출하고 거동이 불편한 늙은이들만 삽짝 뒤에서 서양 병사들의 약탈 행렬을 지켜보고 있었다. 마차는 조선인 부역자가 몰았으며 어떤 수레에는 책이 가득하고 아문과 창고를 털었는지 총창이 무수하였다. 수레와 마차는 동쪽과 북쪽 대로에서도 줄줄이 내려왔고, 그를 호위하는 적병은 질서정연할 뿐 아니라 기개가 사나워 보였다. 필상과 다금발이가 노상에서 지켜보지만 아무 일도 없자 지팡이에 의지한 노인 몇이 올 밖으로 나왔다. 그 때문인지 우마차를 호위하던 병사들이 총을 내려 앞에 총을 하는데 모자 밖으로 노란 머리가 삐져나온 적병 하나가 구경꾼을 향해 휘익 휘파람을 불었다. 폭음 끝에 숙취를 앓듯이 필상은 금세 얼굴이 붉어졌지만 아문과 창고의 물자는 아랑곳없이 서문을 빠져나가 갑곶진에 쌓였다.

"양이들이 배를 타고 온 것은 다 도적질을 하려는 속셈이네요."

대문고개를 되돌아올 제 다금발이가 맥 풀린 소리로 말하였다.

"그런가부다."

"서학을 한다는 신부들은 그럼 도적의 앞잡이일까요?"

"글쎄다."

"헌데 양이들은 부자라면서 왜 조선까지 와서 빼앗아가죠?"

"나도 그것을 좀 알아봐야겠다."

그들이 옷골에 돌아와 보니 짐바리가 실린 우마차 두 대가 대문 앞에 서 있었다. 필상이 객방으로 달려가자 행담을 멘 한서방이 반겼다.

"어딜 갔다 이제 오는가. 김진사댁 식구들이 배편을 마련해 피난한다고 기다리고 있네. 선두포에서 대기한다니 채비하시게."

그 말에 필상의 눈꼬리가 째졌다.

"재산을 헐어 싸우지는 못할망정 도망을 친단 말이오?"

"양이들은 화력이 우수한데 어찌 당하겠나. 가족은 물론이요, 하인들까지 데려간다니 그나마 인정이 아닌가. 누군가 집을 지켰으면 하는 눈치지만 그러겠다 할 놈이 뉘 있는가. 얼른 채비하시게."

김진사네는 벽란나루를 거쳐 황해도 평산 땅의 일가붙이를 찾아간다지만 한서방은 곧장 한양으로 가겠다는 것이었다. 한서방을 따라 대문을 나선 필상이 대열을 질러 김진사댁 장남을 찾아냈다.

"저는 떠나지 않겠습니다."

필상을 쳐다보는 그 댁 장남이 피곤한 기색을 드러냈다. 무과에 입격하여 한때 훈련도감에서 첨정(僉正)을 지냈다는 차남이 끼어들었다.

"다시 생각해보시오. 난이 진정되기 전엔 섬을 떠나지 못할 게요."

"난 떠나지 않겠소."

필상이 재차 남겠다는 의사를 밝히자,

"마님, 저도 선비님을 모시고 집을 지키겠습니다."

언제 달려왔는지 다금발이가 형제를 보며 간청하였다.

"혹시 화승총을 다룰 줄 아시오?"

"고향에서 사냥을 좀 하였습니다."

"받으시오. 내가 아끼는 물건이오."

차남이 내민 것을 받아들고 보니 묵직하였다. 차라리 잘 되었다는 듯 형제는 목례를 남기고 피난 행렬에 몸을 묻었다. 김진사네 일행과 길을 가른 필상과 다금발이는 집에 돌아와 객방을 데운 후 네활개를 펴고 드러누웠다. 다금발이가 찾아온 소주를 양껏 들이켠 끝이라 근심걱정은 저만치 사라지고 다만 만사가 허탈해져 필상은 비질비질 웃었다. 노을이 드리워지자 세상은 핏빛이 되었다.

필상과 다금발이는 밥을 지어 먹으면 훈련도감을 싸고도는 야산에 올라갔다. 여흥민씨가의 무덤을 돌아 송림을 헤치면 바위가 나타나고 밑은 깎아지른 낭떠러지라 매의 시선이 될 수 있었다. 그곳 매바위에선 갑곶돈대와 갑곶진이 한눈에 내다보이고 흐름이 바뀌는 염하의 물길과 그 건너 문수산성이나 장대가 지도처럼 손바닥 안에 들었다. 그날도 필상과 다금발이는 매바위에 올라 두 무릎에 손을 받친 채 숨을 몰아쉬었다.

적병이 부성을 떨어뜨린 후 관원과 군졸이 도망가버려 강화도는 목을 틀어 잡힌 뱀 신세였다. 프랑스군의 로즈 제독은 원정군의 길잡이인 리델 신부와 조선인 신자 최인단을 내세워 갑곶진 앞에 장을 세우라고 요청하였으나 부민들이 듣지 않자 군사를 동원해 가축을 끌고 갔다. 피난을 가지 못한 부민 중에는 굶주리는 자가 속출하였고, 배고픈 아이들은 프랑스군을 따라다니며 빵부스러기를 주워 먹었다. 기강이 흐트러진 적병은 여인을 겁탈하기도 했는데 황이천이라는 선비의 부인이 능욕을 당하고 심선달의 아낙이 화를 입었다며 입소문이 돌더니 어떤 여인은 끝내 죽임을 당했다는 말이 웃골까지 날아들었다. 그런가 하면 횃불을 들고 반가에 불을 지른 혐의로 프랑스군 손에 잡혀간 조선인도 있었다는 것이었다. 그러나 프랑스군은 갑곶진과 부성에 웅크린 채 오리 사냥할 때 빼고는 총성이 들려오지 않다가 아침나절에 갑자기 포성이 들려 필상과 다금발이는 먹던 숟가락을 던지고 매바위에 오른 참이었다. 숨을 고른 두 사람이 허리를 펼 즈음 문수산성에 포를 쏘던 함선이 뒤로 빠지고 병사를 실은 화선이 염하를 질러갔다.

    갑곶진과 문수산성이 적병을 틀어막지 못하면 한강이 봉쇄되어 한양은 밀봉한 호리병처럼 답답해지는데 갑곶진이 떨어졌으니 팔 하나는 절단난 상황이었다. 그런데 갑곶진을 수중에 넣은 프랑스군이 이번에는 염하를 건너 내륙의 문수산성을 정벌하기 위해 배를 띄운 것 같았다. 기선에서 쏟아진 프랑스 병사가 뭍에 오르자 조선군이 총포를 쏘는지 염하에서 크고 작은 물기둥이 솟고 해변의 프랑스군 진영에서도 응사를 하느라고 목화꽃 같은 연기가 피어서는 졌다. 조선군이 장약을 재우는 틈에 함성을 지르며 프랑스군이 문수산 솔수펑이를 파고든 후 화선 한 척이 뱃머리를 돌려 나왔다.

    "적병이 총탄에 맞았구나."

    필상이 중얼거리자 어리둥절해진 다금발이가 쳐다보았다.

    "그걸 어찌 아세요?"

"저리 서둘러 귀선하지 않느냐?"

"그렇담 죽었을까요?"

"글쎄다."

"이 먼 곳까지 와서 죽다니…… 적병이지만 가엾어요."

선수를 돌린 배가 염하 중간쯤에 이를 즈음 문수산 방면의 지지고 볶는 소리가 차츰 사나워졌다. 염하를 건넌 배가 돈대 아래에 멎더니 병사 몇이 늘어진 녀석들을 들쳐 업고 갑곶진으로 올라갔다.

"제대로 맞은 건 세 놈이네요."

"세 놈 맞다."

대답을 하고서 필상은 김진사의 차남이 건넨 보자기를 풀었다.

"어찌시려구요?"

"불질을 해볼란다."

다금발이가 손사래를 쳤다.

"아서요. 들키면 어쩌시게요?"

"세상천지가 총성인데 누가 알아본단 말이냐?"

"더리미 포구에서 보고 일러바치면요?"

"그놈 겁은 되우 많구나. 넌 내려가 있거라."

"어떻게 저만 내려가요."

말은 내려가자 하였지만 총 쏘는 일을 거들 생각인지 다금발이는 화약주머니를 집어 들었다. 김진사의 차남이 건넨 총은 말로만 듣던 수발총(燧發銃)으로 방아쇠를 당기면 공이치기가 부시를 때려 절로 격발되는 신식 화승총이었다. 필상이 화명 덮개를 젖히자 다금발이가 화약주머니의 마개를 뽑아 내밀었다. 화명과 총신에 화약을 넣고 총알을 굴린 다음에 꼬질대로 꾹꾹 눌러주는데 병장기를 다룬 지 오래건만 몸이 알고 격식을 찾아가니 신기한 노릇이었다. 필상은 바위에 엎드리며 하늘을 보았다. 수발총은 화승을 끼우지 않는 장점이 있지만 습기가 많으면 불꽃이 약해져 발사되지 못하는 약점도 있었다. 아침에는 맑았으나 염하 쪽에 물안개가 보였다.

"갑고지까지 날아갈까요?"

"어찌 게까지 닿겠느냐?"

"그럼 뭐하러 쏜답니까요?"

"넌 참 궁금한 게 많구나. 공부 삼아 해보는 거다."

필상은 숨을 멈추며 방아쇠를 당겼다. 타앙! 생각보다 큰 소리와 함께 총구와 화공덮개에서 연기가 새나왔다. 다금발이가 화약주머니를 내밀었고 같은 방식으로 한 발을 더 발사하였다. 이번에도 다금발이가 주머니를 내미는데 어쩐지 둘은 죽이 척척 맞았다.

"그만 돌아가요. 눈치 채겠어요."

"녀석도 참…… 무에 그리 겁이 나느냐?"

"선비님은 몰라요. 노비들은 원래 겁이 많아요."

녀석의 말에 필상은 아무 소리 못 하고 일어났다. 건너편의 총성은 여전히 사나웠으며 문수산 정상에 가까워지는 것으로 보아 조선군이 힘에서 밀리는 눈치였다. 두 사람이 염하를 따라 걸을 때쯤 통진 땅은 뿌연 안개에 파묻혔다. 날씨가 변덕을 부려 쫓기는 조선 병사에게는 천운이 따르는 셈이라고 필상은 고개를 끄덕였다. 짙어진

안개 속으로 누렇게 일어나는 불길이 달걀흰자에 싸인 노른자처럼 건너다보였다. 문수산성은 인차 적군 손에 넘어간 형국인데 저희 쪽 병사가 당한 보복으로 장대에 불을 지르는 모양이었다. 총소리가 더는 들리지 않게 되었지만 안개 속의 노른자가 점점 커지는 양상이라 필상은 아마도 민가가 불에 타는가 하였다.

"선비님, 선비님!"
하루는 밖에 나간 다금발이가 급히 뛰어들면서 외쳤다.
"숨 쉬어라, 이놈아!"
필상이 타박하자 녀석은 허리를 구부리고 숨을 몰아쉬었다.
"조선군이 하아하아…… 덕진진에 하아하아…… 상륙했대요. 새벽에 상륙해서 하아하아…… 정족산성에 들었대요."
"그게 참말이냐?"
"참말이고 말구요. 전등사 스님이 맞아들였는데 벌써 사람들이 식량과 화약을 갖다준대요."
"나가 보자!"
필상은 다금발이를 앞세워 서둘러 훈련도감 뒷산에 올랐다. 갑옷 진의 적병은 보초를 서거나 구령에 맞춰 귀대하는 등 전과 다른 낌새를 전혀 보이지 않았다. 그러나 부성을 제집처럼 왕래하고 서학에 물든 자들이 일러바칠 것이므로 저들도 해 안에는 소식을 듣게 되리라 믿었다.

"배가 고프구나. 돌아가자."

염하를 끼고 옷골로 돌아온 그들은 밥부터 챙겨 먹었다. 요기를 한 필상이 아직 개켜지지 않은 이불 속에 몸을 넣었다.

"한잠 잘 테니 부성에 들어가 무슨 일이 있는지 알아보고 오너라."

"낮잠을 주무신다니 선비님은 태평도 하시네요."

"그럼 무얼 한단 말이냐? 후딱 갔다 오너라."

순무로 담은 깍두기에 밥 한 그릇을 게 눈 감추듯 해치웠더니 그렇잖아도 볕 좋은 날에 잠이 쏟아졌다. 얼마를 그렇게 잤는지 다금발이가 달려와 부성에도 조선군 상륙 소식이 파다히 퍼졌더라고 전할 때까지 필상은 잠에 취해 있었다. 늦가을 땅거미가 내려와 든든히 배를 채운 후 수발총을 꺼내들자 무슨 생각인지 다금발이가 솜 넣은 옷을 끼어 입고 따라나섰다. 마을을 나와 대모산을 비껴 돌자 능선에 걸린 정족산성과 문루 없이 뚫린 동문이 나타났다.

"지휘군관을 만나러 왔소."

필상의 말에 번을 서던 군사가 아래위로 훑어보았다.

"뉘신데 그러슈?"

"옷골 김진사댁 식객인데 힘을 보태러 왔소. 지휘관에게 안내해주시오."

"천총(千摠)께선 군무에 바쁜 터에 어찌 낯선 사람을 들이겠소."

양이에 맞서 파병된 참이라 군기가 든 병사는 제법 빡빡하게 나왔다.

"양이가 침범한 날로부터 빠짐없이 지켜본 사람이오. 그런 사실을 알려 군략에 도움이 되려는데 어찌 계통만을 따지는 게요. 일이 잘

못되면 볼기로 감당하시려오?"

 필상은 시정잡배와도 너나들이로 어울리지만 의관을 갖추면 풍신이 좋을 뿐 아니라 말에 책잡힐 내용도 없고 보니 병사도 긴장되는 모양이었다. 그가 성곽의 군졸에게 눈짓하였고 연초 한 죽 태울 참이 되어 들어오란다는 전갈을 받아왔다. 전등사 경내의 선방으로 그들을 안내한 병졸이 안에 대고 통기하자 문이 열리면서 세 사람의 얼굴이 나타났다. 그중 어린갑(魚鱗鉀)을 차려입은 사람이 순무천총 양헌수였으며, 성을 순시하고 군사를 배치한다고 한바탕 홍역을 치른 끝에 별군관 이현규와 이병숙을 불러 방어책을 논하는 중이었다.

 "나는 양이를 구축하기 위하여 어명을 받들어 건너온 순무천총이다. 그대는 누구인가?"

 양헌수는 우람한 체구에 눈이 부리부리하고 수염이 풍성했다.

 "옷골 김진사댁 식객인데 전라도 금구에서 온 김필상입니다. 지난 한 달간 그 댁에 기거하며 양이들을 관찰하였기로 말씀드리고자 하옵니다."

 "요약하여 보고하라."

 "양이들은 오륙백에 달하며 성능 좋은 총과 대포로 무장하였습니다. 훈련 상태가 양호하고 용감하여 다루기 어렵습니다. 오전엔 조선 군사가 들어온 것을 알지 못하였으나 서학의 무리가 일러바쳤을 것이므로 지금은 눈치챘을 것입니다."

 이야기를 듣고 동달이 차림의 이병숙이 의견을 밝혔다.

 "그렇다면 오늘 밤 닥치겠구나."

"아닙니다. 날이 밝으면 그때 나타날 것입니다."

그러자 장비 수염이 그럴싸한 이현규가 물었다.

"어찌 그러한가?"

"저들은 화력이 우수하고 기세가 강성하여 적은 수로도 조선군을 압도하였습니다. 그 자신감으로 기습이 아니라 정면에서 도전해올 것입니다. 지리에 어두우니 더욱이나 야습은 못 하겠지요. 전투는 동이 튼 후 벌어질 것이며, 문수산성 전투에서 세 명이 사살된 까닭에 단단히 방비하여 피해를 입히면 사기가 떨어질 것입니다."

듣고 있던 양헌수가 등채로 손바닥을 두드리며,

"훌륭한 분석이다. 허나 야습에 대비하는 일은 소홀히 할 수 없으니 오늘 밤은 성곽에서 대기해야 하겠지."

하고 뇌까리더니 고개를 들었다.

"그대는 싸우겠는가, 돌아가겠는가?"

"싸우겠습니다."

"그렇다면 밖의 병졸을 따라 동문을 지키도록 하라."

명을 받고 선방을 나선 필상은 병사의 안내를 받아 다금발이와 동문 성곽의 병사들 틈에 끼어 앉았다. 밤이 깊어지자 바람이 거칠어지고 성곽에 세운 깃발 때문에 귀가 시끄러웠다. 오래잖아 한기가 뼈마디를 찔러올 무렵 민가에서 가져온 이불과 가마니가 지급돼 그들도 한 채를 뒤집어썼다.

"지금쯤 평산 땅의 네 부모님은 걱정이 많겠구나."

다금발이가 아무렇지 않게 대꾸하였다.

"얼굴도 모르는 걸요. 어릴 때 역병으로 돌아가셨대요."

"넌 몇 살이냐?"

"행랑채 아저씨 말로는 병진생이래요."

"그럼 열한 살이구나. 난 을사생이니 올해 스물둘이다. 눈을 좀 붙이자. 고단한 하루가 될 게야."

칼로 쪼갠 듯한 반달이 중천에 걸린 후 산자락 너머로 유성이 호를 그었다. 가을이라 긴긴밤에 한기마저 날카로워 번을 서는 병사들은 손에 입김을 불며 발을 동동 굴렸다. 민간인 신분인 필상과 다금발이는 번에서 면제되었지만 웅크린 채 자다 깨기를 반복하느라고 꼴딱 새느니만 못했다. 새벽 예불을 알리는 범종 소리가 들린 후 푸르스름한 박명이 비치자 주먹밥과 산신제 끝내고 남은 소고기에 미역 넣고 끓인 국이 나왔다.

식사를 마친 병사들이 전투준비에 몰두할 즈음 부성의 주민들이 나타나 적병이 경무장한 상태로 갑곶진을 출발했다고 알렸다. 총안 뒤편의 병사들에게 화약과 총알이 지급되는 동안 스님과 주민들까지 동원되어 적이 기어오르면 던지라고 돌덩이를 주워 날랐다. 적이 나타나거든 미리서 쏘는 일은 없어야 한다는 군령이 내려오고 노심초사하는 성상의 안위를 먼저 염려해야 한다는 우스꽝스러운 전언이 건너왔다. 병사들은 각 도에서 행관초모(行關招募)한 선정포수(善政砲手)인데 저격에 일가견 있는 엽사들이라 터무니없이 비장해 보이는 지휘 군관에 비해서는 침착한 편이었다. 아군의 총은 사거리가 백여 보에 불과하지만 지형의 이점이 있으니 해볼 만하다는 것이었다.

"온다!"

성곽에 엎드려 포안에 만리경을 대고 아래를 살피던 이병숙이 나직이 중얼거렸다. 대모산을 끼고 교차하는 대로에서 프랑스군이 동문과 남문 방면으로 대오를 갈랐다는 것이었다. 얼마 뒤에 과연 말 탄 지휘관과 구보로 따르는 적병이 나타났다.

"기다려라!"

이병숙이 낮게 명령하였다. 말 탄 지휘관이 뒤에다 뭔가 지시하자 군사 셋이 대오에서 나와 산록을 기어올랐다. 침 꼴깍이는 소리가 들려오는 가운데 적병이 차츰 사거리 안으로 들어섰다.

"화약!"

필상의 말에 다금발이가 주머니의 마개를 풀어 내밀었다. 화명과 총신에 화약을 채우고 총알을 굴린 다음 꼬질대로 꾹꾹 다진 뒤 총안에 총신을 밀어 넣었다. 산협의 단풍이 요란스러웠다.

"쏘아라!"

명령이 떨어지자 총성과 함께 연기가 피었다. 뒤에서 고각이 소리를 끌었고 둥둥 북소리와 깨갱깽 쇳소리가 싸움을 독려하였다. 말 탄 지휘관을 겨냥하여 탄을 날린 필상은 화약연기 속에서 그가 느슨하게 굴러떨어지는 것을 보았다. 다시 장전하고 총을 쏘면서 보니 말에서 떨어진 지휘관이 사지를 잡힌 채 들려가고 산록에서 미끄러진 자를 끌어내리는 병사도 있었다. 그러나 허둥대던 적병이 나무와 바위를 엄폐물 삼아 맞대응해오자 성벽을 맞고 튀는 총알이 이마를 뚫을 듯 핑핑 소리를 냈다. 화약 연기로 코가 짓무를 지경이 되고 찔린 듯 눈이 따끔거렸으나 포수들은 요령 피우지 않고 부지런히 불을 놓았다. 필상 또한 무엇에 들린 사람처럼 화약을 채우고 꼬질대로 다지고 쏘는 일에 몰두하였다.

"화약이 떨어졌다! 더 가져와라!"

다들 얼마나 불질을 하였던지 넉넉히 지급한 화약이 떨어졌다고 난리였다.

"이게 마지막이우. 아껴서들 사용허시우."

허리를 구부리고서 화약을 가져온 병사가 병졸들에게 조금씩 나누어주며 당부하였다. 그러나 말을 귓등으로 흘리며 병사들은 총을 발사하기 급급하였다.

"화약이 떨어졌다. 아껴라! 조준해서 쏘아라!"

이병숙이 좌우에 외쳤다.

"이게 마지막이에요. 화약이 떨어졌어요."

주머니에 몇 차례 화약을 담아왔는데도 다금발이는 마지막이라고 소리쳤다.

"넌 죽는 게 무섭지 않니?"

필상은 고개를 돌려 녀석을 보았다.

"죽긴 왜 죽어요. 적병이 성을 넘으면 산으로 튈 건데요. 선비님은 저만 따라오세요."

필상은 총알이 날아다니는 와중에 빙긋 웃었다. 이것이 어찌 다금발이의 싸움인가.

"적이 도망간다!"

어디선가 그런 소리가 들렸고,

"우리가 이겼다!"

그렇게 외치는 자도 있었다. 적병은 뒤돌아 총을 쏘며 부상당한 동료를 끼고 사거리를 벗어나는 중이었다. 산모퉁이를 돈 적병의 후미가 시야에서 완전히 사라지자 병사들은 모두 일어나 만세를 부르며 서로 껴안았다. 주먹밥으로 배를 채운 병사들은 적이 원정할 채비를 더는 하지 않는다는 소식에 전등사 아무 데나 들어가 잠을 잤다. 적병은 이튿날에도 도전할 기미를 보이지 않는다 하더니 하루가 더 지나자 장녕전(長寧殿)과 만녕전(萬寧殿) 등에 불을 놓았다는 첩보가 날아들었다. 뒤이어 네 척의 배에 노략질한 물건을 실은 채 갑곶진을 떠났다는 전갈이 오고, 점심 후에는 작약도의 본대와 합세하여 외양으로 빠졌다는 영종첨사의 기별이 날아왔다. 전투에서 희생된 포수 윤춘길의 장례 절차를 논하던 양헌수는 병력을 나누어 일부는 산성을 지키게 하고 그 자신 부성에 입성할 태세를 갖추었다. 그가 찾는다 하여 필상은 처음 만난 승방으로 다금발이를 데리고 올라갔다.

"장계에 그대의 전공을 기록할 터이니 나와 더불어 진충보국함이 어떠한가?"

양헌수의 제안에 필상은 발끝으로 땅을 차는 바깥의 다금발이를 가리켰다.

"은혜를 베풀 양이면 저 아이가 면천되도록 기록해주소서."

양헌수가 힐끗 밖을 보았다.

"내 언젠가 호남에 부임하거든 연락하도록 함세. 잘 가시게."

필상을 아예 없는 사람 취급하듯 양헌수는 등을 돌린 채 장졸들에게 할 일을 지시하기 바빴다. 예를 올리는 둥 마는 둥 하고 필상은 다금발이의 등을 밀었다.

"그만 가자. 다 끝났다!"

그들은 정족산성을 나와 터덜터덜 옷골로 돌아왔다.

사흘 후 뭍으로 가는 배가 뜬다 하여 필상은 선두포에 나왔다. 배는 군선인데 전투를 기록하고 장졸들의 공적을 기재한 장계를 전하기 위해 양헌수가 띄운 것이었다. 집에서 인사를 나누었건만 다금발이가 나올 것 같아 고개를 돌려 돌아보자 아닌 게 아니라 녀석이 인파를 뚫고 나왔다.

"선비님 이거요."

그가 보자기에 싸인 수발총을 내밀었다.

"나중에 작은 서방님께는 선비님이 훔쳐갔다고 할게요. 이건 선비님 물건이에요."

필상이 총을 건네받았다.

"돌아가거든 꿩 사냥이나 다녀야겠다."

"전라도 금구라고 하였지요?"

"수류면 거야마을이다."

곧 배가 출발한다 하여 한 번 더 다금발이와 작별한 뒤 필상은 배에 올랐다. 돛이 펼쳐지고 도선장에서 나온 배가 초지진 앞바다를 돌아 터진개에 접어들었다. 배는 한강을 거슬러 마포에 닿는다는 것인데 그는 지체하지 않고 고향에 내려갈 생각이었다. 열 살 되던 해에 훈장을 초빙하여 십 년간 사서와 경서를 배운 후 책을 손에서 놓았었다. 서권에 파묻힐수록 어쩐지 세계는 더욱 쭈그러들고 완고함만 깊어져 사람이 못쓰게 될 것 같았다. 집안의 어떤 인사가 세도가의 연줄을 타고 벼슬을 구걸한다는 소리에 절골 제각의 문중회의에서 재떨이를 던지며 싸운 일이 발단이었다. 과거가 장바닥의 사고파는 물건으로 전락하고 걸핏하면 이양선이 나타나 총포를 쏜다는데 언제까지 똬리를 튼 채 서책에 몰두할 것인가. 공자는 젊은 날 미천한 신세였으므로 많은 일을 안다(吾少也賤 故多能鄙事) 하였는데 십 년 동안 글을 읽어 문맹을 면하였으니 다음 십 년은 세상을 떠돌리라 결심하였었다. 혼인을 하였지만 집에 붙어 사는 일에 그는 흥도 보람도 느낄 수 없었다.

  배가 한강 어귀에 들어설 무렵 듬직한 사람이 곁에 있으면 좋겠다고 생각하였다. 죽이 맞는 동무가 가까이 있으면 생기가 돌 것 같았다. 한 달 남짓 강화도에 머물며 이양선을 목격하고, 양이가 침범하는 것을 몸소 겪고, 대대로 은택을 입은 양반님네가 국난에 어떻게 대응하는지 그는 똑똑히 목격하였던 것이다. 노비 아이 다금발이가 무엇을 두려워하고 무엇을 바라는지, 군사를 통솔하는 자의 위엄과 권위라는 게 징병된 포수들에겐 얼마나 하찮고 보잘것 없는지, 난리를 몸으로 겪는 백성은 어떤 절망과 불의를 품고 사는지 실감하게 되었던 것이다. 세상은 불가해한 것들로 가득하며 파고들어 익혀야 할 일이 산더미처럼 쌓인 것을 자각한 셈이었다. 그는 돌아가서 무엇을 다시 보고 무엇을 새겨야 할지 사냥을 하고 들을 쏘다니며 궁리할 작정이었다. 나이와 신분을 떠나 가슴을 찢어 열고 마음을 꺼내 보일 누군가가 곁에 있었으면 하는 생각을 그때 필상은 군선 위에서 염원하던 것이었다.

이산저산
꽃은 피고,
1869

첫해 여름부터 이태 동안 병호는 아침 먹으면 송진사의 사랑에 꿇어앉았다. 전에 기창에게 배웠던 것을 없던 일로 치부하고 소학이며 경서를 처음부터 시작하였는데 과제가 혹독하여 잠을 이룰 수 없었다. 뜻을 익히는 일은 송진사와 더불어 하였으나 그 또한 미리 준비하지 않아 면전에서 쩔쩔매는 것을 그는 죽기보다 싫은 일로 여겼다. 그런데 그보다 가혹한 일은 경서 한 권을 열흘 만에 외우도록 요구하는 것이었으니 밤을 밝히기 일쑤였고 매번 코피를 쏟았던 것이다. 송진사의 수학은 강회(講會)에 초점을 맞추므로 외우는 일이 전부라 해도 과언이 아니었다.

이 년이 지나자 송진사는 닷새에 한 번꼴로 찾아오라 일렀고, 묻고 답하고 외우기를 반복하는 와중에 따로 운필(運筆)을 강조하였다. 병호에게 글을 쓰게 하여 한 번 자획을 살핀 후 획이 굳고 자형이 날카로우며 굴하지 않는 성정이 지나치므로 굴리고 다듬고 물 흐르듯 유연하기를 당부하였다. 그러며 전주에서 만든 종이를 한 아름씩 안기고는 점획과 접필에 매진하도록 요청하였다. 송진사는 또 시를 중요하게 여겨 운과 구를 설명한 뒤 두보를 교과서 삼아 강론하였으며 시험과목이기도 하려니와 높은 경지에 이르는 수양으로도 시작(詩作)을 강조하였다. 그가 지어오라 하여 원평천의 황새를 관찰하고 쓴 율시를 내보이자 다른 일에 관하여는 꾸중이 많던 스승이 이때에는 아무 말도 하지 않았다.

自在沙鄕得意遊　하이얀 모래밭에 홀로 한가로우니
雪翔瘦脚獨淸秋　흰 나래 가는 다리 가을빛이 완연쿠나.
蕭簫寒雨來時夢　찬비 쓸쓸할 제 꿈속에 젖어들고
往往漁人去後邱　고기잡이 돌아가면 언덕에 오르네.
許多水石非生面　허다한 수석은 낯설지 않건마는
閱幾風霜已白頭　험한 풍상에 머리 벌써 세었구나.
飮啄雖煩無過分　쉴 새 없이 쪼고 마셔도 분수를 아노니
江湖魚族莫深愁　물고기들이여, 너무 근심치 말지어다.

그즈음 병호는 또래의 어떤 녀석을 하나 알게 되었다. 고창 서당 마을에 살 때는 단수수 껍질을 함께 벗겨 먹던 동무가 없지도 않았다. 그러나 어머니가 죽고 그를 슬퍼하는 외동아들에게 새로운 풍토를 겪게 하련다고 기창이 고부 진선마을에 터를 잡은 후로 동무를 사귈 기회는 없었다. 이사 온 지 얼마 되지 않아 배움을 청하느라고 금구 거야마을에 따로 떨어지게 되었으니 그는 언제나 혼자였던 것이다. 그런데 정초부터 송진사의 사랑에는 공부인지 남 공부하는 구경인지 한 달에 한 번꼴로 나타나는 녀석이 있었다. 키 작은 것이 집안 내력이라 그때도 병호는 코흘리개보다 크달 게 없었지만 녀석은 벌써 훌쩍 솟아 앉아서도 병호의 선 것과 맞먹었다. 병호는 성근 수염자리가 만들어지고 있었지만 녀석은 턱 전체가 거무스름하여 한층 어른스러웠다. 이름이 송희옥인 것을 알 뿐 어찌 한 달에 한 번 송 진사의 사랑에 나타나는지 병호는 그 연유를 반드시 물어보리라 별렀었다.

꿇고 앉은 발이 저리는지 희옥이는 좌우로 몸을 꼬는 중이었다. 송 진사가 질문하면 곧잘 답하는 것으로 보아 경서를 읽은 듯했으나 그 판에 들 뜻은 없는 눈치였다. 병호가 스승의 질문에 답하며 넘겨본 바 그는 고개를 수그린 채 시종 기름먹인 장판지를 손톱으로 깔짝대고 있었다. 솥뚜껑만 한 손이라 손톱이 여느 사람 엄지발톱만이나 해서 아까부터 그는 빙긋 웃음을 머금었다. 하품을 무는 녀석의 심사를 병호가 모르지 않을 터에 송진사가 눈치채지 못할 까닭이 없었다.

"끝내기 전에 온 보람이 있어야 하니 희옥이도 답을 해보아라. 『논어』는 처음을 어떻게 시작하느냐?"

답하기 쉽게 일부러 경서의 기초가 되는 것을 물은 듯하였다. 변성기가 끝나 자갈돌 부딪는 소리로 희옥이가 답하였다.

"학이시습지 불역열호(學而時習之 不亦悅呼)라 하였습니다. 배우고 반복하여 익히는 일이야말로 다시없는 기쁨으로 평생에 걸쳐 중단하지 말 것을 권하는 말입니다."

"허면 그때의 학은 무엇이냐?"

"육예(六藝)를 일컫는 것으로 주자는 예, 악, 사, 어, 서, 수(禮樂射御書數)라 하였습니다. 예법과 시서를 포함해 무예도 익히며 천문에도 밝아야 한다는 뜻입니다."

"그렇다면 학습을 통해 이루고자 하는 바는 무엇이냐?"

"인(仁)을 고양하여 예(禮)의 절차가 바르게 드러나도록 하는 것입니다."

희옥이는 부족함 따위 따지지 않고 아는 대로 대답하였다.

"그러면 유붕자원방래 불역낙호(有朋自遠方來 不亦樂呼)는 어찌 말해야 하느냐?"

"뜻 맞는 동무와 학문을 논하는 것이 지극한 즐거움이라는 뜻입니다."

고개를 끄덕이던 송진사가 병호에게 시선을 옮겼다.

"그 외에 다른 뜻은 없느냐?"

스승의 질문에 병호는 한숨을 쉬었다.

"어찌 학습이 경서만으로 이루어지겠습니까. 경서를 읽고 뜻을 헤아릴 뿐 아니라 한세상 경영하겠다는 포부를 품는다면 그 또한 같은 일일 것입니다. 같은 뜻을 품은 동지와 포부를 나누어 갖고 맡은 바를 점검하며 상의할 때 대장부는 힘을 얻을 것입니다. 일찍이 공자께서 천하를 주유하시며 품은 뜻이 그것 아니었을지요."

봄볕에 다사롭던 방 안 공기가 짧게 출렁였다.

"틀렸다! 인간이 인간인 이유는 인간에게 있다. 인간을 인간이게 하는 고갱이가 무엇이냐? 희옥이가 답하여라."

머뭇거리던 희옥이가 기어드는 소리로 말하였다.
"인이 아닐런지요."
"허면 인은 무엇이냐?"
"맹자는 측은지심을 인의 단서라 하였습니다. 어린아이가 물에 빠지면 뛰어들어 건져내는 마음이니 말 그대로 어질다는 뜻이 아닐지요."
"인은 고갱이요, 본성이다. 그러니 인은 인간의 씨앗이다. 짐승에겐 없고 풀에게도 없으며 인간에게만 있는 중심이 곧 인이다. 인으로 하여 예가 드러나면 천하를 다스리게 되며 마땅히 군자가 도달하려는 바인 것이다. 이는 움직일 수 없는 사실로 그를 위하여 학이며 습을 하는 것이다. 그러므로 병호 네가 아니라 희옥이가 맞다."
말을 끊은 송진사는 병호에게 엄중히 일렀다.
"선비들이 활을 쏘는 것은 과녁을 맞히지 못함이 바람도 아니요, 절기도 아닌 오직 자신에게 있음을 깨닫기 위함이다. 난을 치는 것도 그와 같거늘 어찌 과녁을 두고 허방에 시위를 당긴단 말이냐? 예가 이루어지면 천하란 절로 이루어진다. 과녁은 그 자리에 있는데 매양 다른 곳에 시위를 당기니 네놈은 사시가 분명하다. 매를 가져와라!"
병호는 시렁에 놓인 회초리주머니를 내려 서안에 놓았다. 그가 행전을 풀자 바람 소리가 나면서 쐐기 쏘인 통증이 종아리를 감았다. 회초리가 감길 때마다 희옥이는 화등잔 같은 눈을 감았다 뜨더니 더 보지 못하고서 고개를 틀 적에야 매질이 끝났다. 병호가 회초리주머니를 시렁에 얹자 스승이 일렀다.

"닷새 후에 오너라."

두 사람이 큰절을 하고 나왔을 때 봄볕은 나른하며 햇빛에 눈이 부셨다. 원평천 둑길에는 쑥이 머리를 내밀고 개울이 새처럼 지저귈 제 송사리 떼가 하얀 배를 뒤집으며 징검돌 밑에서 뛰었다.

"난 열 다섯인데……."

나이를 밝힌 희옥이는 상대의 나이를 몰라 말끝을 흐렸다.

"나도 을묘생이야. 이제부터는 놓는다."

"아니 그래, 꼭 매를 벌어야만 직성이 풀리나? 사람이 융통성이 있어야지. 나이 든 노친네란 자기들 아는 것만 옳다 하는 거 몰라?"

희옥이의 볼멘소리에 병호가 검지로 관자놀이를 가리키며,

"여기선 그게 되는데……."

하고서 이번엔 가슴을 가리켰다.

"이곳에선 잘 안 돼."

"너 고지식한 거 그 노친네하고 똑같아."

"스승님은 누군가와 논쟁하면서 향상하는 것을 중요하게 여겨. 퇴계와 고봉이 그랬듯이 당신께서도 호서의 선비와 서신을 주고받으며 논쟁을 하셨단 말야. 어쩐지 그런 재미를 기대하시는 건 아닌지……. 털도 안 난 병아리지만."

"그렇다면 허구한 날 매를 치실 건 뭐야?"

"왜 그럴까?"

병호는 풀무리에 앉아 잔디 대궁을 뽑아 씹었다. 희옥이가 무릎을

쳤다.

"널 귀애하시는 게야. 노친네…… 그렇다고 눈치를 다 들킬 건 뭐람. 내 따위야 먼 인척이라 문안드리러 가면 앉힐 뿐이지. 과거를 치를 것두 아니니까. 우리네는 아전 집안이다."

희옥이는 남 얘기하듯 집안 내력을 술술 털어놓았다. 병호의 시선을 느낀 그가 돌을 집어 물수제비를 떴다.

"중인이라고 과거를 못 볼까? 정조 임금은 서얼도 중용했는데."

"전보단 풀렸어도 한 번 법도를 세웠는데 그런 세상에 끼워달라고 사정하긴 싫어."

제 삶의 갈피를 정해버린 그가 병호는 부러웠다.

"그런데 어째 한 달에 한 번만 오는 거야?"

"조카를 만나러."

"조카? 한 달에 한 번씩 조카를 만나러?"

부모도 아닌 조카를 보러 온다는 말이 이상도 하려니와 아무 때나 오면 되지 날을 정해놓는다는 것도 수상쩍었다.

"예서 내 사는 곳이 멀기 때문이지. 말하자면 길어."

"잠자코 들을 테니 어디 말해봐."

"남의 집안 궁상맞은 일이 무에 궁금하다고."

"궁금하지. 너를 알고 싶으니까."

담아둘 말을 해버렸다는 부끄럼에 병호는 눈살을 찌푸렸다.

"난 전주 북쪽 봉상에 산다. 그 옆 우동면에 육촌 형님이 계셨다는데 나이 층하가 커서 얼굴은 본 적이 없어. 아무튼 항렬로는 형님뻘인데 그이 역시 아전으로 축재를 했다고 들었어."

하면서 희옥이는 한 집안의 이력을 차근차근 풀어내기 시작했다. 송희옥이 말하는 우동면의 육촌 형님은 이름이 송두옥이라 하였다. 아전으로 축재했다면 수령과 합세하여 얼마나 토색질을 했을지 안 보고도 알 노릇인데 전주 부사를 겸한 감사가 새로 부임하면서 일이 터졌다. 안동김씨 일문에 뇌물을 먹이고 자리를 차지한 감사는 다른 인사가 부임하기 전에 다 뽑아먹고자 전주부의 수리(首吏)와 짜고서 마땅한 자들을 물색하기 시작했다. 그리하여 부녀를 농간했다는 죄목부터 각종 올가미를 씌워 일착으로 걸려든 송두옥을 옥에 가두고 곶감 빼먹듯 십만 냥을 우려먹었다. 만신창이가 된 송두옥은 집까지 탈탈 털린 후 풀려났지만 그 길로 자리보전을 하더니 어린 자식을 두고 그예 눈을 감아버렸다. 슬하에 이남이녀를 두었는데 장남이 머리 깎고 중이 되는 바람에 입 하나는 덜었지만 남은 삼 남매를 건사할 길이 막막해진 부인 박씨는 한양에 올라가기로 결심하였었다. 그러나 남은 자식이 또한 줄줄이라 차남 하나를 출세시키기로 하고 큰딸은 인척에게 떨굴 생각을 하였다. 큰딸을 입양한 종정마을 여산송씨네는 촌수가 멀더라도 송두옥이 만석 재산을 굴릴 적에 도움을 받은 바 있어 청을 받아들였던 것이다. 그랬는데 박씨 부인과 올라간 자식 중에서 스님인 형을 만나고 온 차남이 저까지 머리를 깎겠다 밝히므로 아들을 둘씩이나 절간에 바친 박씨는 상심 중에도 콩나물 장사를 하며 형제를 수발하였다. 세월이 흘러 출가한 아들 둘은 헌헌장부가 되었고, 장남보다 차남이 차라리 두각을 나타내 노장들도 함부로 대지 못할 도량으로 성장하였다. 유난히 눈이 치던 어느 해 겨울에 차남인 그 스님이 진안 금당사에 들렀다가 송희옥의 아버지를 인사차 찾아왔었다. 그날 댁네에 인사를 마친 스님이 송희옥을 콕 집어 금구에 가보자 요청하므로 따라나서고 보니 양딸로 간 누이를 만나러 가는 길이었다. 그곳 종정마을에서 조카뻘인 스님의 누이를 보았는데 항렬은 낮지만 나이는 또 희옥이보다 네 살이나 많았다. 그 사이 만날 길이 없어 애를 태웠건만 스님이라 그런지 오라비는 남처럼 데면데면하였고 여동생만 스님의 장삼 자락에 눈물을 뿌렸다. 그랬던 스님이 둘만 남게 되자 가끔씩 동생을 찾아봐 달라 간청하는 게 아닌가. 한 달에 한 번 죽으나 사나 팔십 리를 걸어 조카를 보러 오게 된 송희옥은 그때마다 인척간의 예로 송진사를 찾아 인사를 올렸다. 생전의 송두옥으로부터 후의를 입었다는 송진사는 희옥이를 병호 옆에 앉히는 것이지만 실은 보은을 행하는 일이었다.

"어른도 많은데 스님은 왜 어린 아재비에게 동생을 부탁했을까?"

병호가 궁금한 것을 묻자 희옥이는 고개를 저었다.

"나도 모르겠어."

이야기를 다 듣고 난 병호는 희옥이가 더욱 만만치 않게 생각되었다. 나이 많은 조카라도 책무를 다 한다는 마음으로 매월 팔십 리 길을 걷는다는 말 자체가 예사롭게 들리지 않았다. 끼니 걱정을 하는 형편이나마 아버지의 그늘 밑에서 저는 파리한 서생이 되어가는 중이지만 희옥이는 무언가 감당을 하기로 한 자였다.

"인차 봉상에 갈 참이구나?"

자리에서 일어서며 병호는 머리꼭지까지 오른 해를 보았다.

"가야지."

수류면 읍내에서 길을 갈라야 했지만 서운해져서 병호는 마저 희옥이를 따라갔다. 금구 향교까지 배웅한 뒤 밥때가 지나 이모할머니 댁에 와보니 기창이 기다리고 있었다.

"학업이 이제야 끝난 것 같지는 않구나."

모처럼의 대면이라 큰절을 올리자 기창이 말하였다.

"먼 길 가는 동무를 배웅하였습니다."

기창은 속내를 드러내지 않고 엄격한 눈으로 아들을 보았다. 그는 거야마을에서 십 리 남짓한 황새마을에 빈집이 나와 둘러보러 온 길이었다. 처음 송진사를 만나러 갈 때 인근에 살 집을 알아보겠다 하였으나 이 년 동안 진척이 없던 일이었다.

"하루라도 빨리 입격하면 그게 스승님에 대한 보답이다. 명심해라."

감정을 드러내지 않지만 병호는 기창이 화가 났다고 짐작하였다.

병호는 스승이 내준 제술(製述)을 짓기 위해 경서와 사서를 뒤적거렸다. 제술은 경서와 사서를 바탕으로 시와 부(賦), 표(表) 등을 짓는 과정이며 식년시나 별시에서도 치르는 시험이었다. 스승은 강회나 백일장을 포함해 초시와 복시까지도 겨냥하고 제자를 훈련하는 중이었다. 병호가 시제를 찾아 부지런히 책장을 뒤적이는데 묵직한 소리가 들려왔다.

"책만 뒤적여서야 공부가 되는가?"

창옷 차림의 사내가 안을 굽어보는 중이었다. 볕에 그슬렸더라도 훤칠한 키에 얼굴이 긴 그를 병호는 한눈에 알아보았다. 일족의 어떤 참서가 벼슬을 사 세도를 부릴 적에 절골 제각에서 재떨이를 던지며 싸웠다는 사람.

"병서라면 몰라도 고리타분하게 경서가 다 무어야? 나가자!"

사내가 말하였고 병호는 제꺽 신을 꿰었다. 담장을 따라 골목을 나서자 행길이 나타나면서 들이 펼쳐졌다. 물이 찰랑거렸고 개구리와 물뱀이 누비고 다녔다.

"내 숙조모님이 네 할머니와 동기간이니 가만 있자…… 우리가 어떻게 되나?"

병호가 얼른 대답하였다.

"사돈간이우."

이것 봐라, 사내가 그런 눈으로 쳐다보았다.

"나는 김필상이다. 숙조모님 댁에 공부하러 왔다더니…… 네가 병호로구나."

"전병호요."

초가를 지나자 밭과 논이 시작되고 느티나무 아래에 무덤이 보였다. 느티나무의 호위를 받는 봉분은 여느 무덤보다도 훨씬 커 보였고 따로 관리하는지 쥐 파먹은 자리도 없이 깨끗하였다. 방귀 좀 뀐다는 집에서야 지관이 손가락질하면 애꿎은 송장을 파고라도 묘를 쓴다지만 논 가운데 무덤이란 아무려나 곱게 보일 리 없었다. 병호의 생각을 읽었는지 필상이 일러주었다.

"이것은 정여립의 용마 무덤이다."

"용마라면 말이란 게요?"

"정여립이 타던 말이지."

관직에서 나온 정여립이 한때 제비산 밑에서 살았던 일만은 병호도 들은 바가 있지만 말 무덤 이야기는 금시초문이었다.

"이곳에 처가가 있어 정여립은 제비산 밑에 터를 잡고 전주와 태인 금구 사람들로 대동계(大同契)를 만들었다는 게야. 반상과 귀천을 따지지 않았다지, 아마. 대동이란 무엇인가?"

둘의 눈이 마주쳤다. 필상은 말해보라고 다그치는 중이었다.

"『예기』「예운」편에 나오는 말로 문이 있어도 닫지 아니하는 세상이 대동(外戶而不閉 是謂大同)이라 하였습니다. 홀아비와 과부와 고아와 병든 이도 부양받게 하며, 사치를 미워하여 재물을 축재하지 않고, 천하를 바름으로 이끌려고 노력하지 않는 사람이라도 미워하지 않되 저를 위해서는 권력을 사용하지 않아야 합니다. 공을 위해 현명한 사람과 능력 있는 자를 선출하는 일도 포함되는데 곧 대동세상입니다."

"참으로 어려운 일일세그려."

"원래 경서가 좀 번드레하지요. 하지만 매사가 물 마시듯 수월하다면 싱겁지 않을까요? 헌데 정여립은 대동을 위해 무엇을 했답니까?"

"매월 보름에 대동계를 중심으로 활쏘기를 겨루고 술과 음식을 즐겼다네. 천여 명의 세를 과시하여 송나라 주린(周麟)에 비유되었다지. 정해년에 왜구가 나타나자 전주부윤의 청을 받아 군사를 출동시켰다더구만."

"그런 다음에는요?"

"역모를 꾀한다는 상소가 이어져 진안 죽도로 피신하였지. 그러다 관군이 좁혀오자 땅에 꽂은 칼에 목을 찌르며 황소 울음소리를 냈다는 게야."

"그게 전부요?"

"대강이 그렇다네."

그러자 잠시 후 병호가 한 마디를 질렀다.

"뭔가 하려다 만 사람이구려."

무덤에 참배하듯 섰던 필상이 흘끗거렸지만 병호는 신경도 쓰지 않았다. 종정마을 송진사에게 사숙하는 일로 그가 숙조모 댁에 의탁한 사실을 필상은 알고 있었다. 잔칫집에서 못되게 구는 양반네를 잡도리했다는 말에 궁금하여 만나보고도 싶었다. 그런데 고작 털을 가는 처지로 눈빛이 방자하고 언행 역시 놀라운 데가 있었다. 한 때 『정감록』 등을 읽고 승지(勝地)를 찾아다녔다는 기창의 영향을 받았을까. 하기야 말세에 접어들었다고 외치는 무리들로 세상은 발 디딜 틈도 없을 지경이었다. 유랑민은 출신 때문에 입신하지 못한 한사나 관의 수탈과 부호의 농간으로 터전을 빼앗긴 농민이 대부분이었다. 그중 농토에서 떨어진 유랑민은 산적이 되거나 유리걸식을 하는데 그들도 그들이지만 훈장이나 지관 의원 등으로 생업을 유지하는 한

사들이 실로 두통거리였다. 그들은 동류와 결탁해 작변(作變)으로 일을 삼고 정씨를 내세워 병창이나 관아를 습격하기 일쑤였다. 아이들까지 목자(木子, 李)가 망하고 전읍(奠邑, 鄭)이 일어난다는 말을 읊조릴 형편이고 보니 고변(告變)과 작변은 하루도 멈출 날이 없었던 것이다. 당장만 해도 지리산 남쪽 광양 땅에서는 한사와 무뢰배가 관부(印符)를 탈취한 후 현감을 축출했다는 말이 들려왔었다. 주모자들은 광양에 거주하는 자들만이 아니라 태인 사람까지도 포함돼 있었다 하니 이는 분명코 변란(變亂)이었다.

용마 무덤을 벗어난 필상과 병호는 오리알터를 비껴 금산천을 따라갔다. 계곡의 꽃잎을 보며 시인 묵객은 선경이 있다 하겠지만 금산사에 닿게 돼 있었다. 필상은 아름드리나무가 선 안쪽 서낭당으로 병호를 끌었다. 좁다란 문을 들어서자 돌부처가 섰는데 사람들이 미륵할미라 일컫는 분이었다. 미륵할미는 너부데데한 얼굴에 눈을 부릅뜬 형상이지만 가사와 손가락은 한없이 부드러워 무서우면서 푸근하고 이쪽이면서 저쪽 분위기를 풍겼다. 바라는 바가 많은 여항의 백성들은 금산사의 미륵불을 두고도 항용 미륵할미에게 향을 바쳤다.

"여기 모악산은 엄뫼나 큰뫼로 불렸다네. 산이란 그저 솟은 것이 아니라 하늘로 이어지는 통로였다는구먼. 그래 크기와 상관없이 모악산을 엄뫼 큰뫼라 하는데 하늘과 통하는 산으로 보았던 게지. 우리네야 하늘을 섬기는 백성이 아닌가. 하늘님이며 하느님이 다 그것인데 그렇다면 이때의 하늘은 무엇인가?"

필상은 금산사 전각 사이를 가로질러 모악산 줄기를 탔다.

"『천자문』에서 말하는 하늘천 따지며 집우 집주가 아닐지요."

"그럴 테지. 함경도에 가서 여진 사람을 만났는데 그들도 하늘을 섬기고 있었네. 흑하 저쪽 사막의 무리도 같다 들었네. 그를 보면 우리네는 분명 저 흥안령을 넘어왔단 말이야. 헌데 오랑캐라 핍박받으면서도 구태여 황하 남쪽만을 바라보겠는가?"

"내 형제라도 그르면 그르고 이웃이라도 옳으면 옳지요."

"그 또한 맞는 말일세. 다시 모악산으로 가보세나. 백제 부흥의 꿈을 무마하려고 진표율사가 금산사를 중창하고 미륵을 모셨다지만 미륵이 이곳에 온 게 그저 우연이겠나? 커다란 패배를 당하고 나라가 문을 닫는 순간 비원은 안으로 숨어들었겠지. 그래서 이곳은 선도며 미륵이며 서왕모까지 한꺼번에 어우러져 꼼지락거리는 땅이 되었단 말일세. 초목을 키우려고 온갖 것이 옴싹거리는 고장이 되었단 말일세. 어찌 정주학(程朱學)이나 공맹만을 우러르겠는가?"

그들은 금산사가 보이는 곳에서 야트막한 무덤에 등을 대고 앉았다. 무덤가에 널린 뻴기 속살을 입에 넣자 달착지근한 맛이 우러나왔다.

"집을 떠나 주유한다고 하던데 이번 행선지가 그럼 함경도였습니까?"

"말한 대로일세."

"그곳은 어떠했습니까?"

"여진 사람과 섞여 이쪽저쪽이 구분되지 않았네. 십 년 동안 한재와 충재가 들어 야인 땅에 들어간 사람이 부지기수라더구만. 조선은 뿌리째 썩어가고 있네. 가만 두어도 무너질 터에 나무를 심고 물을 주지 않으면 흔적도 없이 사라질 게야."

"나도 형님을 따라 훨훨 날아다니고 싶소. 형님을 만나니 부럽고 부끄럽습니다."

처음보다 공손해져서 병호는 이제 그를 형님이라고 불렀다.

"난 젊고 자넨 더 젊잖은가. 답을 찾아야지."

필상은 무덤을 베개 삼아 누웠다. 병호가 따라 눕자 햇빛이 얼굴을 간질여 재채기가 날 것 같았다. 솔향을 맡으며 졸다가 해가 설핏해져 돌아왔을 때 병호의 이모할머니 댁에는 또 기찰이 와 있었다. 황새마을에 이사를 하게 됐다며 길을 나서는 것이지만 이번에도 병호는 아버지가 서운해 하는 것을 느꼈다.

한 달 만에 다시 찾아온 희옥이와 학업에 몰두하다 밖에 나서자 송진사네 대문 앞에 필상이 서 있었다. 병호가 아는 체를 하였다.

"어찌 여기까지 오셨습니까?"

"방구석에 누워 있댔자 별 수 있나?"

그러며 곁에 선 희옥이에게,

"이이가 그이인가보이."

하고 반가워하였다. 정여립의 용마 무덤을 보고 금산사를 다녀온 후 그는 자주 병호를 찾았는데 이야기 끝에 희옥이에 관한 말이 나왔었던 것이다. 하지만 희옥이는 필상에 대해 들은 바가 없어 어벙

한 눈으로 쳐다보았다.

"거야마을에 사는 사돈 형님이야."

병호의 소개에 희옥이가 냉큼 허리를 굽혔다.

"전주 봉상 사는 송희옥입니다."

"김필상이네. 병호 아우의 말을 듣고서 한번 보고 싶어졌지. 자자, 우리 집으로 가세나."

논에는 어린 모가 몸살을 하고 볕을 쬐던 개구리가 사람을 피해 물에 폴짝 뛰어들었다. 모를 때우는 사람만 눈에 띌 뿐 농번기 끝의 들판은 고적하고 한가로웠다. 이물 없는 사이가 아니라서 필상에게는 말을 못 붙이던 희옥이가 병호를 보았다.

"오다가 전주에서 놀랄 일을 봤어."

"무슨 놀랄 일?"

"동문 밖으로 중영(中營)을 지나는데 죄인을 실은 함거가 줄줄이 들이닥치지 뭐야. 무려 여섯 대나 되던 걸. 죄인들은 산발한 얼굴에 피딱지가 앉았는데 손톱마다 꼬챙이가 박혔드라구. 역모라도 났을까?"

병호는 묵묵부답인데 필상이 중얼거렸다.

"광양에서 올라온 게로구만. 목이 잘려 시구문에 버려질 테지."

원래 민란 주동자들은 군현 단위에서 처결되는 게 상례였다. 수령의 탐학이 극에 달하면 참다못한 백성은 통문을 돌리고 청을 들어달라 등소(等訴)부터 하였다. 이 경우 수령들은 몽둥이찜을 내리기 일쑤인데 백성은 관아에 돌입할 장정을 차출하고 여의치 않은 집에서는 벌전(罰錢)으로 대신하였다. 관아를 점령한 난민은 탐학한 수령과 아전을 멍석에 말아 지경 밖에 내던지고 옥을 부숴 죄인을 방면한 다음 사창을 헐어 쌀을 나누어준다. 이웃 고을에서 소식을 장계에 실어 보내면 조정에서는 안핵사를 파견해 주동자들의 목을 치고 적극 동조한 십여 명은 유배하도록 처결한다. 또 분란을 조장한 수령과 이서들은 원악도에 유배하지만 이삼 년 지나면 해배되어 같은 짓을 반복하게 마련이었다. 결국 주림을 견디지 못해 일을 벌이면 군현의 똑똑한 놈은 목이 날아가고 말깨나 한다는 자들은 유배지에서 죽어 나가니 며칠 배불리 먹는 호사가 모두 이웃의 목숨값이었다. 하지만 이는 군현의 백성이 자체로 나선 경우에 한하고 광양에서는 다른 지역 인사들까지 결합되었다 하니 명백한 변란이었다. 그런 이유로 주모자를 한양에서 처결하려고 압송하는 모양이었다.

 미리 일러두었는지 거야마을 필상의 사랑에는 머리 고기가 차려져 있고 호리병에 복지깨 덮은 주발까지 놓여 있었다. 떠르르한 부자는 아니지만 물려받은 전답과 집이 있어 필상은 행랑방의 직수굿한 부부를 두고 궁상맞지 않게 살았다. 가산을 물려받은 필상이 전답을 나누어주며 나가 살라고 이르는데도 그들 부부는 농사는 누가 챙기냐고 한사코 행랑채에 머물렀다. 그가 안심하고 전국을 주유하는 것이 다 그네들 부부가 근실한 때문이었다. 소피를 보는지 소식이 없더니 한참 뒤 필상이 사랑 마당에 드는데 노랑 저고리에 남색 치마를 입은 여인이 따라왔다. 눈치를 챈 병호가 버선발로 뛰어내리자 희옥이가 쿵쾅대며 뒤를 따랐다.

"아우들일세. 나 없을 때 찾더라도 박대하지 마시게."

필상의 소개에 두 사람이 반절을 하자 여인도 허리를 숙이는 것이지만 그닥 흔연한 표정이 아니었다. 일 년 중 절반을 밖으로 도는 지아비가 떠받들어 모실 지경이 아닌 건 누구라도 짐작할 노릇이었다. 반찬을 안주 삼아 술을 비우던 희옥이가 구석에 세워진 물건을 가리켰다.

"저건 무어요? 좋아 보이는데."

필상이 수발총을 가져왔다. 희옥이는 총을 이리저리 둘러보며 관심을 보였다.

"화승을 끼우지 않고도 쏘는 총입니다그려."

"강화도에서 얻은 물건이지. 총 얻은 사연을 들어보려나?"

필상은 강화도에 건너간 일을 다른 사람 목소리까지 시늉하며 설명하였다. 그가 이양선을 입에 올릴 적에 희옥이는 눈을 뒤룩거리더니 김진사네가 피난 가는 대목에서는 방구들이 무너지도록 주먹을 쳤다. 반면에 병호는 차분히 경청하면서도 서너 잔 술에 홍당무가 되어 몸이 자꾸 비스듬해지는 중이었다. 병호가 평소보다 큰 동작으로 팔을 저었다.

"양이들은 어찌 그 같은 이양선과 총포를 갖추었을까요?"

질문은 필상에게 했건만 희옥이가 말을 채갔다.

"어디 이양선뿐인가? 종정마을 송진사가 쓰는 돋보기도 실은 저들이 만든 거라네. 온갖 기물이 다 쏟아진다는데 뭘."

"저들의 그러한 기물은 서학에서 나왔을까요?"

병호는 한층 더 기울어진 자세였다.

"이양선을 보았다 하나 만지지 못하니 이치는 알 수 없었네."

"그 신통한 기물이 우리에겐 없고 저들에겐 있으니 마음먹기에 따라선 재앙이 될 것입니다. 청국을 보십시오. 고작 이양선 몇 척을 타고 온 무리에게 도륙나지 않았습니까?"

아편전쟁은 이들이 태어나기도 전에 벌어졌지만 귀 아프게 들은 이야기였다. 멀쩡하던 당산나무가 와지끈 소리도 못 하고 부러진 것처럼 허탈하고 두려운 일이었다. 전쟁이 끝나고 청나라가 이양선의 불법행위를 단속하자 양이들은 다시금 청국을 침략하였는데 병호나 희옥이는 어려서 몰랐지만 필상이만 해도 오줌 지리며 듣던 이야기였다. 양이들은 연경을 함락하고 황궁을 바스러뜨렸으며 황제까지 열하로 도망을 쳤다는 게 아닌가. 그 사건으로 청국은 구룡반도를 영국에 할양하고 연해주를 아라사에 내줘 졸지에 조선은 양이들과 두만강을 나눠 쓰게 되었었다. 아라사를 막으려고 프랑스 신부들과 방아책(防俄策)을 숙의하던 대원군은 일이 틀어지자 도리어 서학의 무리를 탄압하지 않았던가.

"저들은 다른 나라를 침범하는 일에 그 기물을 쓰는데 우리도 무언가 좀 알아야 하지 않겠습니까? 세상은 새로운 일이 생길 조짐으로 뜨겁습니다."

말을 하면서도 얼굴이 홧홧거려 병호는 눕고만 싶었다. 제사 때 아버지가 건넨 술로 입술을 적셔보았지만 이번처럼 마시기는 처음이었다.

"아우님 말이 지당하네. 무작정 쏘다닐 게 아니라 그쪽에도 귀를 기울일 참이네. 서학쟁이를 소탕하여 다들 숨어들었지만 서적이라도 구하게 될지 모르지."

그러나 필상의 말을 다 듣지 못하고 눈꺼풀을 깔던 병호는 그대로 자리에 고꾸라졌다. 필상과 희옥이가 떠드는 소리를 들으며 까무룩 가라앉고 편한 자리를 찾느라고 몸을 뒤척이지만 그럴수록 더욱 혼곤하여 자세가 편치 않았다. 그러다 한축이 들어 실눈을 떠보니 촛불에 그림자가 너울거렸다.

"여항의 선비 중에는 대원군을 못마땅하게 여기는 무리도 있다더구먼. 억강부약하는 기세에 겁을 먹은 게지."

"까짓 거, 우리라도 총을 들어야 할까요?"

그때 불침 맞은 듯 놀라 일어난 병호가,

"어, 시각이 얼마나 되었지?"

하면서 매무새를 만지작거렸다.

"자고 가지 왜 일어나나?"

"아니올시다. 가야 합니다."

밖에 나온 병호는 방안 불빛에 기대 미투리를 꿰었다.

"정말 갈 작정인가 보네. 데려다주까?"

희옥이가 물었으나 괜찮다 하면서 병호는 서둘러 밖에 나섰다. 새로 이사 온 황새마을까지는 십 리 남짓에 불과했지만 너무 늦은 시각이라 쫓기듯 수류면을 관통하여 뛰었다. 멀리서 맹꽁이와 개구리의 울음이 들려와 검은 산 그림자가 그나마 덜 무서웠다. 황새마을

이 가까워져 숨이 턱에 걸린 다음에야 보통 걸음으로 바꾸면서 병호는 어찌 이리 서두르는지 생각하였다. 그것은 아버지 기창과 스승 송 진사의 바람이 자신 또한 원하는 길인지 묻는 일이었다. 과거시험을 통과하면 가슴의 실타래가 잘려 나갈까. 그 일은 뜨거울까 무덤덤할까. 삼간초가 마당으로 들어서는데 안방에서 불빛이 새어 나왔다.

"사돈댁에서 깜박 잠들었기로 늦었습니다. 차후에는 조심하겠습니다."

그가 토방에 서서 말하자,

"어서 자거라."

가래 끓는 소리가 들리더니 불빛이 사라졌다. 혼자 쓰게 해준 윗방에 눕고서야 그는 예도 차리지 못하고 허둥지둥 필상의 집에서 나온 사실을 깨달았다. 안방에서는 아버지 기창이 잠을 이루지 못하는 기색이었고 병호도 쉬 잠을 이룰 수 없었다.

네가 가도
여름이 되면,
1871

금구현 수류면 원평장터에서 닭뱀이재를 지나면 텃골이 나오고 텃골을 지나면 돌무늬요, 거기서 강대올과 상두재를 넘으면 태인 지금실마을이 누워 있다. 지금실마을은 뒤로 상두산 자락에 몸을 의탁하는데 사람들은 장을 보려면 닭뱀이재를 지나 원평까지 넘어 다녔다. 그 지금실마을 끝자락에 탱자울 두른 초가가 있어서 지금 한 사내가 숯불에 약탕기를 걸어놓고 부채질에 여념이 없었다. 사내의 이름은 김기범으로 태인의 명문가 도강김씨 가문의 일원이지만 오래도록 급제자를 내지 못해 가세는 기운 지 오래였다. 그래도 오대조까지는 동약(洞約) 활동에 참여해 체모를 지켜오더니 행세할 조건을 잃은 채 집안은 몰락해가는 중이었다. 그나마 김기범이 헛간 딸린 집칸이라도 마련하고 전답 몇 마지기를 보유하게 된 것은 순전히 원정마을 사는 장형의 배려 덕이었다.

족숙(族叔)뻘이라는 김시풍이 전주 영장(營將)을 지내고 있다지만 김기범은 집안이니 가문이니 그런 일에는 당최 관심이 없었다. 그런 그가 『수호전』이며 『전우치전』 같은 군담류 소설과 병서를 고리짝에 치우고 경서에 파묻혀 지낸 것은 구이동면 원터마을 처자와 혼인해 제금이 나면서였다. 부인 이씨가 그를 응원해 몇 뙈기 논밭을 관리하므로 그날부터 김기범은 더욱 경서에 매진하며 시부를 지었다. 그런데 임신을 하였는지 시나브로 입맛을 잃어가던 이씨가 어느 날 하혈을 하고서는 자리보전을 하더니 도통 일어날 기미를 보이지 않았다. 용하다는 의원을 불러 암만 진맥을 하고 침을 놓게 해도 차도가 보이지 않아 부지런히 탕약을 끓여 먹이는 것 말고 달리 할 일은 없었다.

약탕기 손잡이에 무명을 감아 대접에 깔린 삼베에 약 달인 물을 붓고 삼베 귀퉁이를 모아들자 사발에 거무스름한 물이 고인다. 김기범은 약재를 다시 탕기에 넣고 물을 부어 숯불에 얹었다. 약재마다 우러나는 시간이 달라 재탕하여 원탕과 섞어 먹이려는 것이었다. 그가 다시 부채질에 몰두할 즈음 작달막한 사내가 중년 사내를 앞세우고 삽짝 앞을 지나갔다. 상두재를 넘는 사람인가 대수롭지 않게 여겼지만 잠시 후 비어 있는 뒷집에서 두런대는 소리가 들려왔다. 비 새는 데가 없다는 둥 고래도 주저앉지 않았다는 둥 집을 품평하는 소리였다. 한참이 지나서 사내들이 동곡마을 쪽으로 내려간 뒤 기범이는 재탕한 약을 원탕에 섞어 손가락으로 온도를 재고 방에 들여갔다.

"약 먹읍시다."

등에 손을 넣어 사람을 일으키는데 몸이 밭아 이씨는 허깨비처럼 가벼웠다. 시집올 때만 해도 둥그스름하던 턱은 각이 져 주걱처럼 변하고 눈은 꺼져 정기가 보이지 않았다. 이씨가 한 번에 비우지 못하고 약사발을 뗐다.

"그걸 한 번에 못 비우나 그래? 입에 맞지 않더라도 주욱 들이켜소."

그가 타이르자 이씨가 이번에는 끝까지 마셨다. 약사발과 함께 담아온 감초를 입에 넣고 우물거리던 그녀가 접시 달라는 시늉을 했다.

"원터마을에 좀 다녀오십시오."

"처가에 말이오?"

"오라비를 모셔 왔으면 합니다."

"처남은 왜?"

"겨울에 시집와서 일 년도 안 되었습니다. 그런데 이리 누워있으니 원망스럽고 죄스럽습니다. 친정에 가서 정양을 해야 저를 수발하느라 애쓰지 않겠지요. 서방님은 원정마을에 가 계십시오. 이곳에서야 끼닌들 제대로 해결하겠습니까?"

"장성하여 떠나온 집으로 어찌 돌아간단 말이오. 어머니가 계시면 모를까 형수 밑으로는 들어가지 않을 것이오. 허나 원터마을에는 다녀오리다."

기범이는 이씨의 이불귀를 여며주고 밖에 나와서 곰방대에 연초를 재웠다. 동곡마을에서 꾀꼬리가 날아와 사라진 후 상두산에서 꾹꾹구구 비둘기가 울었다. 토방 돌멩이에 곰방대를 두드려 재를 털자 지붕에서 떨어진 노래기가 느릿하게 그 위를 지나갔다. 그가 마른하늘에 대고 웅얼거렸다.

"작것, 여름 해는 급살맞게도 길지."

이튿날 미음을 쑤어 이씨를 먹인 후 길 나설 채비를 할 무렵에 전날 뒷집을 보러 왔던 사내가 보퉁이를 지고 삽짝 앞을 지나갔다. 이어 그를 닮은 녀석이 솥단지와 가재도구를 지게에 얹어 메어 가고 보따리를 인 할머니와 어린 흰둥이까지 네 식구의 행렬이 이어졌다. 평소 져보지 않았는지 지게 진 녀석의 걸음걸이는 영 신통치 않았는데 멜빵을 뺄 적에는 금방 짐바리를 쏟을 것 같아 따라온 기범이가 얼른 잡아주었다.

"고맙수."

지게작대기를 건 녀석은 그렇게 말하는 것이지만 고마워하기는커녕 퉁명스럽기 그지없는 목소리였다. 녀석의 눈은 범 같다는 김기범의 눈에도 예사로워 보이지 않았다.

"어서 짐을 내리지 않고서."

아들에게 말하며 돌아서는 중년 사내의 눈이 똑 아들의 그것이었다. 이마가 도드라져 눈은 컴컴한 동굴 속처럼 깊이 박히고 티 없는 흰자에 싸여 검은자단 먹물보다 짙었다.

"아랫집 사는 김기범입니다."

기범이는 중년 사내와 할머니에게 인사를 차렸으나 집안을 쓸고 닦는 일로 새 이웃은 분주하였다. 구경만 하기도 뻘쭘한 노릇이라 발치에 놓인 부담롱 하나를 그러안았다. 하지만 옷가지나 들었으려니 하였다가 허리가 휘는 것 같아 마루에 부린 뒤 들춰보니 지필묵이며 경서가 하나 가득이었다. 마루를 훔치던 할머니가 부엌을 좀 쓰자 하여 집에 와서 화덕에 불을 피우자 솥을 들고 온 할머니가 휘휘 집을 둘러보았다.

"누구 앓는 사람 있수?"

"안사람이 앓는 중입니다. 어찌 아십니까?"

"한약 냄새가 진동하지 않남. 아낙네 손이 닿지 않아 집안 썰렁한 것 좀 보시우. 집이든 사람이든 아낙네 손길을 타야 하는 법이라오. 잠깐 기다려보우."

그녀가 삽짝을 나서더니 잠시 후 중년 사내를 데려왔다.

"내자가 편찮으시다는데 진맥이나 해봅시다."

쥐덫으로 황소를 잡는대도 믿을 판이라 기범이는 얼른 방문을 열었다.

"뒷집에 새로 오신 분인데 진맥을 하시겠다네."

이씨가 몸을 일으키려 하자 사내가 만류했다. 이씨의 손목에 손을 얹어 맥을 짚었다 떼기를 반복하던 사내가 한참 후 방을 나섰다.

"언제부터 누워계셨소?"

"지난봄에 하혈을 하더니 저러고 있습니다."

"허면 어찌할 생각이오?"

염려스러운 말투였으나 성정이 본래 그런지 사내는 표정이 없었다.

"이따가 처가 쪽 사람을 데려올까 합니다. 친정에서 요양을 하겠답니다."

"뜻대로 하게 해주시오."

그러며 사내는 윗집으로 휑 가버리는 것이었다. 기범이는 이씨의 증상에 관해 한마디 언급도 하지 않는 사내를 불만스럽게 보고 섰다가 걸음을 돌려 원터마을로 향하였다.

 이튿날 이씨의 오라비는 행랑 식구를 대동하고 나타나 소달구지에 환자를 실어 갔다. 원터마을까지 따라가 씨암탉을 대접받은 기범이는 하룻밤을 묵고 지금실에 돌아와 이불 홑청을 뜯어 물에 담그고 누비이불은 빨랫줄에 널었다. 그 일을 끝내고 누웠는데,
 "안에 계시우?"
 하는 소리에 내다 보니 아비를 그대로 탁한 뒷집 녀석이 서 있었다.
 "할머니께서 같이 밥을 먹자 하십니다. 어디 밥이나 차려 먹겠냐고."
 "이거나 한모금 하고 갑시다."
 기범이가 곰방대에 부시를 치자 뒷집 녀석이 마루에 엉덩이를 걸쳤다.
 "전병호요. 을묘생이구."
 "김기범이오. 내가 계축생이니 두 살 위구려. 제기랄, 동무 합시다."
 그러자 녀석이 물었다.
 "내자는 잘 안돈해드리구 왔나?"
 기범이는 콧구멍으로 연기를 날리며 픽 웃었다. 아무리 먼저 동무하자 했어도 손사래 한 번은 칠 일이언만 냉큼 낚아 깨무는 배포에 어이가 없었던 것이다. 제금 나온 뒤로 원정마을 동무들과도 떨어져 가뜩이나 좀이 쑤시던 참이었다. 이씨의 바람을 존중해 향시라도 치

를까 하였지만 피가 식지 않아 세상이 시시하던 차였다. 그런데 부담롱 속의 필묵이며 경서를 보고 나서는 생원이든 진사든 먼저 들겠다는 결심이 불처럼 일어나던 것이었다.

"어서 오시우. 찬이 변변치 않구려."

"폐를 끼치게 됐습니다."

상에는 조 수수가 섞인 밥에 나물 두어 가지가 놓여 있었다. 그러나마 혼자 먹는 일에 물린 기범이에게는 회가 동할 일이었다.

"올해 몇인구?"

양반네란 상머리에서 함부로 말을 주고받지 않는 법인데 할머니는 개의치 않았다. 하기야 이삿짐이며 집안 꼬락서니로 보아 양반네라 부를 형편은 이미 아닌 듯하였다. 기범이는 병호 아버지가 이씨의 맥을 짚었을 때 과거 공부로 허송하다 훈장이나 의원 나부랭이로 돌아쳤음을 대번에 짐작해버렸던 것이다.

"계축생이니 올해로 열아홉입니다."

"병호하고 두 살 층하가 지는구면. 형 노릇도 어려운 일인데 잘 봐주구려."

"알아서 살피겠습니다."

그가 부러 크게 답하며 벌쭉 웃고 나자 할머니가 다시 물었다.

"부모님은 다 계시고?"

"어릴 적에 돌아가셨습니다. 장형님 댁에서 자랐고 혼인하구서 갈렸습니다."

"농사짓는 손이 아니니 과거를 생각하는 게지. 병호랑 떡하니 붙어서 집안도 일으키고 입신도 허도록 하우."

"할머니 뜻대로 하겠습니다."

식사를 끝내자 병호가 밥상을 들고 나갔다. 기범이가 따르는데 할머니의 한 마디가 들렸다.

"끼니때 한 그릇 더 차릴 게니 그리 아시우."

"알겠습니다."

그길로 집에 돌아온 기범이는 맛나게 끽연하고 곰방대를 간수하였다. 삽짝 안으로 들어서는 병호에게 그가 대뜸 물었다.

"너 술은 마실 줄 아니?"

"남들만큼 마신다."

"그럼 이담에 한잔하자. 동무들과 어울리는 숯막이 있는데 게서 보면 되겠다. 그믐날 어때?"

기범이는 구이동면의 인심 고약한 부잣집을 염두에 두고 있었다. 서너 달 전에 돼지가 새끼를 낳았는데 딱 좋을 거라며 고향 마을 동무가 속삭였던 것이다.

"그러자."

녀석의 선선한 응대에 그냥 하는 대답인지 정말 응할 생각인지 기범이는 두고 볼 작정이었다. 쇠뿔도 단김에 빼랬다고 이튿날 원터마을에 건너가 이씨의 병세를 확인한 그는 돌아오는 길에 원정마을 동무들을 찾아가 모처럼 머리를 맞댔다. 초저녁부터 함께 마신 술기운 탓인지 음흉한 목소리로 한바탕 쑥덕거리고 나자 그제야 달이 구름을 밀어내듯 몸뚱이가 생동하는 것이었다. 그 자리에서 그믐 전야에 일을 벌이기로 모의한 연후에 지금실 빈집에 돌아온 그는 약속한 날이 닥쳐오기를 기다려 원정마을로 건너갔다. 기범이의 동무 한 녀석은 메겡이와 마대자루를 들었고 다른 녀석은 구럭을 지고 있었다.

"닭서리나 하면 그만이지 무슨 돼지 서리야?"

북쪽 길을 골라잡으며 박치수가 물었다. 전답이 조금 있지만 기범이네 장형에게 따로 논을 부쳐 먹는 집 아들이었다. 그는 기범이의 장형이 초빙한 훈장 밑에서 나란히 글을 익힌 적도 있었다.

"그깟 참외서리 닭서리로 흥이 날까? 사내가 셋인데 돼지는 잡아야지. 게다가 백부자는 너한테 원이 서린 집이잖아."

쇠백정 아들 억구지가 메겡이를 둘러메며 박치수에게 물었다.

"부시랑 섶은 잘 챙겼지?"

"잘 챙겼으니 자네 일이나 똑바로 히여."

기범이가 원정마을 살 때만 해도 이들은 밤마다 떼지어 몰려다니던 사이였다. 기범이의 장형은 경서를 읽어 동생이 과거에 들기를 원하였고 고지기나 백정하고도 어울리는 성정을 염려하였다. 그러나 병서에 재미를 붙이고부터 부쩍 재인 백정 가리지 않고 죽만 맞으면 일을 만들고 다녔다. 그러다 지금실로 떠난 뒤 그런 행각은 잦아들었지만 백부자네 이야기가 나와 벼르던 길을 나선 참이었다. 달 없는 그믐이라 앞 사람 옷자락이 귀신 한가지로 희미하였지만 그 밤에도 논에서는 개구리 맹꽁이가 요란하였다. 대덕동 지나서 들이 넓어질 무렵 어둠에 잠긴 구이동 남쪽 마을이 거무스레한 자취를 드러냈다. 마을로 들어서자 개들이 짖어 하는 수 없이 일행은 야산에 앉아

숨을 골랐다.

"새로 사귄 친구를 대접하려고 이리 나서는 걸 보니 마음에 쏙 들었는갑다."

박치수가 뇌까리자 기범이가 맞대응하였다.

"백부자놈을 징치하려는 게여. 네놈 원수도 갚구."

그들이 노리고 있는 백부자 집은 작년 그러께에 삼십여 간 집을 지었지만 민재(民財)를 우려내고 민력(民力)을 침학하여 이룩한 일이었다. 진사라고도 하고 어느 고을 이서 노릇을 했다고도 하는 백부자는 지방의 하리들과 짜고서 백성의 재산 앗기를 솔개 병아리 채듯 일삼았다. 그는 원납전을 배분할 적에 향회라 칭하면서 부민에게 뇌물을 받고 갑리(甲利)로 빚을 주어 백성의 자잘한 농토까지 거두어들였다. 눈에 거슬리는 자는 사사로이 붙잡아 매를 치는 한편 나라의 역위답(驛位畓)까지 늑매하여 경영하는데 어찌하여 무단토호를 징치할 적에 대원군의 눈을 비껴갔는지 모른다고 사람들은 숙덕이며 고까워하였다. 그러나 김기범 일행이 백부자를 더욱 미워하게 된 것은 풍 맞고 떨어진 그를 위해 박치수가 짝사랑하던 처자를 동녀(童女)로 데려간 일 때문이었다. 빚 때문에 어쩔 수 없이 팔려 간 처자를 두고 밤마다 술 취해 날뛰는 친우 때문에 동무들이 여간 고생한 게 아니었다. 풍 맞은 백부자는 고자가 되었으니 여인은 소실도 아니요, 발가벗고 산송장 몸이나 데우다가 그가 죽으면 노비 취급을 당할 팔자였다.

"짚눌에 불을 놓았는데 본채에 옮겨붙으면 어쩌지?"

억구지가 걱정하자 기범이가 등을 두드리며,

"그러면 더 좋지. 싸그리 타버렸는데 제깟 놈들이 어쩔 게야."

하더니 박치수에게 덧붙였다.

"만일 그리되거든 넌 여자를 데리고 줄행랑을 쳐버려. 가자!"

백부자네가 땔감으로 쌓아둔 담장 안 짚눌은 밥 짓고 구들 데우느라고 한쪽이 허물어져 반쯤 남아 있었다. 억구지가 둘러보고 와서 아무도 없다고 일러준 후 기범이가 섶에 부시를 쳐 담장 너머로 던졌다. 연기가 오를 무렵 골목을 나와 마을 어귀로 옮기면서 기범이가 소리를 질렀다.

"불이야! 불이야! 백부자네 집 불났다!

짚눌에서 솟아오른 불꽃이 혓바닥처럼 일렁이자 조용하던 마을이 삽시에 깨어났다. 불이 백부자네에서 난 것을 확인한 사람들은 횃불을 밝히고 동이를 찾아 우물의 두룸박을 건져 그 댁으로 달려갔다. 마을 사람들이 백부자네로 몰려간 것을 본 세 사람은 불이라도 끄러 온 사람마냥 꽁무니에 붙어 골목으로 들어갔다. 백부자네 대문은 활짝 열려 있었고 사람들은 그 집 우물에서 두룸박을 건지는 한편 마을 시암을 퍼 나르느라 정신이 없었다. 기범이가 대문 안으로 들어서자 두 동무가 성큼 따라왔다. 돈사는 대문 옆 행랑채 끝에 있었으며 담장 대신 판자를 지르고 밑에 구유가 놓여 있었다. 축사는 세 칸인데 첫째 칸은 어미 돼지와 새끼 몇 마리의 차지요, 다른 칸에는 나머지 새끼들이, 마지막 칸에서는 불안해진 소 두 마리가 밖을 내다보고 있었다. 기범이는 돈사 앞에서 망을 보고 억구지와 박치수가 둘째 칸 간짓대를 들추며 안으로 들어갔다. 돼지는 시력이 약한 놈들이라 사람이 들어와도 알아보지 못하고 저만 들키지 않은 줄로 알아 죽은 듯 엎드려 있게 마련이었다. 날 잡아잡수 하는 꼴인데 오륙십 근은 족히 되는 놈을 골라 억구지가 인중에 대고 힘껏 메겡이를 휘둘렀다. 역시나 백정 아들놈의 솜씨인지라 단매에 끽소리 못하고 뻐드러지는 놈을 박치수가 마대자루에 집어넣고 훌쩍 둘러멨다. 마대자루 진 놈과 메겡이 든 놈, 구럭을 진 놈이 대문을 나설 때까지 사람들은 누구 하나 신경도 쓰지 않았다.

"제에미, 저깟 놈 집에 불 좀 났다고 저렇게 뛰어다닐 건 뭐람."

기범이의 씹어뱉는 말에,

"그래도 인심이 어디 그런가? 이럴 때 잘 보이지 않으면 소작 떨어진다구."

박치수가 대꾸하면서 돌아보는데 빚에 팔려 간 처자를 떠올리는 눈치였다. 그들이 동구를 빠져나온 후에도 불길은 담장을 넘어 넘실거렸고 냇내가 코에 닿았다.

"담에는 그 처자를 업어 내오자구."

억구지가 흰 이를 드러내며 박치수의 옆구리를 질렀다.

"다 지난 일이야. 이 고을엔 민란도 안 일어나. 확 싸지르고 죽어 버릴 건데."

하운면까지 내려와 일행은 운암강 자갈돌에 마대자루를 부렸다. 두 사람이 다리 두 짝을 잡고 발버둥치는 돼지를 감당할 적에 억구지가 자루에서 칼을 꺼내 멱을 찔렀다. 멱따는 소리를 내며 발광하는 돼지의 목에서 피가 콸콸 쏟아져 자갈돌 사이로 흘렀다. 피가 빠진 채 축 늘어진 돼지를 마대자루에 담고 그들은 강물로 자갈돌을 씻었다. 이제는 숯막에 넘어가 털을 제거하고 발골을 할 차례였다. 엄재 방면으로 향하면서 기범이는 이씨가 누워있는 처가 방면을 돌아보았다. 그녀를 두고 짐승을 도축하는 일이 왠지 꺼림칙했으나 머리를 내둘러버렸다. 마대자루를 멘 박치수도 자꾸 돌아보는 것이 빚에 팔려 간 처자를 떠올리는 눈치였다.

기범이는 숯불 위에 고기를 얹어 구우며 연신 왕소금을 뿌렸다. 아내 이씨가 자리보전한 뒤로 음식 솜씨가 늘어 그 하는 양이 퍽 자연스러웠다. 구워진 고기를 안주 삼아 동무들은 계곡에 담가둔 탁주를 꺼내 들이켰다. 기범이가 뒷집 동무를 초빙했다길래 혼전이라 부모 눈칫밥을 얻어먹는 원정마을 동무들은 그냥 가겠다 하였으나 조금만 있어 보라고 해서 남게 되었던 것이다. 사위가 어두워져 모기가 날아들자 억구지가 생솔가지를 꺾어 모깃불을 피웠다.

"안 올 모양인데? 우리만 배 터지겠구나."

박치수가 엄재로 통하는 소로를 돌아보았다.

"무에 걱정인가? 나누어 가지면 되지. 다음에는 백가네 소를 잡아다 실컷 먹고 순창이든 고부든 내다 팔자구."

억구지는 재미가 들었는지 신나 떠들었다. 기범이가 그 말을 반가워하였다.

"작것, 그 집 살림을 다 들어내자구. 그나저나 오겠다구 큰소리치더니 정녕 안 올 셈인가? 그리 안 보았더니 허망한 놈일세."

그들이 수작을 하며 탁주를 들이켤 즈음 숯막으로 뚫린 조도에 두런거리는 소리가 들리더니 병호가 나타나는데 혼자가 아니었다. 팔척은 너끈한 거한이 술통개를 멘 채 따라오고 풍신 좋고 젊잖아 뵈는 사내가 뒤에 붙어왔다.

"내가 먼저 소개를 해야겠네그려."

병호가 소개를 할 참에 희옥이가 나섰다.

"뭘 소개를 그리 하나. 각자 알아서 밝히면 되지. 난 송희옥이고 좋은 자리가 있다길래 전주 봉상에서 왔습니다."

시원시원한 희옥이의 말에 필상이도 자기를 밝혔다.

"금구 김필상이외다. 호방한 분들 뵙기가 꿈이더니 소원을 이룹니다. 반갑소."

병호도 기범이의 동무들에게 이름을 밝혔고 뒤이어 기범이가 나이와 이름을 대자 억구지도 말을 받았다.

"저는 억구지라고 하는데 기범이와 소꿉동뭅니다. 듣기 거북하실지 몰라도 백정의 자식이올시다. 그렇잖아도 내려갈 참인데 불편할까 싶으니 시방 가겠습니다."

"그런 인사는 없습니다. 동무의 동무는 동무 아닙니까? 가더라도 좀 놀다 가십시다."

병호가 손사래를 쳐서 말막음을 하자 마지막으로 박치수가 자기를 소개했다. 생각보다 입이 많아져 기범이는 숯을 넓게 벌린 채 부지런히 고기를 구웠다. 처음에는 서먹서먹하였으나 몇 순배 술이 돌자 웃음이 낭자하고 목소리들이 커졌다.

"내가 봉상에서 내려올 적에 엄재로 오라길래 전주 남문을 거치지 않았습니까? 구이동을 지나다 목이 말라 시암을 찾았습니다. 그런데 빨래하던 아낙들이 대갓집에 불이 나고 돼지 한 마리가 없어졌다고 수런댑디다. 벼라별 숭악한 놈들두 다 있구나 하였지요. 그런데 이 고기는 어디서 왔는지 천하일미로구려."

희옥이의 너스레에 분위기가 썰렁하였다가 우하하 웃음보가 터졌다. 숫자가 많아 이야기가 중구난방이 되면서 술잔도 빨리 돌았다. 밤이 깊어가고 술동이가 비자 희옥이가 지고 온 술통개를 풀었다. 그쯤에서 억구지와 박치수는 마을로 내려가겠다 하여 다음에 만나자 배웅하고 보니 그제야 자리에 여유가 생겼다.

"여기 필상 형님은 나보다 십 년 연상이니 기범이하고는 팔 년 층하가 지겠구면. 허구 희옥이는 나와 동갑이니 두 살 아래일세. 내야 기범이와 트기로 했으니 두 사람은 알아서 타협하시게."

병호가 희옥이와 기범이의 갈래를 타려고 각각의 나이를 밝혔다. 기범이나 희옥이는 당사자라 어쩌겠다 말을 못하는데 필상이 나섰다.

"병호 아우가 트고 지내는데 나머지가 형님 동생 하면 볼만하겠구면."

"제기랄, 말 한번 잘못 텄다가 토끼란 토끼는 죄 동무하자 덤비겠습니다. 다 내 잘못이니 트지 뭘. 어 참, 오늘은 술이 왜 이리 쓰누?"

기범이가 허허 웃자 희옥이가 술을 치며,

"동무라 하더라도 버르장머리 없는 짓은 안 하겠소. 한잔 비우고 들어보소."

그러더니 어디서 배웠는지 권주가 한 자락을 뽑았다.

한잔 먹세 그려 또 한잔 먹세 그려
꽃 꺾어 산 놓고 무진무진 먹세 그려
이 몸 죽어지면 지게 우에 거적 덮어 줄 이어 매어가나
유소보장(流蘇寶帳)에 만인이 울어 예나
어욱새 속새 떡갈나무 백양 숲에 가기 곧 가면
누른 해 흰 달 가는 비 굵은 눈
소스리 바람 불 제 뉘 한잔 먹자 할꼬
하물며 무덤 위에 잔나비 파람 불 제 뉘우친들 어이리

질그릇 부서지는 소릴망정 듣기에 그럴싸하여 박수가 나오고 탄성이 터졌다. 답가 삼아 병인년 이야기를 들려 달라는 희옥이의 재촉에 필상은 부끄러운 중에도 강화도의 일을 풀어헤쳤다. 희옥이나 병호는 벌써 들은 이야기건만 손에 땀을 쥐었고 기범이는 처음이라 연신 눈을 희번덕거렸다. 처음에는 중치막 차림인 필상을 샌님인 줄 알고 우습게 알았지만 이야기를 들을수록 의젓하고 커 보여 기범이는 과연 형님으로 모실 만하다 여겼다.

"봄에는 호서에 있었는데 다시 이양선이 강화도를 침범했다 들었네. 병인년 때처럼 본진을 작약도에 차리고 들이닥친 모양이야."

이야기 끝에 필상이 낯을 흐렸다. 소문은 삽시에 산골까지 닿았는데 이번 이양선은 미국에서 왔으며 광성보에서는 큰 전투까지 벌어졌다고 하였다. 그러나 필상이 낯을 흐린 것은 나라일도 일이려니와 다금발이라는 아이 때문인 듯했다.

"대체 양이들은 왜 바다를 건너 예까지 쳐들어온답니까?"

수염에 탁주 방울이 떨어지는 것도 모르고 기범이가 소리를 돋웠다.

"병인년 양이들은 죽은 신부의 원수를 갚으러 왔다는데 이번에는 통상을 요구했다 들었네."

"통상을 하면 하는 게지 왜 사람은 죽이고 지랄이여. 장돌뱅이가 이 산골 저 산골 돌아다니는 게 다 먹고살자고 하는 짓인데 무슨 놈의 통상을 사람까지 도륙하면서 하난 말이우? 살다살다 희한한 장사치를 다 봅니다."

송희옥이 핏대를 세우자 필상이 답 삼아서 입을 열었다.

"대원군이 극구 문을 닫아걸기 때문이지. 병인년에는 도망치기 바쁘더니 이번에는 마지막까지 싸웠다잖은가? 군기가 바짝 들었던 게야."

모깃불이 사위자 희옥이가 생솔가지를 잘라 살려놓았다.

"왜국은 양이들에게 손을 들었는데 조선은 이만이나마 버티고 있으니 잘하는 일인지 모르겠습니다. 이노무 시골에선 까막눈이 따로 없습니다."

병호가 기범이의 말을 받았다.

"통상을 하면 서로 득을 봐야 하는데 사람을 죽이면서까지 하자는 일에 무에 득이 있겠습니까. 저들이 바다를 건너 저리 그악스레 구는 걸 보면 이문이 크다는 소리겠지요. 하지만 한쪽의 이문이 크면 다른 쪽은 손해입니다. 저쪽의 법도는 악착같이 이문을 따지는 모양인데 사람을 죽이든 산천을 뭉개든 이문만 챙기면 된다는 무뢰한들이 천하를 집어삼킬 기셉니다. 문둥이 콧구멍에서 마늘씨까지 빼먹잔 수작이지요. 저들이 천하를 주름잡으면 그런 세태가 골수에 박혀 아비규환의 지옥도가 펼쳐질 겝니다. 연전에 말씀하신 서학 책자는 아직 못 구하셨지요?"

말끝에 병호는 필상을 주목하였다.

"나라의 눈이 하도 삼엄하여 서학의 무리는 모조리 머리를 감추었네. 그러나 찾아내야지. 세상 도는 이치를 알아야 무엇이든 할 게 아닌가."

그때 고의춤을 풀고 돌아선 희옥이의 오줌발 소리가 나각소리 못잖게 들려왔다.

"희옥이 아우는 어서 장가를 들어야겠구먼. 엉덩이가 실한 시악시를 골라야겠어."

세 사람이 키득거리며 좋아할 제 저를 놀리는 줄도 모르고 당사자가 다가왔다.

"이렇게 둘러앉아 술타령을 하자니 꼭 산적 같구려. 예가 양산박 아니겠소?"

"그렇다면 일장청(一丈靑) 같은 여장부가 필요하겠네그려."

필상이 『수호전』에 나오는 호삼랑(扈三娘)의 별호를 언급하자 병호와 기범이가 죽는다고 웃었다. 희옥이가 아직도 영문을 몰라 눈을 껌벅일 적에 기범이가 웃음기를 걷어냈다.

"산적이 아니라 역적모의가 떠올라 아까부터 나는 팔뚝에 깨알이 돋습디다."

잠시 말이 끊겼지만 필상이 나서서 수습하였다.

"그러면 기범이 아우가 임금을 하시려나?"

그 소리에 사람들이 으흐흐 웃었다.

"까짓것 하라면 못할 줄 아슈? 싸그리 갈아버릴 테여."

"어허, 이 사람 임금 시키면 큰일 내겠구먼. 기범이가 임금 되면 난 줄행랑이네."

"그러면 까짓것 뽑기를 해서 돌립시다."

"뽑기 잘못하면 그 좋은 것을 나는 한 번도 못 하겠구려."

"앗따, 희옥이 아우도 임금 욕심이 있네그려."

"남들 다 하는 걸 나만 못하면 어찌 삽니까. 조선 천지에 양반 못 해 지겨운 놈, 밥 못 먹어 서러운 자가 얼마나 많게요? 여게 기범이, 일을 하려거든 빨리 하세나그려. 내일이라도 방 걸고 돼지 서리하듯 해치우자구."

사람들이 와하하 웃었고 소리가 골짜기를 넘어갔다. 숯불에 고기가 익어가고 술이 있으며 잉걸불과 모깃불은 벌겋게 타오르는데 뜻 맞는 동무들이 모였으니 그들은 시간 가는 줄을 몰랐다.

기범이는 사흘에 한 번꼴로 원터마을에 넘어가 이씨의 병세를 살폈다. 그녀는 호전되는 기미 없이 그만그만하였는데 진맥하던 병호 아버지가 이튿날 약재를 건네며 달여 먹이라 하니 잠시 차도가 있었으나 도로 그 자리였다. 살 맞대고 산 것은 일 년도 못 되지만 그녀는 살면서 새로 알게 된 즐거움이며 보람이었다. 들끓던 자리가 가라앉겠다는 생각이 들었고 어려서 어머니를 여읜 후 보드라운 살핌을 알지 못하였는데 깨닫게 되었던 것이다. 손에 물 묻히지 않고 자랐건만 기범이의 글공부를 위하여 논일 밭일을 척척 해낸 것도 눈물겨운 정경이었다. 짧은 정을 나누었으나 과분한 여인이었고, 인연을 맺은 예의로도 기범이는 이씨를 염려하지 않을 수 없었다. 전날 얼굴에 홍조가 비쳐 원터마을에서 돌아오는 발걸음은 한결 가벼웠었다. 그랬는데 조반 직후에 좀 왔으면 한다며 처남이 발 빠른 사람을 보내왔기로 옷을 입고 나설 참에 병호가 내려왔다. 기범이의 집이 한가로워 두 사람은 그곳에서 제술을 짓고 담론도 하였다.

"처가에서 보자 하니 나서는 중이네."

말을 듣고 병호는 낯을 흐렸다.

"내가 거들 일은 없을까?"

"다녀와서 이야기하지."

기범이는 처가에서 보낸 사람을 따라 점심나절쯤 원터마을에 닿았다. 안채의 장모에게 문안을 하고 환자가 있는 방에 들어가 보니 어제까지도 화색이 돌던 이씨의 얼굴이 흙빛이나 다름없었다. 그를 본 이씨가 입술을 달싹이므로 허리를 숙이고 들어보니 미음을 달라는 소리였다. 밖에 대고 말을 전하자 장모가 버섯 넣고 끓인 미음을 들여왔다. 장모가 하겠다는 것을 기범이는 직접 입에 넣어주었으나 이씨는 세 숟가락을 넘긴 후 물을 달라더니 입을 헹궈 뱉었다. 장모가 소반을 들고 나간 뒤 자리에 몸을 눕게 하자 그녀가 모기소리만 하게 일렀다.

"살기 위해서가 아니라 유감없기를 바라므로 두어 숟갈 떴습니다. 저는 이제 지금실로 가고 싶습니다."

"그 몸으로 어딜 간단 말이오. 차도가 있거든 그때 옮깁시다."

사람들 앞에서는 센 척하였으나 기범이의 눈두덩이 뜨거워졌다.

"무슨 업장이 많은지 폐만 끼쳤습니다. 이제 절랑은 잊으시고 서방님 살고 싶은 대로 하십시오. 서방님을 놓아드리라고 데려가나 봅니다."

"힘든데 말씀 그만하시구려."

기범이의 말을 따르는지 거기까지 말하고서 눈을 감더니 그녀는 잠이 드는 눈치였다. 그악스런 여름이 물러가는 기색이라 이불 밑에 손을 넣었으나 온기가 맞춤하였다. 나가서 한 죽 태울까 망설이는 참에 이씨의 숨결이 약해지면서 들숨과 날숨이 차츰 사이를 버는 듯하였다. 사실을 알리자 장모와 손위 처남과 처남댁이 들어왔다. 다행히 고통은 느끼지 않는 모양이나 계절이 변할 때처럼 환자의 호흡은 완만하지만 뚜렷이 더디어졌다. 이윽고 사이가 뜨던 숨결은 햇빛이 묽어질 즈음 서너 번 크게 들썩인 뒤에 멀리서 들리던 범종 소리가 소리인 듯 아닌 듯 구분 없이 되어가는 순간처럼 조용히 사그라들었다. 어둠이 내려와 뚜렷한 형상을 감싸다가 모든 것을 집어삼킬 때처럼 그것은 거역할 엄두도 낼 수 없는 엄정한 장면 같았다. 장모가 딸의 이름을 외쳐 부르고 처남과 처남댁이 곡을 하였으며 뜨뜻한 줄기가 기범이의 얼굴로도 흘러내렸다. 곡성을 듣고 발소리가 가까워졌다 멀어지더니 염장이가 나타났다며 남정네들을 불러냈다. 기범이가 곰방대에 연초를 재우는데 사라졌던 손위 처남이 다시 나타났다.

"내 말 잘 듣게. 출가외인의 상을 여기서 치르는 건 예가 아닌 것 같다고…… 아버님 생각도 이해해주면 하네만……."

지은 죄 없이 안절부절못하는 처남에게 기범이는 선뜻 말하였다.

"그렇잖아도 지금실로 가겠다 합니다. 달구지나 하나 내주고 원정마을 장형님 댁에 연통이나 넣어주시우."

기범이가 승낙하자 말을 전했는지 빠르게 일이 진행되었다. 그 길로 염장이는 염을 하고 입관까지 하였으며 어디선가 대령한 상여에 마을 사람 몇이 관을 얹어 달구지에 실었다. 장모가 이렇게는 못 보낸다고 상여를 잡고 울다가 혼절하여 잠시 지체되었으나 달구지는 곧 원터마을을 출발하였다. 노을이 걷힐 무렵 처가의 행랑아범이 끄는 달구지가 지금실에 당도하자 병호와 그의 아버지가 상여 내리는 일과 방에 관 들이는 일, 병풍치고 향 피우는 일을 거들었다.

"상을 어떻게 치를 텐가. 격식대로 하겠다면 맡아서 돕겠네."

급한 일이 끝나고 병호 아버지가 위로하며 말을 건넸다.

"바로 뒤에 선산이 있으니 장형님과 의논하여 내일이라도 끝내겠습니다."

아내의 장례를 처가에서 거부한단 말에 그럴 만하다 여기면서도 격식이며 체면 따위 기범이는 따지지 않기로 하였던 것이다. 달구지와 함께 돌아오며 생각해보니 제례니 뭐니 그딴 일은 지킬 의무를 진 쪽이나 지키면 될 일이었다. 그는 이미 양반도 아니고 호사를 독점하려는 자들의 구색 맞추기 찌끄레기에 지나지 않았다.

"알겠네. 심지를 굳게 하게나."

어둠이 깊어지자 원정마을 형님 내외와 가까이 지내던 이웃들이 지금실을 찾아왔다. 기창이 주선하여 동곡마을에서 공동으로 사용하는 제구며 땔감을 보내와 동구에 차일을 치고 불을 지폈다. 병호 할머니까지 나서서 밥이며 국물을 지어내고 솥뚜껑에 전을 부쳐 조문하는 사람을 맞았다. 기범이네 마을에서 실어 온 술동이가 열리고 어디선가 돼지고기가 날라져 오는데 누가 지시한 바도 없건만 오래 해오던 일처럼 모든 일이 삽시에 이루어졌다. 장례에 관하여 기범이의 장형은 이씨를 선산에 매장하는 게 당연하다며 원정마을 청년들에게 산에 올라 파토를 하도록 지시했다. 각중에 당한 일이라 정신없이 부산스러웠으나 질서가 잡히자 병호는 상두재를 넘어 거야마을에 소식을 전했고 필상이 쌀가마를 싣고 나타났다. 때마침 산에 올랐던 억구지며 박치수 등이 돌아오므로 이들은 잔심부름도 하고 술잔도 돌리면서 밤을 밝혔다.

동이 트기 무섭게 병풍 앞에 음식을 차리고 제를 올린 후 기범이의 동무들이 상여를 맸다. 젊은 사람들이 힘을 쓴 탓인지 묘혈은 깊숙하였고, 모든 절차를 약식으로 처리한 뒤 관에 무명을 걸어 하관하였다. 흙을 잘 다져야 짐승의 침탈을 막고 육탈도 잘 된다며 장례를 주관하는 어른이 가족에게 관 위의 흙을 꾹꾹 눌러 밟으라고 주문했지만 말을 따르면서도 기범이는 힘주어 밟지를 못하였다. 헐벗은 몸뚱이처럼 선연한 봉분이 만들어지고 뗏장을 입히는 일까지 사람을 저편으로 돌려보내는 일이 너무도 거침없고 빠르게 치러졌다. 산다는 것은 티끌로 떠다니다 바람 없는 날 내려앉아 본래의 자리로 돌아가는 일이로구나. 죽음이란 망자가 아니라 산 사람 몫이 아닌가. 모든 악다구니는 산 자의 방식이니 어차피 산 자들은 다시금 복대길 것이며, 그들이 사는 이 세상이 진실로 문제였다. 수의를 입히고 그 위를 무명으로 동여맸을 때 별것인 줄 알았던 사람이 부러져 비탈에 뒹구는 나무토막과 실은 아무런 차이도 없었다. 없어진 자는 없어진 것이니 아무것도 아니요, 없어져 버린 것을 안고 사는 자들과 그를 둘러싼 이쪽의 이 생생한 질감이 정녕 문제였다. 일꾼들이 삽등으로 봉분을 두드리며 흙을 다질 즈음 조문객들은 올랐던 산을 느릿하게 내려왔다. 모든 것은 난리 속처럼 부산스레 떠밀리면서 그렇게 경황 없이 끝나버렸던 것이다.

조문객들이 돌아간 후 기범이의 가족과 동무들만 오후까지 남아 점심을 먹었다. 병호와 동무들은 차일을 걷고 싸리비를 찾아 마을을 청소하고 태울 물건을 깨끗이 소각하였다. 그 일이 끝나자 기범이의 가족과 처남이 돌아가 마지막 남은 동무들끼리 술자리를 만들었다. 날을 새다시피 한 기창 역시 쉬겠다며 올라가 병호도 그제는 술을 입에 가져갔다. 여름이 한창일 제 숯막에서 너나들이로 마실 때와는 딴판으로 다들 목소리가 나직하였고 우스갯소리도 하지 않았다. 날이 어둑해져 마지막 술자리가 파하자 기범이를 대신해 병호가 동구에서 동무들을 배웅하였다. 갑자기 찬물을 끼얹은 듯 사위가 조용해지는데 동무들을 배웅하고 돌아오는 길에 병호는 기범이네 뒷간에서 쿨적여 우는 소리를 들었다. 그날 밤 집에 건너가지 않고 병호는 기범이와 나란히 누웠다. 어둠이 깊어져 올빼미가 호르륵 뜸을 들일 제 뒤척이던 기범이가 침울하게 중얼거렸다.

"사랑이 위험한 것을 이번에 알았네그려."

그 말을 듣고 돌아눕던 병호가 한마디 하였다.

"많은 사람을 사랑하는 일은 더 위험하지!"

세상사
쓸쓸하더라,
1872

시험에 잘 나오는 시제를 논하는 것으로 학업은 끝이 났다. 그런데 어려서 끝낸 『소학』 한 구절을 송진사가 시조창 하듯이 읊었다.

"내칙 왈(內則 曰) 자부효자경자(子婦孝子敬者)는 부모구고지명(父母舅姑之命)을 물역물태(勿逆勿怠)니라. 약음식지(若飮食之)어시든 수불기(雖不嗜)라도 필상이대(必嘗而待)하며 가지의복(加之衣服)이어시든 수불욕(雖不欲)이라도 필복이대(必服而待)니라. 희옥이가 말하여라. 무슨 뜻이냐?"

희옥이도 의외였는지 주저하더니 대답하였다.

"『예기』의 내칙에 이르기를 부모와 시부모를 공경하는 아들 며느리는 웃어른의 명을 거역하지 않으며 태만히 처리하지도 않는다. 부모가 음식을 먹게 하면 그만하라 할 때까지 맛보며 옷을 입으라면 마음에 들지 않아도 그만하라 할 때까지 입는다……. 위에서 음식과 의복을 내리면 일단 먹고 입어 호불호를 살펴 말하기를 기다려야 한다는 뜻입니다."

"자부(子婦)는 무사화(無私貨)하며 무사축(無私蓄)하며 무사기(無私器)니 불감사가(不敢私假)하여 불감사여(不敢私與)니라. 다시 답하여 봐라."

"아들 며느리는 사사로이 물건을 사고팔지 않으며 사사로이 축재하지 않고 사사로이 기물을 소유하지도 않으며 사사로이 남의 물건을 빌리지 못하고 사사로이 남에게 주지도 않는다……. 교역을 하거나 재산을 축재하는 일이며 돈을 빌리거나 남에게 주는 일은 집안 어른의 통솔을 받아야 한다는 뜻입니다."

희옥이의 대답은 그야말로 모범답안이니 『소학』을 해석한 집해(集解)까지도 그대로 인용한 것이었다. 거기서 끝나면 좋으련만 송진사의 시선이 이번에는 병호를 향하였다.

"병호 네 생각은 어떠하냐? 다른 뜻이 있느냐?"

병호는 사이를 두다가 입을 열었다.

"생각을 말씀드리기 전에 한 가지 여쭈어도 되겠습니까?"

송진사가 고개를 주억거렸다.

"혹여 그 어버이께서 자식을 돌보지 않고 남의 물건을 예사로 훔치며 예에 어긋난 일마다 행하면 어찌하오리까?"

"고얀 놈! 예서 말하는 어버이는 특별한 경우가 아니라 일반으로 그러하다는 뜻이다. 망측한 사례를 대어 뜻을 비트니 선각들을 욕보이려는 생각인 게지. 네놈은 섭공(葉公)과 공자의 예를 모른단 말이냐? 공자님의 직재기중(直在其中)이란 말을 새기지 못했다면 한심한 노릇이다."

"선량하고 아름다운 말씀이라 믿고 따르지만 층위를 지어놓고 사람을 가둘 요량이면 그 말씀은 고쳐야 하는 것입니까, 폐기해야 하는 것입니까? 여기서 말하는 부모를 임금이나 국법으로 볼 여지도 있을 터인데 경국대전은 과연 여항의 백성을 위해 쓰인 것인지요?"

"늬 말대로라면 윗사람과 반대로만 행해야겠구나."

"마음에서 솟아난 의문 때문에 괴롭다는 말씀을 드린 것입니다. 경학이 돌이킬 수 없는 신분을 정해놓고 말없이 복종하게 하는 학문인가 하는 의문입니다. 윗사람 말을 충실히 따른다 하여 어찌 백정이 좌상 우상이 되겠습니까?"

송진사가 손바닥으로 서안을 쳤다.

"매를 쳐도 굴하지 않고 다리를 부러뜨린들 굴할 네가 아니니 항차 너는 무엇이 되려느냐? 나라의 동량이 되어 기울어가는 나라를 바로잡으라는 말이 그리도 못마땅하더냐? 스승인 내가 네놈에게 빌기라도 하랴?"

스승의 마지막 말은 분노가 아니라 애원처럼 들렸다. 문짝 떨어진 폐가에 겨울바람 치듯이 가슴 앞뒤가 숭숭해져서 병호는 납작 조아렸다.

"무례를 범하였습니다. 노여움을 거두어주십시오."

송진사는 무언가를 눌러 가두는 소리로 일렀다.

"이것을 가져가거라."

그는 무릎걸음으로 다가가 스승이 건넨 종이를 받았다. 향시에 관한 일정이 적혀 있는데 좌도는 담양, 우도는 무장에서 치른다는 내용이었다. 시험은 이월 말일로 예정돼 있으며 종이에는 조흘강(照訖講)에 관한 일정도 기재돼 있었다. 학습은 뒷전인 채 뒷배만 믿고 응시하는 폐단 때문에 『소학』 한 곳을 고강하게 한 후 조흘첩을 발급하는 제도가 조흘강이었다. 세도가의 자제들이야 신경 쓸 일이 아니지만 병호는 뒷배도 없으려니와 있대도 원칙대로 할 위인이라 놓치지 말라고 일시에 비점까지 찍어놓고 있었다. 병호는 송진사가 『소학』 한 구절을 언급한 연유가 그 때문임을 깨달았다.

"너는 작년의 태인과 전주 백일장에서 좋은 성적을 거두었다. 과장에선 눈살 찌푸릴 일도 있을 것이다. 그러나 선비는 바윗돌 앞에서도 당황하지 않는 법이다. 실력 발휘만을 염두에 두거라."

병호와 희옥이가 밖에 나서자 높바람이 옷자락을 감았다. 눈이 치려는지 해는 보이지 않았고 먼지 타 지저분해진 눈만 고샅에 쌓여 있었다.

"조카님하고는 미리 만났을 테니 봉상으로 갈 테여?"

병호가 묻자 희옥이가 수염 새로 이를 드러냈다.

"기범이한테 가서 한잔한다면 좋지."

"그 말을 하려던 게야."

눈이 쌓여 상두재는 넘지 못할 것을 알고 둘이는 솟튼재에 올랐다. 우도에서 한양에 닿으려면 솟튼재를 넘어야 하므로 그곳은 나라의 근간이 되는 대로였다. 솟튼재라고 눈이 녹았을 리 없지만 사람들 왕래가 잦아 길 놓칠 염려가 없었다. 새벽에 송진사네를 향할 적에는 암만 걸어도 길이 줄지 않더니 희옥이와 함께 넘자 엘 듯한 추위라도 견딜 만하였다.

"말을 잘 들어도 백정은 영의정이 못 된다는 말 나도 공감한다."

솟튼재 내리막에서 희옥이가 미끄럼을 타면서 말하였다.

"영의정이 아니라 좌상 우상이라고 했다."

"실없는 소리. 촉한의 장수 위연(魏延)은 목덜미에 반골이 솟았다던데 네 뒷덜미도 만져보고 싶다. 어째 경서를 그렇게 읽는다니?"

"아내를 묻고 온 기범이가 불경과 노자를 뒷간에 뒀지 뭐야. 열심히 읽었지."

희옥이가 히힝 이상한 소리를 냈다.

"넌 기범이의 내자가 눈을 감기 전부터도 그랬다. 너희 집안이 세도가에게 논이라도 빼앗겼니?"

"넌 양이에게 빼앗긴 것도 없는데 어째 병인년 얘기에 방구들 쥐어팼게?"

"너에게 물든 탓이지. 그게 같니?"

"같지 않고. 배고프다. 태인에서 요기하고 가자."

그들은 태인 관아 밖 주막에 들어가 국밥을 시키고 화주로 속을 데웠다. 기범이랑 마실 화주를 품고 동진강을 따라 걷자니 바람막이도 없는 들판이라 몸이 휘청거렸다. 하늘이 어두워지면서 눈발이 날리고는 폭설로 변하였다. 자욱한 것이 천지를 메우자 들과 산이 구분되지 않았고 밭과 길도 두루뭉술해졌다. 희옥이가 걸음을 재촉하여 앞에 섰다.

"뒤에 따라와라. 바람은 내가 막아주마."

병호가 픽 웃으며 옆에 붙었다.

"네가 뒤에 붙어라."

"네 뒤에 서면 가슴부터는 고스란히 빈다. 남 클 때 뭐했누?"

들길을 따라 고현면에 접어들 무렵이 되자 귀든 뺨이든 감각이 없었다. 눈을 뭉쳐 우적우적 깨무는 희옥이에게 바람을 이기려고 병호가 큰 소리로 말하였다.

"고창에 살 때 이웃 마을에 놀러 갔다가 양반에게 작대기찜을 당했어. 초계변씨 집성촌인데 퇴계 문하의 자손이라고 자부심들이 대단했지. 하지만 그 거들먹거림이 싫어서 법변(卞)이 아니라 길가변(邊)으로 성을 바꾸라고 해버렸어. 그런데 마을 양반 하나가 그 소릴 듣더니 다시 해보라지 뭐야. 못돼먹은 성미에 그대로 되풀이해줬지. 매 맞아 피멍 든 종아리를 보신 아버님이 그날 밤 외출했다 돌아왔는데 반죽음이 되셨더라구. 한바탕 하셨던 게지."

"그래서 어쨌는데?"

"어쩌긴 뭘. 그랬단 거지. 그나저나 설을 쇠었으니 스물둘인데 조카님은 어째 혼인하지 않는 게야? 양녀라고 소홀히 하는가?"

"아재비라도 나이 많은 조카에게 그를 물을 수 있나. 혼담이 있었지만 조카가 거절했다고만 들었네."

동곡마을 지나 지금실에 이르러서 희옥이는 기범이네 집에 들고 병호는 제 집 삽짝을 밀었다. 토방에 할머니와 아버지의 신발 외에도 둥구니신 두 켤레가 더 놓여 있었다. 황새마을 살 때부터 기창은 약초꾼이나 심마니들과 교류하더니 약재를 받아 중개하는 일로 거간비를 챙겼다. 기창이 어떤 연고로 그들과 어울리는지 알 수는 없었지만 양반네와도 교류하는 편이라 호구책이 될 만하였다. 병호가 들어서자 백구가 달려들어 펄쩍펄쩍 뛰면서 손을 핥느라고 법석을 떨었다. 지금실로 옮겨올 적에 거야마을 이모할머니가 선물한 강아지는 어느덧 버티고 서면 늠름한 기상이 엿보이곤 하였다. 유난히 장씨를 따르는 편이라 외출할 때도 같이 갔다가 한발 앞서 돌아오므로 집에서는 할머니의 귀가를 미리서 알 정도였다.

"종정마을에 다녀왔습니다."

문이 열리는데 예상대로 방에는 기창과 중년 사내 두엇이 함께 있었다.

"소과 일시가 잡혔다 하여 기범이와 상의할까 합니다."

"언제 어디서 본다더냐?"

"이월 그믐에 무장에서 치른다 합니다."

"알았다."

문이 닫혔고 병호가 기범이네에 와서 눈발을 털자 따라온 백구가 저도 몸을 흔들었다.

"아따 이놈아, 물 튄다. 그만 돌아가라."

행전과 버선을 치우고 안에 들자 소반을 사이로 두 사람은 벌써 수작질이었다. 병호의 집에서 끼니를 메우는 통에 기범이네는 반찬이랄 게 없어 가을에 장만해둔 곶감과 밤이 안주였다. 아내를 묻고 돌아와 기범이는 종일 누워 지낼 뿐 사냥을 하거나 활을 쏘재도 고개만 저었다. 과거를 핑계로 밥만 먹으면 아랫집을 찾게 되고 제 방에는 약재가 쌓여 병호는 함께 자는 날도 많았다. 그런데 허구한 날 누울 작정만 하니 절로 나태해지는 듯하여 어떻게든 일으켜보려 하였으나 허사였다. 병호는 스승이 내준 종이를 꺼냈다.

"흥, 식년시를 치른다는 말이니 세상은 나 없이도 잘 돌아가는구나."

기범이는 종일 누워있었는지 상투에서 머리카락이 흘러내렸다.

"그러니 털고 일어나 같이 세상을 돌리자꾸나."

"과거 같은 거 말고 더 가슴 뛸 일은 없을까?"

기범이는 쪽지를 치우고 잔을 들이켰다. 잔을 들며 희옥이가 말하였다.

"자리에서 일어나야 가슴 뛸 일도 생기겠지."

"그는 맞는 말이군."

병호가 쪽지를 챙겨 간수하였다.

"이번 달 중순에 조흘강을 치른다니 『소학』권부터 들여다보세."

"그 일이 내 길인지 결론을 못 지었는걸."

희옥이가 농을 던졌다.

"조흘첩을 못 받을까 겁내는 게여?"

"그래 이눔아, 되우 겁난다."

"똥 뀌고 성낸다더니 유붕자원방래하였는데 행악질일세."

병호가 잔을 비우고 밤 한 톨을 입에 넣었다.

"길을 알지 못하거든 권고를 따르는 것도 방편일세."

술이 떨어지자 기범이가 촛농으로 봉한 호리병을 찾아왔다.

"웬 술이 이리 향기로운고? 감로주가 따로 없네그려."

"재작년 가을에 유혈목이를 잡아 담갔으니 마땅찮거든 들지 말어."

희옥이가 눈을 치떴다.

"실컷 먹여놓고서 무슨 흰소리여?"

"사주를 먹으면 뜨끈하게 데우고 땀을 빼야 한다누만. 있는 장작 처지르고 준비를 해보세그려."

"사주를 먹여놓고서 저는 시험 준비를 한다니……. 나는 무얼 하누?"

"얼른 마시고 전주 서문거리라도 찾으려무나."

기범이가 말하는 서문거리란 색주가가 있는 곳이었다.

"숭악한 자 같으니라구."

세 동무는 차츰 흥이 올라 취하는 줄 모르고 마셨다.

이월 중순의 조흘강에서 병호와 기범이는 무사히 조흘첩을 받았다. 들려오기를 향시가 열리는 고을에는 일찍감치 대어야 한다 하므로 시험을 열흘 남기고 두 사람은 길을 나섰다. 정읍에서 요기를 하고 다시 여정을 이어갔으나 기범이가 온갖 것을 상관하느라고 길이 지체되었다. 뒤늦게 흥덕에 도착한 두 사람은 길을 떠돌며 주막을 기웃거렸으나 어디라도 콩나물시루 같아 차지할 봉놋방이 없었다. 다행히 관아에서 멀리 떨어진 주막에 혼자 국밥을 먹던 선비가 방이 좁지만 부대껴보자며 고마운 청을 하였다.

"탁주는 우리가 사리다."

기범이가 국밥과 탁주를 시키자 먼저 와 있던 선비가,

"만경에서 오는 길입니다."

하고 자신을 소개하였다. 기범이가 사내의 잔에 술을 쳤다.

"우린 태인에서 옵니다."

"아직 젊은 것을 보니 처음인가 합니다."

"처음입니다. 흥덕에서도 이 난리인데 무장이라고 숙소가 있을지 모르겠습니다."

"한 달 전부터 죽치고들 있을 겝니다. 내야 형편이 빠듯해서 이제야 나섰지만 두 분도 운 좋기를 바라야 할 겁니다."

"응시자가 그렇게나 많답니까?"

"많다 뿐이오. 이제 두고 보시오. 그곳은 과장(科場)이 아니라 전쟁터입니다."

사내는 잘 되었다 싶었던지 따라주는 술을 날름날름 받아 마셨다. 귀동냥하는 값으로 병호는 중노미를 불러 탁주를 더 내오게 하였다.

"과장에 들어 시험이나 보면 되지 전쟁터일 건 뭐란 말이오?"

"허허, 세상 물정을 통 모르시는구려. 시험을 보려는 자만도 기천이요, 거자(擧子)에 딸려오는 대갓집 종놈이 대여섯씩이라오. 어디 그뿐이오? 양반가에선 선접군(先接軍)을 대동하는데 문이 열리면 현제판(懸題板) 가까이 자리를 맡는 자입니다. 시제를 먼저 적는 자리가 명당자리다 이 말입니다. 선접군은 장막을 친다 자리를 깐다 우산 씌우는 일까지 도맡아 진행하지요."

기범이가 잔을 비우고 끄윽 트림을 하였다.

"과장에 장막을 치고 우산을 편단 말이오?"

"아무리 생짜라도 뭘 알아야 장단이 맞지. 부호가의 자제는 거벽(巨擘) 사수(寫手)까지 접으로 움직인단 말이오. 현제판의 시제를 적어오면 거벽이 글을 짓고 사수가 그럴싸하게 옮겨 적는다 이 말입니다."

"예끼 여보쇼. 처음이라고 이리 놀리는 법이 어딨소? 보아하니 술잔이나 우려먹으려는 수작이지."

"어허, 이 양반들 코 베이겠구만. 내 말이 틀리는지 이제 두고 보슈."

기범이와 병호는 이튿날 밥값까지 치르고 만경 선비와 몸을 뉘었다. 종일 걸어 고단했던지 만경 선비는 등 붙이자 이내 코를 고는데 병호는 잠을 이룰 수 없었다. 눈살 찌푸릴 일이 있어도 실력 발휘할 생각만 하라던 송진사의 말이 만경 선비가 쏟아낸 그 어처구니없는 일들을 뜻하는가 싶어 어리둥절해졌던 것이다. 뜬눈으로 밤을 보내고 이튿날 점심나절쯤 무장에 도착한 두 사람은 관아를 둘러싼 성곽 주변의 인파에 눈이 휘둥그레졌다. 선비 복장뿐 아니라 파락지류로 보이는 자들과 잠방이만 걸친 어느 댁 가노들, 행색은 초라하지만 얼굴은 멀끔한 자와 과장의 질서를 유지하려고 동원된 역졸에 이르기까지 무장은 그야말로 끓는 여물 속이었다. 그런 인파에 묻히면 점심은 고사하고 노숙이라도 할 판이라 숙소를 구하는 일이 무엇보다도 급선무였다. 그러나 주막마다 사람으로 미어져 받지 못한다 손사래를 치므로 관아에서 이십 리 떨어진 동음치면에서 다른 선비들과 방을 나눠 쓰기로 하고 간신히 자리를 얻어들었다. 함평이며 무안에서 왔다는 선비들과 한 군데 좁은 방에 끼어 자는 바람에 팔 한 짝 부리기 어려웠지만 시제는 오경의에서 나온다거니 사서의라거니 얻는 바도 많았다. 헛공론으로 밤을 새고 첫닭이 울어서야 잠잠해졌는데 무슨 부지런인지 식전 댓바람부터 기범이가 답사를 나가자 부산을 떨어 물로 허기를 면한 두 사람은 서둘러 무장 읍치에 나왔다. 과장은 관아와 향교 앞 빈터 두 곳으로 그들에게 배당된 자리는 향교 앞 쪽이었다. 향교 근처를 배회하고 읍성 앞 주막을 찾아 첫술을 뜨려는 중에 깨끗하나마 나달나달한 도포 차림이 그들에게 다가왔다.

"혹시 거벽이 필요치 않소?"

"어째 그러시오?"

사내는 넉살 좋게 끼어 앉으며 사설을 늘어놓았다.

"내가 이래봬도 이서 노릇만 십오 년 넘게 했습니다. 어떤 문제든 이 머릿속에 다 들어있다 이 말입니다. 내가 생원 진사를 시켜준 사람만 줄잡아 열 명은 될 겝니다. 댁네들은 행운인 줄 아슈."

기범이가 헛웃음을 지었다.

"뭐가 행운이란 말이오? 배가 고프면 탁주나 한잔 하고 가시구려."

"내 말 허투루 듣지 마시오. 나는 혼자가 아니라 사수와 선접군까지 접으로 움직인단 말이오. 거자만도 기천명인데 꼬래비에 앉아보슈. 시제를 읽는 데만 한나절이요, 언덕보다 높이 쌓이는 게 시지(試紙)인데 뒤에 놓이면 시관(試官)이 읽어나 볼 것 같소? 서울의 대갓집 자제들이 경쟁률 때문에 농토를 연고 삼아 대거 내려왔단 말이우. 그들이 한양의 거벽 사수를 죄 끌고 왔는데 지방 선비들이 어찌

당하겠소."

"그러면 그런 한양의 거벽 사수를 댁은 당한단 말이우?"

"못믿으시겠다? 여보슈들, 이리 좀 와보시게!"

사내의 손짓에 목자가 불량한 사람 셋과 사수쯤으로 뵈는 해끔한 사람이 걸어왔다.

"이 사람들이 나와 접을 이룬 동무들이오. 여기 사수 양반이야 전주서도 명필로 알아줄 뿐 아니라 속필로도 유명합니다. 이삼만이 저리 가라 한다니깐. 그리고 여기 이 셋은 시제를 옮겨 적을 적에 밀려드는 사람들을 막아줄 게요. 어떠슈?"

"음식을 다 먹었으니 일어나야겠는걸."

병호가 일어서자 기범이가 냉큼 따라 나왔다. 흥정하던 사내를 떼놓고 동음치면 방면으로 걷던 기범이가 다시 돌아가자 하여 병호는 영문 모르고 따라갔다. 그들에게 수작을 걸던 중년 사내가 어느새 다른 선비를 붙잡고 호객하는데 듣는 이의 표정이 진지하였다. 주막 앞 골목에 들어가 깨끗한 집을 골라잡은 기범이가 삽짝을 밀었다.

"향시를 보러 온 거자인데 한 칸 비워주고 밥을 대주면 넉넉히 드리리다. 반찬은 상관없고 저녁상에 탁주 한 사발만 올려주면 됩니다."

그는 가지고 있던 엽전을 몽땅 풀어 마루에 놓았다. 부엌에서 아낙이 득달같이 달려와 엽전을 집어 들었다.

"딸래미가 할머니하고 함께 쓰는 방을 비울 테니 저녁참에 오실라우?"

"그럽시다."

두 사람은 도솔암 마애불이 특이하다는 말을 듣고 길을 물었으나 해 안에 돌아오기 어렵다 하여 포기하고 인근을 쏘다녔다.

잠을 설친 기범이와 병호는 얼굴에 물도 못 바르고 숙소에서 나왔다. 동이 트기 전이지만 현성의 남문 앞은 사람으로 끓는 중이었다. 시제가 묘시에 걸린다 하여 서두른다고 한 것이 그 지경이라 급히 향교 앞으로 달려가 보니 그곳도 솔가리 하나 꽂을 틈이 없었다. 답사를 왔을 때만 해도 공터였고 귀퉁이에 밭뙈기가 붙어 있었지만 목책을 치고 탱자 가시를 둘러 어느덧 그곳은 나라의 행사장다운 위용이 갖춰져 있었다. 오수찰방이 시관으로 임명되었다더니 출입문에는 과연 역졸의 기세가 삼엄하고 과장 앞은 거자뿐 아니라 딸려온 사람들까지 북새통 한가지였다. 먼저 온 인파를 뚫고 새치기로 들어가려는 선접군은 상스러운 욕으로 상대방을 윽박지르고 한쪽에서는 벌써부터 드잡이에 주먹다짐이 요란하였다. 선접군과 떨어지지 않으려고 새끼를 허리에 연결한 자가 있는가 하면 차일로 보이는 한 뭉치를 들고 있는 자와 기름먹인 우산으로 닥치는 대로 사람을 꾹꾹 찔러대는 자도 보였다. 거기에 앞선 자의 오금을 박아 넘어뜨리고 위를 타 넘는 무리까지 과장은 그야말로 무너지는 눈사태처럼 위태롭기 그지없었다. 병호와 기범이는 난생처음 보는 그 기이한 모습에 어쩔 줄 모르고 인파 바깥을 맴돌았다. 그때 누군가 아는 체하여 돌아보니 동음치에서 하룻밤을 난 함평과 무안 선비였다. 그것도 인연이라고 안부를 묻던 중에 선접군도 무엇도 없이 온 바에야 힘을 모아 이 난관에 대비하자는 신통한 의견이 나왔다. 그들에다가 병호까지 힘을 쓰고 속필에 능한 기범이가 시제를 옮겨 적는 식으로 대응해보 자는 것이었다. 일변 기대할 만하다고 격려하면서 그들은 문이 열리 기를 기다렸다. 역졸들이 가시울타리를 따라 몰려간 후 궁금해진 기 범이가 보고 와서 상황을 일러주었다.

"울타리에 불을 지르다 들켰다는군. 미리서 들어가려고 했다는 게 여. 말세로군."

동이 트면서 문이 개방된 모양으로 깔때기 같은 곳으로 사람들이 떠밀렸다. 들어가는 구멍은 작고 들어가려는 사람은 많아 아비규환 의 소용돌이가 펼쳐지는데 무언가 와지끈 부러지는 소리에 비명까 지 섞여 과장이 아니라 전쟁터라는 만경 선비의 말이 비로소 실감 났다. 뒤로 거슬러오는 선비 하나는 무슨 일을 겪었는지 머리에서 피 를 흘렸고 잠시 후에는 업혀서 대오를 이탈하는 자도 나왔다. 그러 나 의기투합한 네 사람이 합심하여 용을 쓰니 기범이네 패거리도 쉽 사리 밀리지는 않는 양상이었다. 쥐어박고 밀치면서 과장에 들고 보 니 바닥엔 멍석이 깔렸으며 앞을 차지한 자들은 차일을 치고 지우산 을 펼쳐 해자 두르듯 방어막을 만드는 중이었다. 병호네는 나란히 앉 지는 못해도 현제판 가까운 데에 자리를 잡았지만 아직도 밖에는 고 성과 욕설이 난무하였다. 조흘첩은 사전에 확인했고 호구장적(戶口 帳籍)은 관아에서 송부했을 것이므로 이제는 시제만 걸리면 될 일이 었다. 본래 과장에는 거자들만 입장해야 하지만 떡장수와 술동이를 멘 장꾼들까지 호객에 여념이 없었다. 숙소를 구하느라고 여비를 다 쓴 기범이가 손을 내밀었다.

"출출한데 행하를 좀 내게."

병호가 엽전 일부를 건네자 기범이는 탁주 두 조롱박을 들이켜고 시원하게 트림까지 하였다. 그런 뒤 세필과 먹물 든 병을 챙기고 시제를 적으려고 종이를 잘게 접어 갈무리하였다. 해가 떠오르자 향교 돌계단 쪽 출입문이 열리고 관복 차림의 경시관과 오수찰방이 행차하였다. 이어 차비관(差備官)이 자리를 잡는데 징소리가 들려온 연후에 시제를 적은 두루마리가 현제판에 걸렸다. 앞에서부터 와아 하면서 대오가 무너질 즈음,

"빨리들 나서지 않고 뭐하는 게요."

함평 선비가 소리를 지르며 뛰어나갔다. 함평 무안 사내를 따라 병호와 기범이도 퉁겨나갔지만 벌써 향교 입구는 오뉴월 엿가락처럼 엉겨붙어 난리판이었다. 뒤늦게 인파에 뛰어들었으나 뚫고 들어갈 방도가 없어 시제를 적는 데만 한나절 걸릴 거라던 주막집 사내의 말이 되새겨졌다. 병호는 팔을 벌려 기범이를 에워싼 채 뒤를 막고 앞에서는 함평과 무안 선비가 길을 여느라고 구슬땀을 흘렸다. 그러다 옆구리가 뜨끔하여 어떤 놈인가 고개를 돌렸으나 모래밭에서 깨알 찾기였다. 그래도 앞서 시제를 적은 사람이 선접군에 싸여 빠져나가므로 그들에게도 기회가 왔다. 함평 무안 사내와 병호가 힘을 쓰며 밀려드는 무리를 막는 틈에 기범이가 여러 번 접어 두툼해진 한지에 괴발개발 시제를 적었다. 현제판 앞을 빠져나오며 보니 기범이

의 창의 앞섶이 먹물에 젖고 함평 사내는 갓 테두리가 찌그러져 우스꽝스러웠다. 그들이 자리에 돌아간 뒤에도 향교 앞에서는 육박전을 방불케 하는 난리굿이 벌어지고 과장에 들지 못해 가시울타리 주변을 배회하며 구멍을 뚫어보려는 자의 악다구니와 모든 걸 포기하고 퍼질러 앉아 우는 자의 통곡이 줄을 이었다. 시제를 먼저 적어온 차일 쪽에서는 시부를 어떻게 작성할지 숙덕이는 소리로 와자그르한데 거벽끼리 의견이 맞지 않아 논쟁을 벌이는 곳도 있었다. 그러거나 말거나 대갓집 거자는 지우산 밑에 비스듬히 누워 기생을 끼고 시회에 나선 제 아비들 흉내를 냈고, 가시울타리 쪽에서는 밖에서 불러주는 자귀를 받아 적는 거자도 있었다.

"젠장, 도떼기시장이 아닌가."

옆에서 기범이의 웅얼거림이 들려왔으나 시부를 구성하느라고 병호는 신경 쓸 겨를이 없었다. 해가 꼭지에 오르고 시제를 적는 일이 끝났는지 함성과 욕지거리는 차츰 사라졌지만 거벽끼리 우세두세 주고받는 소리와 거벽이 써준 글자가 무어냐 묻는 말로 과장은 석양녘 대숲 같았다. 그런데도 한양에서 온 경시관과 관리들은 귓속말을 주고받으며 무릎을 치고 웃어대면서 무료를 달래는 중이었다. 미리 시제를 적어간 앞줄에서는 벌써 시지를 단에 바치고 선접군에 싸여 과장을 빠져나가는 자도 있었다.

"아따 여보쇼. 차술(借述)로도 모자라 그리 시끄럽게 굴 건 뭐요? 대놓고 경서를 베끼는 마당에 새우젓이니 소금이니 무슨 귀신 씨나락 까먹는 소리냔 말요?"

차일 속에 지우산을 세운 앞자리에다 기범이가 하는 말이었다.

"아니 저 자가……. 예가 어느 댁이라고……."

"어느 댁이나 마나 조용히 좀 하란 말이오. 보아하니 한양에서 굴러온 모양인데 그 잘난 솜씨로 어째 예까지 내려왔냔 말이오."

병호는 대거리하는 기범이를 만류하며 소매를 잡아당겼다. 그러나 양반가의 자제를 호종해온 사노와 선접군이 소매를 걷으며 일어나더니,

"오냐, 이놈아. 오늘 한양 맛 좀 보아라."

하는데 병호가 먼저 나서서 허리를 숙였다.

"미안하게 됐습니다. 대신 사과할 테니 시험이나 무탈하게 치릅시다."

"겁은 되우 나는 모양일세."

텁석부리가 사람을 아래위로 훑고는,

"내 그쪽은 봐줄 테니 비키시오."

하면서 병호의 어깨를 떠밀었다. 그러나 쇠말뚝처럼 꿈쩍 않고 버티자 무뢰배의 눈이 대번에 꼿꼿해지는 순간 지켜보던 기범이가 다짜고짜 나서서 면상을 콱 박아버렸다. 기범이의 갓이 우그러지면서 상대가 코를 싸쥐고 넘어질 적에 내닫는 패랭이를 이번에는 병호가 밭다리로 퉁겼다. 상대가 어떤 선비의 시지에 벌러덩 나자빠지고 사람들이 솔개 만난 병아리처럼 혼비백산 흩어질 즈음 상대편 차일과 이웃 차일에서 무뢰배들이 와르르 쏟아져나왔다. 차일마다 그 수가 대여섯은 되는 눈치여서 병호와 기범이가 아무리 뒷산 자락에 올라

목검과 곤봉을 휘둘러봤다 하나 중과부적이 아닐 수 없었다. 거기에 질서를 유지하기 위해 동원된 무릎치기와 더그레 자락까지 몰려들어 이제는 옴쭉달싹 못하고 에워싸일 판인데,

"과장에 파락호가 웬 말이냐? 이곳이 정녕 나라의 인재를 뽑는 자리냐?"

하는 소리와 함께 흙 부스러기가 날아들었다. 언감생심 선접군은 꿈도 못 꾼 채 뒷줄에 끼어 앉은 향촌 선비들이 사태를 주시하다 말고 두 사람을 두둔해 나선 것이었다. 소란이 커지자 대갓집 차일에 남은 무뢰배들이 병장기를 챙겨 차례로 앞 대오에 합류하였다. 모시고 온 도련님을 지킨답시고 그들이 그렇게 나오자 매어둔 줄이 끊어진 것처럼 술렁임이 번지더니 연이어 흙 부스러기가 날아왔다. 멍석 아래가 밭이라 돌 대신 흙덩이를 던지는 모양이었다. 그러자 앞쪽의 무리도 흙과 돌로 맞대응해 과장은 어느덧 대보름 투석전이 되어가는 형세였다. 의분은 있으나 일에 말려들기 싫은 선비들은 옆으로 비켜나고 이제는 강단 있는 축들을 중심으로 과장 뒤편에 따로 무리가 생겼다. 그에 맞서 대오를 정비한 역졸 뒤에 대갓집 자제들이 은신하자 과장은 도끼로 쪼갠 듯 양분되는 양상이었다. 거벽 사수도 없이 혈혈단신 입장한 선비들은 바닥에 깔린 멍석을 걷고 흙덩이뿐 아니라 돌멩이를 파내 앞으로 날렸다. 그들에 맞서 밖에서 들어온 역졸이 저편에 새로 가세하는데 저마다 등패와 육모방방이를 들고 있었다. 선비들이 던지는 흙더미를 등패로 막고 뒷열에서 육모방망이와 당파를 든 자들이 오와 열을 이루자 수가 많아도 이쪽은 오합지

졸이라 주춤주춤 밀리지 않을 수 없었다. 열세를 느낀 선비들은 등패를 든 역졸이 접근하지 못하게 흙덩이와 돌멩이에다 벼루까지 날리게 되므로 먹물이 사람들 옷자락을 적시고 뺨에서 흘러내렸다. 이쪽의 벼루에 맞서 역졸 뒤에서도 큼직한 돌멩이가 날아와 막을 것이 변변치 않은 선비 중에는 이마가 깨지고 가슴을 쥐어 잡는 자가 속출하였다. 대오 한쪽이 무디어지자 등패를 든 역졸이 오와 열을 맞춰 발로 바닥을 치면서 접근하는 사이 병졸들이 등패 너머로 창대를 밀며 압박해왔다. 처음에는 호기로웠으나 자꾸 부상자가 나올 뿐 아니라 대오를 끄는 장두가 따로 있는 것도 아니어서 선비들은 점점 구석에 우그러들었다. 이제는 살길을 도모해야 할 형편이지만 사방이 가시울타리요, 나갈 곳은 출입문뿐인데 역졸이 버티고 있어 어느덧 몰이꾼에 쫓기는 고라니나 다름없었다. 힘으로도 당할 수 없으려니와 이것은 나라의 대사에 반기를 든 형국이라 두려움마저 역병처럼 번지지 않을 수 없었다. 그때 수세에 몰린 선비 몇 사람이 멍석을 가시울타리에 걸고 위를 타 넘었다. 싸움에 참여하지 않고 방관하던 선비들도 멍석을 여기저기 걸쳐두므로 사람들은 죽기 살기로 과장을 탈출하였다.

"저 이는 무안에서 온 선비가 아닌가?"

밖에 나온 기범이가 역졸에게 팔을 잡혀 끌려가는 선비를 보면서 외쳤다. 그러더니 달리는 기세 그대로 나졸의 등짝을 내질렀다. 그자가 휘청이는 사이 무안 선비가 다른 나졸의 팔을 비틀어 몸을 빼냈다.

"언제 기회가 되거든 또 뵈입시다."

향교가 있는 마을을 빠져나와 무안 선비는 영광으로 난 길로 빠졌고 기범이와 병호는 고창 방면으로 북상하였다. 무안 사내와 갈라선 두 사람이 경내를 벗어나 한갓진 곳에 이르렀을 때 기범이가 물었다.

"화났니?"

"아니."

그러나 병호는 시무룩하였다.

"어쨌거나 나 때문에 과거를 망쳤구나."

"과장이 저 지경이면 채점인들 제대로 하겠어? 상피(相避)고 나발이고 저희끼리 다 해먹겠단 수작이라구. 아무리 훌륭한 책문을 써내도 우리 차례는 오지 않아."

두 갈래 길에서 흥덕 쪽을 고르며 기범이가 중얼거렸다.

"조선의 향국 년수가 다 했다더니 『정감록』이 맞는 모양이다."

그 사이 봄은 완연해져서 길가에 매화가 피고 산기슭에도 진달래가 붉었다. 나무도 풀도 자라지 않는 흰닭고개에 올라선 병호가 고갯마루 가녘으로 비칠비칠 걸어갔다. 낭떠러지 위에 쭈그려 앉은 그의 어깨가 조금 있자 들썩거리기 시작했다.

"어으흐흑…… 어으흐흐흐흥……!"

난리판에서도 놓지 않고 챙겨온 곰방대에 기범이가 연초를 재웠다. 그가 한 죽을 태운 뒤 울음을 그친 병호에게 말하였다.

"돈냥이 남았거든 술이나 마시자."

"찌그러진 갓을 보니 넌 선비도 무엇도 아니구나. 줄포로 가자."
그들은 고개를 내려와 구부러진 길을 걸어갔다.

식사를 마친 병호가 상을 들어 부엌에 내간 후 기범이는 아랫집으로 내려갔으니 연초를 태울 모양이었다. 갑자기 백구가 자지러지게 짖어 병호가 부엌 밖을 내다보자 전립에 쾌자 차림의 장교가 나장 예닐곱을 끌고 들어섰다. 병호와 눈이 마주친 동달이 차림이 물었다.
"그대가 전병호인가?"
"그렇습니다."
"태인 관아에서 나왔다. 순순히 따를 텐가 오라를 받을 텐가."
병호는 이 사태가 무엇인지 금방 알아차렸다. 한 달 전에 무장에서 치러진 향시는 소요사태가 종결된 후 재개되었다는 소문이지만 호구장적과 시지 제출자의 명단을 대조해 명단에 없는 자를 추려내려는 것이었다.
"연로하신 할머니가 계십니다. 옷 갈아입고 나오겠습니다."
병호는 횃대에 걸린 창의를 내려 입고 안방으로 건너갔다.
"관아에서 보자 하니 다녀오겠습니다. 아버님 돌아오시거든 그리 전해주십시오."
장씨도 이내 사태를 파악하였다.
"이것은 대역죄를 범한 것이 아니다. 지혜롭게 처신하도록 해라."
장씨에게 큰절을 올린 그가 밖에 나서자 백구가 나장의 옷자락을 물고 흔들었다. 골목에는 아랫집 기범이가 나장의 인도를 받아 미리

감치 나와 있었다. 다행히 오라는 지우지 않았으나 장교와 나장에 싸여 이동하는 모습이라 들 일하던 사람들이 큰일 난 줄 알고 논둑에 몰려나왔다. 거산면 거쳐 태인 관아에 끌려온 두 사람은 호패를 차압당한 채 폭우에 무너진 군옥 대신 사령청 옆 구류간에 투옥되었다. 구류간에는 살인 같은 죄를 범한 자는 없었고 결세전(結稅錢)을 착복한 자와 산송(山訟)에 얽힌 자가 수감돼 있었다. 산송으로 들어온 자야 경수(輕囚)로 분류되니 곧 풀려나겠지만 결세전을 착복한 자는 중수(重囚)로 간주되어 칼과 차꼬를 차고 있었다. 구류간에 하옥된 지 얼마 안 돼 군내 나는 꽁보리밥과 소금에 절인 무 두 쪽이 배급되었으나 병호와 기범이는 먼저 온 이들에게 밀어주었다. 미시가 되자 형리가 나타나 네 사람을 나란히 세운 후 얼굴과 몸을 살펴 특이사항을 기록하였다. 어둠이 내리면서 전부터 수감된 두 사람은 쇠약해진 심신을 못 이겨 곧장 코를 골았고 병호나 기범이는 빈대가 끓는 삿자리에 누워 자다 깨기를 반복하였다. 간살을 친 환기구에 갓밝이 기운이 스며들자 다시 보리밥이 배정돼 이번에는 그들도 뜨는 둥 마는 둥 허기를 면하였다. 입맛이 돌아온 게 아니라 얼마나 수감될지 모르니 몸을 먼저 추스를 생각이었다. 전날과 마찬가지로 형리가 나타나 얼굴을 관찰하여 기록한 다음에 밖에 나가고는 영 꿩 구워 먹은 소식이었다.

"매를 치든 말든 빨리 결판이 나면 좋겠구마는."

기범이가 옥사를 서성대며 볼멘소리를 할 제 옥문이 열리며 나졸이 두 사람을 불러냈다. 옥문을 넘어가자 나장들이 오라를 감고 둘을 동헌 마당에 끌어냈다. 동헌 마루 의자 위에는 관복을 갖춘 현감이 앉아 있었으며 토방에는 서리들이 도열하고 마당 가운데엔 십자 형틀이 갖춰져 있었다. 풍신은 좋지 않지만 현감은 수염이 가지런했고 앉은 자세가 곧았다. 한미한 고을에서 세월을 보내다 내직으로 올라가면 최선이지만 뇌물을 바친 어느 놈이 꿰차고 들어올지 모르니 현감이라도 그는 파리 목숨이었다. 책상에 놓인 다른 지역의 첩보와 관찰사의 지시사항을 내려다보던 현감이 고개를 들었다.

"어느 쪽이 김기범인가?"

"제가 김기범입니다."

"금번 향시에서 소요를 일으킨 발단이 김기범에게 있다는데 맞는가?"

"인재를 선발하는 과장에서 부정을 일삼고 공정의 책무를 져버린 시관들이 방조하므로 시정을 도모하였습니다."

기범이의 말을 듣던 현감이 일을 처결하였다.

"말하는 것을 보니 육조판서의 본세로구나. 과거는 나라에서 시행하는 행사인데 소요를 일으켰으니 민란에 버금가는 사태다. 그러나 소요는 잠깐에 그치고 다시 향시가 치러졌음을 감안하여 특별히 선처하는 것이니 장 삼십 도를 달게 받도록 하라. 다음으로 그대가 전병호인가?"

"그렇습니다."

"김기범이 소요를 일으킬 적에 만류하지는 못할망정 합세하여 일을 커지게 하였으니 이는 국법을 어지럽힌 일이다. 사실과 다른 점이 있는가?"

 아무리 다른 고을과 첩보를 주고받았다 하나 일의 전말을 이토록 소상히 알고 있는 점이 놀라웠다. 이양선이 나타나면 호들갑 떨며 도망치기 바쁘지만 그런 자들에 의해 지탱되는 나라라도 그 빠르기와 촘촘함에는 혀를 내두르지 않을 수 없었다.

 "국법을 어지럽힌 책임은 향촌의 거자들이 아니라 과장의 안전과 공정에 기여하지 못한 경시관과 시관에게 있으며, 한성시에 응해야 하나 농토를 연고삼아 향시에 응한 자들에게도 있으며, 또한 그들을 그리하도록 주선하고 부추긴 고관대작들에게도 있으며, 자파 세력을 충원하는 자리로 과거를 전락시킨 붕당의 무리에게도 있으며, 이 모든 것을 관리하고 감독하여야 할 성상께서도……."

 현감이 책상을 내리쳤다.

 "닥쳐라! 네 어찌 찢어진 입으로 성상을 욕보이느냐? 태인과 전주의 백일장에서 우수한 성적을 냈다 하기로 선처하려 했다마는 말마다 방자하구나. 생각 같아선 변방의 수자리에 처박아두고 싶다마는 젊은 선비들의 혈기를 도리어 칭송하신 대원위 대감의 분부가 있어 곤장으로 처결됨을 감사히 여겨야 할 것이다. 전병호에게는 곤장 이십 도를 내리도록 하라."

 "과폐(科弊)를 지적했을망정 잘못이 없는데도 이리 처결하시니 관장께서도 거벽 사수의 도움으로 거기 계시나이까?"

 "그 주절대는 소리를 차마 들을 수가 없구나. 저놈도 삼십 도를 내려라."

나장들이 둘의 괴얄띠를 풀더니 엉덩이가 보이도록 바지를 훌러덩 깠다. 그런 다음 형틀에 엎드리게 하고 팔과 발목에 오라를 감았다. 장을 치는 곤에는 다섯 종류가 있으니 치도곤이 길고 너비도 넓었으며 도범(盜犯) 같은 중수에게 사용하였다. 다행히 이날 준비한 것은 길이 다섯 자에 너비 네 치인 소곤이었다.

"이보시오, 나장님네들. 같은 고을에 살기로 살살들 하시구려."

장이 떨어지기 전에 기범이가 위에서는 못 듣게 조용히 당부하였다. 그러자 옆에서 듣던 병호가 쩌렁하게 외쳤다.

"국법을 시행함에 엄하게 하시오."

"허리 부러지니 움직이지나 마시우. 장 맞고 고자 된 사람도 여럿 봤수."

나장 가운데 한 사람이 이르는 사이 둘의 둔부에 장이 들러붙었다. 이어 곤이 쳐들리는데 벌써 엉덩이에 시뻘건 자국이 선명하였다. 다시 곤이 떨어지자 앞서 난 자국이 더욱 선연해지고 세 대 네 대가 연이어지자 살이 부풀었다. 이윽고 다섯 대가 넘어간 다음부터 기범이의 입에서는 애고대고 숨넘어가는 소리가 나와 치는 나장들이 웃음을 참느라고 애를 썼다. 애당초 한 번에 삼십 도 이상은 치지 못하게 하고 사흘 안에 다시 시행치 못하게 형률에 규정한 것은 그만큼 장형이 가혹하기 때문이었다. 곤장 한 대에 장사(杖死)한 사람도 있었다 하니 그 위력을 짐작하고도 남을 일이었다. 나장들은 이들이 매 맞는 사연을 알고 있는지라 요령껏 치건마는 스무 대가 넘어가자 살이 헤져 피가 튀었다. 나장들이 이번에는 터지지 않은 쪽을 골라 치려고 무던히도 노력했지만 온 엉덩이가 붉어져 더 때릴 곳이 없었다. 장난처럼 시작된 기범이의 앓는 소리가 어느덧 들리지 않게 된 것은 흥도 없거니와 정신이 아뜩해진 탓이었다. 장형이 끝나자 반쯤 정신을 놓은 두 사람은 참고 있던 신음을 이빨 새로 흘려보냈다. 나장들이 그들의 바지춤을 추켜 대충 괴얄띠를 묶어주자 대번에 엉덩이 쪽으로 피가 번졌다. 현감과 서리들은 사라진 뒤였으며 걸음을 떼지 못하는 그들을 나장들이 부축해 객사 앞으로 끌어냈다. 기창이 마차 끄는 마부와 노상에 서 있다가 그들을 이불 깔린 수레에 엎드리게 하였다. 기창은 둘의 엉덩이에 막 돋기 시작한 파초 잎을 으깨어 황토에 버무린 반죽을 두툼하게 발랐다. 지금실에 도착하여 기범이는 제 집 안방에 엎드리고 병호는 약재가 쌓인 방에서 요양하게 되었지만 실로 애를 쓴 사람은 기창이었다. 그는 황토와 파초 잎을 개어 두 사람 엉덩이에 연신 바꾸어 얹은 다음 여염집을 돌며 뒷간에 고인 맑은 물을 구해 걸러 마시게 하였다. 트림을 할 때마다 방안에 똥간 냄새가 퍼졌지만 그 덕인지 두 사람은 날이 바뀌면서 조금씩 기력을 회복해갔다. 병호와 기범이는 경서를 읽기보다도 상두산에 올라 제겨차기며 곁차기 등 택견 동작을 연마하는 데 오히려 주력하였다.

월백설백
천지백하니,
1872

호남에서 한양을 가려면 좌도와 우도에서 올라오다가 전주에서 만나 공주를 거쳐 천안삼거리를 지난다. 내려오는 길 역시 마찬가지인데 청주 지나 무주 남원 방면으로 향하는 경우도 있었다. 이때에 한양을 출발한 필상이 은진 여산 다 버리고 진산을 경유해 전주 경계에 들어선 것은 희옥이와 지금실까지 동행하기 위해서였다. 그는 설을 보내고 출타한 뒤 여름에 귀가하였으나 선선한 기운이 돌자 다시 여정을 시작했다가 돌연 남하하였던 것이다. 그가 두어 달 만에 서둘러 내려온 것은 병호 일행과 할 일이 생겼기 때문이었다. 하필이면 정월에 유랑을 떠나 병호나 기범이가 과거시험을 망친 일과 관아에 끌려간 일을 까맣게 모르고 있던 그는 여름이 되어서야 사연을 들었었다. 또한 희옥이가 혼인한 것도 새로 알았는데 때마침 병호나 기범이가 굴신 못하던 때라 혼례에 참석한 사람은 아무도 없었다.

희옥이가 급작스레 혼인을 하게 된 것은 몸져누운 아버지가 손주를 봐야겠다고 성화를 댄 탓이었다. 작년 여름부터 대근하다는 핑계로 눕기를 반복하던 그의 아버지는 겨울이 되자 좋다는 것을 아무리 해드려도 몸이 밭기만 하였다. 그러다 손주를 봐야겠다며 쉬파리처럼 성가시게 굴더니 나중에는 손수 매파를 놓아 고산의 처자와 혼인을 주선하였다. 그러나 고대하던 손주는커녕 잉태 소식도 들리기 전에 세상과 하직하고 말았으니 박복한 사람이었다. 그때는 병호와 기범이가 장독에서 벗어나 기동을 할 뿐 아니라 필상 또한 집에 와있을 때라 동무들은 상례에 참석해 상여도 메면서 지난봄 결례를 벌충하였다.

필상이 봉상 구미리에 당도했을 때 희옥이는 출타 중이었다. 희옥이의 할아버지가 전주감영 아전으로 있을 때 다소 재산이 불어 일부는 소작을 주고 나머지는 직접 농사를 짓는데 추수가 끝나 소작료 문제도 마무리할 겸 집을 나섰다는 것이었다. 그러나 여름에 상을 치르며 얼굴을 익힌 희옥이의 처가 필상을 맞아준 덕분에 할머니와 어머니에게 인사를 올리고 모처럼 밥다운 밥을 먹었다. 식사 끝에 숭늉으로 입가심을 하자 어떻게 알았는지 희옥이가 자빠질 듯 뛰어들었다.

"성님이 웬일이우?"

혼인을 하고 집안을 떠맡은 책임 때문인지 희옥이는 제법 의젓해 보였다. 얼굴엔 그늘이 깃들었으나 집안 살림을 맡아서 안 하던 일을 하게 되고 부부간의 사소한 차이를 알아가면서 생긴 피로였다.

"아우님 보고 싶어 왔지. 지금실에 같이 좀 갔으면 하는데 괜찮겠는가?"

"괜찮다 뿐이오? 농사일도 끝났으니 어서 갑시다."

"술이나 내오시게. 해가 졌는데 어딜 가겠는가."

그제야 어둠이 내린 것을 알고 희옥이는 술을 내오게 하였다. 몇 달만의 상면인데다 필상이 밖에 나가면 가져오는 소식이 많아 술동이 하나를 비운 뒤에야 그들은 잠자리에 들었다. 하지만 희옥이가 방 안팎을 수석이며 어찌나 어서 나서자 보채 쌓는지 필상은 여독을 풀 새도 없이 다시 행장을 꾸렸다. 전주 남문밖시장에서 배를 채운 후 책방거리 지물전에서 한지 한 동을 희옥이에게 지운 필상은 앞서서 흑석골 보광재를 넘었다. 기범이가 돼지 서리를 했다는 구이동을 통과할 즈음 이마를 훔치던 희옥이가 물었다.

"아니 무슨 한지를 세 권이나 산답니까?"

필상이 희옥이를 놀렸다.

"장가들더니 힘이 떨어진 게로군."

"한지가 한 동이면 자그마치 이천 장인데 용도가 궁금해 그러지요. 괘서(掛書)라도 붙이시려오?"

"곤장까지 맞았다는데 다음엔 붙여야지. 그나저나 병호 아우도 장가들 나이가 돼가잖은가? 그자는 여인네 속살이 얼마나 보드라운지도 모를 게야."

뻔질나게 드나들던 숯막을 지나 그들은 엄재를 내려왔다. 술도가에서 탁주 한 동이를 사 들고 해가 뉘엿해져 기범이네에 들어서자,

"아이구 성님, 각중에 웬일이오?"

두런대는 소리를 듣고 집주인이 뛰어나왔다.

"아우님 보러 왔지. 이거나 받게."

한지 다발을 건넨 필상이 방안을 둘러보았다.

"병호 아우는 어딜 갔나?"

"말도 마시우. 마누라 떠난 뒤에 『금강경』하고 『도덕경』을 뒷간에 놔두지 않았겠소. 똥 눌 때 보고 있으면 구린내도 덜 납디다. 그런데 그때버텀 이자가 뒷간만 가면 한나절이구려. 호랑이도 제 말 하면 온다더니……."

필상과 희옥이가 뒷간에서 나온 병호와 인사를 나누는 사이 기범이가 술상을 차렸다.

"그나저나 웬 한지를 이리 샀습니까?"

"내가 한양서 사귄 한량이 한 놈 있다네. 그런데 하룻밤 묵다가 그자의 집에 귀한 물건이 있는 걸 알았지."

"귀한 물건이라뇨? 그자의 첩실과 눈이라도 맞은 게요?"

기범이였다.

"사람을 물건이라 하겠는가? 하여튼 그 물건을 빌리자 하였더니 쉬쉬하며 안된다지 뭔가. 그래 술 한잔하자면서 죽치고 앉아 버렸지. 결국 술이 나왔는데 나 한 잔 저 한 잔, 또 나 한 잔 저 한 잔……. 그 잔 뻗어버렸네."

"그럼 빨리 들고튀어야죠."

애가 닳은 희옥이가 소리를 질렀다.

"허허, 내 말을 미리 해주니 편하네그려."

"정말로 그랬단 말요?"

기범이도 이야기가 궁금해지는 모양이었다.

"품에 넣고 냅다 줄행랑을 놓았지."

"형님에게 그런 손버릇이 있는 줄 처음 알았습니다. 어디 물건을 좀 보십시다."

병호가 손을 내밀자 필상이 사람들을 쓱 둘러보더니 『천주실의(天主實義)』라 적힌 책자 두 권을 꺼냈다. 제목을 본 병호가 한 권을 날름 채가고 다른 한 권은 기범이가 집어가 도깨비 기왓장 뒤듯 들춰보았다.

"누가 하느님을 공허한 것이라 하겠는가? 공허한 것은 한나라 명제 때 천축에서 들어온 불교다(夫誰以爲空? 空之設 漢明自天竺得之). 명나라 풍응경(馮應京)의 서문인데 불교를 공허한 것이라 말하는군."

병호가 서문 한 구절을 읊고는 희옥이에게 책을 넘겼다. 기범이도 본문 한 대목을 읽었다.

"평생 마음을 바꾸지 않고 선행을 하면 천당의 복락을 누리도록 상을 준다(故終身爲善 不易其心 則應登天堂 亨大福樂而賞之). 평생 마음을 바꾸지 않고 악행을 하면 지옥에 떨어트려 벌을 준다(終身爲惡 至死不悛 則宜墮地獄 受重禍灾而罰之). 이는 불가에서 하는 말이 아닌가?"

"자자, 책이 손에 들어왔으니 우선 잔들이나 비우세."

필상이 잔을 들어 촉구하자 병호가 한지 다발을 가리켰다.

"이 책을 필사하라고 저걸 사오셨구려."

"필사해서 읽고 소감을 말해보세나. 내야 도적질까지 하였으니 필사는 아우님들 몫이네."

"그럽시다, 까짓것. 한 열흘 필사하고 꼼꼼히 읽으려면 한 달은 걸리겠소."

"모처럼 만났으니 오늘은 마시고 낼부텀 시작합시다."

그들은 앞에 놓인 잔을 들었다. 술로 밤을 샌 후 필상은 상두재를 넘어 집으로 가고 남은 사람은 오늘만 마시자 하여 또 술판을 벌였다. 내친김에 희옥이는 필사를 마친 뒤에나 돌아가겠다 하여 이튿날도 술판이 벌어졌고 사흘째 되는 날에는 하루만 더 마시자 해서 새로 사 온 독을 열었다. 나흘째가 돼서야 장을 나누어 필사를 시작하는데 생각보다 일이 진척되어 며칠 만에 두 권을 끝낸 희옥이는 필사본을 끼고 봉상으로 넘어갔다.

기범이의 집에 『천주실의』를 남겨두고 귀가한 필상은 피로해진 심신을 안정시키며 조용히 정양하였다. 커 나오는 아이들을 불러 담소를 하고 밤에는 부인과 운우지정을 나누며 사는 재미를 만끽하였다. 십 년간 경서를 읽은 후 십 년간 떠돌기로 한 결심을 그는 지켜오고 있었다. 각처를 떠돌면서 양이들의 기물을 목격하고 조선을 움직이는 자들이 얼마나 안이한지, 변방을 사는 백성들은 국가니 뭐니 그런 허울을 얼마나 우습게 여기는지 알게 되었던 것이다. 그러나 그런 생활도 이제는 끝날 기미가 보이는 듯하였다. 무언가 겪어 깨닫는 일이야 숨 붙어 있는 한 끊일 일이 아니려니와 이제는 목표를 두고 살 방편이 필요하였다. 그런데 아우들과 부대끼다 보면 호수 가운데 얼음장이 쩡 갈라지듯이 어떤 파정의 순간이 찾아올 것 같았다. 어떤 날은 잠만 자다가 어떤 날은 수발총을 꺼내 모악산을 오르내리면서 그는 필사 끝낸 책이 돌아오기를 기다렸다. 그날도 오리 사냥이나 나갈까 궁리 중인데 아우들이 시끌벅적 들이닥쳤다.

"그 책이 그리도 무거워 함께 들고 오는가?"

병호가 『천주실의』 원본을 내밀었고 희옥이가 답변하였다.

"동학사 강백이 금산사에 왔다 하니 얼굴도 익히고 말씀도 청할까 합니다."

"동학사 강백께서 우리 같은 자들을 만난다던가?"

그러면서도 필상은 의관을 차렸다.

"희옥이의 조카뻘 되는 이가 동학사 강백으로 있다는군요."

그들은 필상의 집을 나와서 모악산 자락 아래 오리알터를 지났다. 희옥이만큼은 아니어도 필상 역시 머리 하나가 솟은 체수라 둘은 큼직하고 나머지는 작달막하였다. 금산사로 통하는 길에는 떨어진 이파리가 수북하고 모악산 중턱은 단풍이 기미만 남아 있었다.

"헌데 나이가 몇이길래 강백이 되었단 말인가?"

필상이 묻고 희옥이가 답하였다.

"나보다 여섯 살 위니 스물넷이지요. 작년에 동학사 주지가 『금강경』 강백으로 앉혔다는데 돌연한 사태이긴 합니다."

"잘난 사내로세."

그들은 서낭당에 들러 미륵할미에게 합장한 뒤 일주문을 지났다. 조금 올라가니 금강문이 나왔고 천왕문을 통과하자 미륵전이 보였다. 미륵전은 팔작지붕 삼층 건물로 겹처마였으며 추녀에 활주를 세웠고 미륵장륙상이 모셔져 있었다. 그러나 거들떠보지도 않고 뒤편으로 돌아가자 동쪽 건물 댓돌에 미투리와 당혜가 보였다.

"스님, 기십니까?"

조카라면서도 희옥이는 목소리가 조신하였다. 문이 열리며 팔척은 서운하고 구척에 댈 법한 거한이 밖을 굽어보았다. 머리는 까슬까슬하고 눈이 부리부리하며 주먹이 들어갈 만큼 입이 큰 자였다. 뒤에는 또 분홍 저고리에 댕기머리 처자가 손을 모으고 있는데 웬만한 장정보다 손가락 마디 가웃은 커 보였다. 스님의 들어오라는 시늉에 연장자인 필상이 인사말을 건넸다.

"오누이의 다정함을 방해하였습니다."

그들이 남매임을 알고 하는 말이었다.

"경허입니다."

스님이 법명을 밝힌 뒤 희옥이가 병호와 기범이를 소개하였다. 그들이 자리를 잡자 분홍 저고리 처자가 남을지 말지 망설이더니 치마를 끌며 밖으로 나섰다. 경허가 다관에 작설을 넣고 화로의 주전자를 들어 물을 부었다.

"아재께서 동무님을 보았으면 하더니 이렇게나 많을 줄은 몰랐습니다."

"동학사 강백께서 오셨다 하니 가르침을 청할까 합니다."

"저는 아는 게 없으니 깨우쳐주시지요."

사내 넷이서 눈을 부라리면 위축될 일이지만 스님은 기색이 없었다.

"여기 있는 우리는 얼마 전부터 서학에 관한 책자를 보고 있습니다. 어느 높은 곳에 모든 걸 주관하는 이가 있어 세상을 만들고 관장한다는데 어찌 된 노릇일까요? 노자는 유무상생(有無相生)을 원리라 하고 더러는 태극을 말하지만 과연 저 광활한 우주는 어떻게 시작되는지 궁금합니다."

"그걸 알면 그때로 가시렵니까?"

기범이의 질문은 도발에 가까웠고 젊은 나이에 강백이 되었다니 도전하고 싶었던 것이나 스님은 부드럽게 퉁겨냈다.

"우주도 우주려니와 내가 어디서 왔는지 왜 궁금하지 않겠습니까."

"그를 모른단 말이오? 아버지와 어머니가 합궁하지 않았습니까?"

"하면 이 세상도 암수가 낳았겠구려. 서학에서는 천주가 모든 걸 창조했다는데 스님께선 암수를 거기 둘 작정입니다그려."

"파도와 바다는 다른 것이 아닙니다. 담장 너머에 뿔이 보이면 소가 지나는 게지 봐야만 알겠소?"

화로의 주전자 꼭지에 김이 오르자 스님은 숙우에 붓고 주전자에 물을 채웠다.

"본래 우리가 앉아 있는 이곳엔 절도 없고 중도 없었답니다. 한 번은 짐승 같은 사내 몇이서 동굴에서 나왔습니다. 손에는 돌을 묶은 막대기를 들었지요. 고라니라도 잡으면 좋으련만 온산을 뒤져도 소득은 없었습니다. 밤이 되어 동굴에 누웠는데 배가 고파 잠이 와야지요. 소나무 속살을 벗겨 씹었습니다. 그런 연후에야 옆에 있던 암컷이 눈에 들었던 겁니다. 교합이 이루어지고 아이가 태어났습니다. 그 아이도 그런 일생을 살았겠지요. 그 아이가 실은 여기 처사님들의 조상쯤일 겝니다. 그렇다면 흔적도 없이 사라진 그 소나무는 우리와 관련이 있을까요, 없을까요?"

스님은 연기(緣起)를 들어 기범이의 질문에 답하는 중이었다. 필상이 끄덕였다.

"소나무가 저를 이루지요."

"그 소나무는 또 어디에서 왔습니까? 백두산에 살던 곰이 솔방울을 먹고 예까지 와서 똥을 쌌는데 소나무가 나왔다더군요. 허면 그 곰은 보살님들의 할아버지뻘이 되겠습니다."

필상은 이번에도 선선히 수긍하였다.

"지당하신 말씀입니다."

"그러니 누가 무엇을 만들고 그 무엇은 또 어디에서 오겠습니까. 연이 닿아 생성되고 움직이고 변화하니 고정된 것은 없지요."

다시 주전자의 물이 끓었다. 풍경 소리가 들리는 걸로 보아 바람이 치는 모양이었다. 숙우의 물로 차를 우리고 끓는 물을 숙우에 따른 스님이 다시 주전자에 물을 채웠다. 필상은 부푼 창호지가 제 자리로 돌아가며 우는 소리를 들었다.

"날이 푹해도 겨울입니다. 우리가 객인데 주인께서 한 데 계시니 불편합니다."

사람들이 창호지에 비친 처자의 그림자를 보았다.

"유학을 하시는지라 내외가 중할 터인데 말씀이 반갑습니다."

경허의 말이 끝나자 희옥이가 털고 나가 처자를 데려왔다. 여인은 좌중을 돌아 스님의 주장자를 물리며 한 무릎을 세우고 앉는데 행동거지에 거침이 없었다. 송씨네의 내력대로 키가 훤칠하여 무릎에 얹은 손가락도 맹금처럼 길었다.

"스님께서는 세상만사 연기하여 이루어진다 하셨는데 산문 밖의 저 아비규환은 어찌 하오리까? 그 또한 인연의 고리를 따라 발생하고 사라질 일이므로 각자의 평정만 찾으면 되겠습니까?"

조용하여 의식 못 하다가 뜻밖의 질문을 받고 스님이 병호를 응시하였다. 들에 나간 새 떼가 돌아오는지 날개 젖는 푸르르 소리가 들렸다.

"제가 어떤 말을 남겨도 처사께선 답을 얻지 못할 겝니다. 허나 한 가지 말씀은 드려보지요. 어느 해 여름 한 스님이 사미승과 탁발을 나갔습니다. 비로 불어난 냇물을 만났는데 뒤에서 어떤 여인이 업어 건네면 삯을 주겠다 하였습니다. 마침내 개울을 건넌 여인이 삯을 내밀자 스님은 다른 걸 받겠다며 손으로 엉덩이를 갈겼습니다. 모든 걸 삯으로 해결하려는 태도가 못마땅했지요. 그날 밤 사미승은 잠을 이루지 못했습니다. 스님의 행위가 계율을 어긴 건 아닌지, 음심이 발동했는지 의문이 생겼으니까요. 개울을 건넌 지 오래건만 여인을 업고 있었던 겝니다."

"강을 건너거든 뗏목을 버리라시는군요. 저 아비규환은 눈에 보이는 것이니 색(色)이요, 변화하고 사라질 것이므로 공(空)이라고도 한다지요. 개인을 위무하기에 그보다 약이 되는 말은 없습니다. 그러나 개인의 고(苦)가 아닌 세상의 고는 어찌합니까? 개인의 고를 내려놓아도 상여줄 한가지라 다른 사람은 세상의 고를 메고 있겠지요. 벼락 치듯 일체를 끊고 윤회의 굴레에서 벗어난다 해도 어쨌거나 우리는 이 생생한 곳에서 지금 이렇게 살고 있으며 숨이 붙어 있는 한 또 살아야 하지 않겠습니까?"

기범이네 똥간에서 불경을 읽으면서 생각한 의문을 병호가 꺼내놓자 경허는 숙연하게 앉았다가 고개를 들었다. 그의 태도는 아까보다도 한층 진중하였다.

"불교는 개인을 염두에 둔 학문입니다. 불교가 만들어진 천축 땅이 사철 풍성해서 떼뭉쳐 할 일이 없었다는군요. 하지만 그때 이미 의문을 품고 새로운 생각을 하는 사람들이 있었던 것이고 중국을 거쳐 조선에 들어오기까지 팔다리를 잘라내면서 각고의 노력을 기울였지요. 마침내 회향(廻向)을 거듭하여 혼자의 깨달음과 복락에서 타자의 깨달음과 복락으로 방향을 밀고 나갔답니다. 그래 육조 혜능(慧能)께서는 '세속을 여의고 보리를 찾는 것은 토끼의 뿔을 구하는 것과 같다(離世覓菩提 恰如求兎角)'는 게송(偈頌)을 읊으셨지요. 서산대사나 영규대사가 국난을 당하매 힘을 모은 것도 그 뜻은 아닐런지요."

"저는 유학을 공부하는 사람으로 유학이 복종을 강요하는 건 아닌지 의심하는 중입니다. 그런데 불학은 체념을 말하는지 묻고 싶습니다."

스님은 더 이상 차를 우리지 않았다. 필상이 대신 다관에 물을 채웠다.

"뼈를 찔린 것 같습니다. 어느 마을을 지나면서 보니 기근에 토색질이 겹쳐 향민들이 황달을 앓더이다. 그때 할 일이 경을 외우는 것 말고는 없었습니다. 불가에선 중생의 마음을 살피고 짐을 덜어 피안에 이르길 권하되 기예(技藝)와 법술(法術)엔 뜻이 적다 하겠지요. 그렇다고 무용하다 할 순 없습니다. 처사님께서 무서운 말씀을 주셨으니 저도 하나 묻고자 합니다. 뗏목을 짊어지지 않은 자 어찌 뗏목을 버리며, 고가 없는 자 어찌 해탈에 이르겠습니까? 꿈에 관하여 말하는 자는 이미 꿈을 깬 자입니다. 이제 묻겠습니다. 여기 계신 처사님들께선 진실로 세상의 고를 짊어지셨는지요?"

경허의 말에 기세 좋게 덤비던 병호는 끽소리 못하고 입을 다물었다. 경허의 질문은 죽비소리처럼 들렸으며 과장을 뒤엎고 관아에 끌려가 곤장을 맞았다 하나 그는 누릴 수 있는 미련을 버리지 못한 채였고 모두가 마찬가지였다.

"저는 처사님들이 무슨 말을 하는지 알겠습니다. 맨날 자비를 말하는 불도 앞에서 분노 없는 자비가 무엇이냐 묻는 게지요. 저는 법문 속에서 일을 찾고 처사님들은 속세에서 찾아야겠지요. 처사님들께 당부드립니다. 자비 없는 분노는 분노 없는 자비만 못합니다."

말을 마친 스님이 자리에서 일어서자 처자가 따라나섰다.

"스님, 스님!"

방 안 사람들은 눈만 멀뚱거리는데 병호가 버선발로 뛰쳐나갔다. 덩달아 일어서려던 희옥이를 필상이 붙들어 앉혔다.

"아따 저노무 스님, 입만 큰 게 아니라 말도 걸구려."

기범이가 중얼거리는 사이 필상은 경허와 병호로부터 한 걸음 떨어져 선 처자를 주목하였다. 심각한 말이 오갈 적에도 담론보다는 처자의 모습에 얼른 눈이 갔다. 여인네 엉덩이를 친 이야기가 나오는데도 흔들림이 없었으며 필상이 눈여겨본 점이 그런 것이었다.

"저 처자 말일세."

희옥이가 필상을 보았다.

"병호 아우의 배필로 어떤가?"

희옥이의 눈동자가 처자에게로 옮겨갔다.

"내조를 잘할지…… 난 모르겠구려."

"내조가 필요한 게 아니네."

"그럼 뭣이 중하우?"

"감당할 사람이 필요하지."

그 말에 기범이가 낄낄거렸다.

"저 중놈이 우릴 앉혀놓고 싸대기 쳐댄 걸 보슈. 동생이라잖소."

그들이 농 반 진 반으로 없는 사람 이야기를 나눌 때 병호가 돌아왔다.

"무슨 이야기를 밖에서까지 그리 나누나?"

"또 볼 수 있냐 물었더니 보고 말 게 뭐 있냐 그럽디다. 인연이 됐다고."

기범이가 다시 낄낄댔다.

"성님도 차암, 스님을 보러 갔겠소? 처자 얼굴을 한 번 더 보려던 게지."

 절간에 더 머물 이유가 없게 되어 일행은 서둘러 밖에 나섰다. 키들이 커서 발도 빠른지 한참을 걸었지만 남매는 보이지 않았다.

 동무들과 독후 감상을 하기로 한 날 필상은 소피가 마려워 새벽잠을 깼다. 희옥이가 애처럼 이불을 차낸 채 코를 골았다. 희옥이는 새벽길 나설 일이 꺽정스러워 하루 먼저 들어와 필상과 담소하고 잠들었던 것이다. 새벽인데도 창호지가 희부윰하여 마루에 나서고 보니 목화솜 같은 세상 위로 큼직한 눈송이가 쌓였다. 뒤꼍으로 돌아가 소피를 눈 필상은 다시 자리에 들었다가 비질 소리에 눈을 떴다. 자리에서 일어나 문틈에 눈을 대보니 희옥이의 비질을 따라 마당에 빗살이 만들어졌다. 박동을 따라 콧김이 뿜어지건만 동저고리 바람으로도 그는 추운 기색이 없었다. 조반을 하자 햇살이 좋아져 문을 열어도 춥지 않았고 빗살도 그늘 든 곳만 남아 푸근하였다. 그렇더라도 병호와 기범이는 솥튼재로 돌아오는지 시간이 지체되었다. 주안상을 보아달라는 요청에 무를 채 썰어 넣은 꿩탕이 나와 미리부터 한 모금 할까 망설이는데,
 "길이 사납구려."
 하는 소리가 들리고는 곧 행전과 감발을 푼 두 사람이 안에 들어섰다.
 "어서 한 잔 주시우. 꽁꽁 얼었는 걸."
 기범이가 술잔을 내밀자 병호가 주의를 주었다.

"천천히 마셔. 초장부터 횡설수설할라."

"횡설수설이란 누굴 두고 하는 말인가? 이강주 몇 잔에 뻗어버리고선 집에 가겠다 내뺀 사람이 여기 있네."

희옥이가 이강주를 마시고 얼굴이 벌개지던 병호를 상기시켰다.

"그건 또 무슨 말인가?"

그 일을 모르는 기범이가 물었고 필상이 답하였다.

"그런 일이 있었네."

술이 두어 순배 돌자 바깥에서 들어와 푸르뎅뎅하던 병호와 기범이의 입술에 핏기가 돌았다. 필상이 젓가락을 놓더니 『천주실의』를 집어 들었다.

"돌아가며 소감을 나누고 의견도 붙입시다. 자구를 들어 인용하는 것도 가하니 맘껏 개진합시다. 누가 먼저 하시려나?"

"먼저 입 열 사람이야 정해져 있지요."

사람들이 기범이를 보았다.

"아따 먼저 하란 소리구만. 까짓 거 그럽시다."

그는 흔쾌히 수락하며 잔을 비웠다.

"운을 떼게 되었으니 미리 얹어두겠소. 이 책은 중국 선비가 묻고 서양 선비가 답하는 식인데 서양 선비란 책을 쓴 리마두(利瑪竇)겠지요. 서양 선비는 천주가 만물을 창제하고 모든 일을 주관한다 하였습니다. 그런 존재가 없다면 세상이 어찌 이리 일목요연하게 유지되겠느냐 반문하였지요. 대체나 우주 만물이 어떻게 만들어졌는지는 동과 서가 한가지로 관심사인가 봅니다. 이에 관해 자사(子思)는 상천지재(上天之載)는 무성무취(無聲無臭)라 하고 정자(程子)는 충막무진(冲漠無朕)이요, 주자는 무극지진(無極之眞)을 언급하였습니다. 또 불가에서는 연기라 하였지요. 그런데 이쪽은 사물의 생김과 존재의 원리를 말하지만 저쪽은 천주가 빠끔살이하듯 짓고 만든 정경을 눈앞의 일처럼 펼쳐 보이더란 말입니다. 헌데 그토록 생생하므로 도리어 못 미더웠습니다."

"그저 옛이야기로 여길 순 없겠소? 우리에게도 마고할미 설화가 있잖소?"

논의를 진전시킬 양인지 병호가 토를 달았다.

"물론 그렇소. 하지만 이야기를 이야기로 들어야지 사실로 단정하여 못 믿으면 배척하고, 이야기 속의 믿음을 위해 목숨까지 던진다면 그 편일랑은 들지 못하겠소. 이야기란 삶의 방편을 생각하게 하면 그만이지 철석같이 믿으라면 곤란하잖소. 믿음을 전제로 해서만 성립되는 일이란 그만큼 미덥지 못하단 뜻입니다. 세상이 혼탁해지자 그런 세상을 구원하려고 천주가 야소를 보냈다는데 동정녀를 어머니로 택해 남녀 교감 없이 잉태되었답디다. 천주가 있는데 또 태어났다면 천주가 둘이란 뜻이니 이상도 하려니와 남녀 교접 없이 태어났다는 말도 종잡을 수 없었습니다."

이야기를 마친 기범이는 그릇을 들어 동치미를 마셨다. 노름판도 아니건만 희옥이가 소매를 걷었다.

"나도 한마디 합시다. 내게는 출가한 조카가 둘씩이나 되지 않소. 그래 불가의 말과 유사한 대목이 많아 유심히 보았소. 사람이 죽으면 천당이나 지옥에 간다는데 이는 불교에서 하는 말과 같았습니다. 하지만 이 책에선 불교의 윤회와 왕생이 이로움만을 말하지만 서학의 천당 지옥 설법은 이로움과 해로움까지 동시에 드러내 사람을 의로움으로 끈다 하였습니다. 그러면서 이 세상은 가짜라 하고 내세가 진짜라 말합니다(今世僞事已終 卽後世之眞情起矣). 저는 천당이든 극락이든 사후세상을 봤다는 사람은 만나지 못했거니와 있다손 쳐도 내가 사는 세상은 가짜요, 죽어서 가는 세상이 진짜란 말에는 찬동하기 어렵소."

"그 또한 덕행과 선행을 베풀라는 말로 보면 되지 않겠소?"

"그 뜻이 왜 없겠소. 하지만 살아서는 무슨 짓을 하든 죽어서야 행적을 소급해 결정한다면 빨리 죽고 간택만 받으면 그만 아닙니까. 또한 지옥의 형벌은 가혹하기 이를 데 없다는데 인자한 천주께서 어찌 그리 잔인하단 말이오. 하고 천당과 지옥은 얼마나 크길래 전에 살던 사람과 앞으로 살 사람까지 모두 수용한단 말이오."

희옥이의 말이 끝나자 못다 한 말이 있어 엉덩이를 들썩이던 기범이가 끼어들었다.

"희옥이가 농만 잘하는 줄 알았더니 말도 뜨겁구랴. 초목에게는 생혼(生魂)이 있어 그것이 생기고 자라게 하지만 초목이 말라비틀어지면 생혼도 없어진다 합니다. 또한 금수에게는 각혼(覺魂)이 있으므로 성장을 도울 뿐 아니라 보고 듣고 맛보고 지각하게 하지만 몸이 죽으면 역시 없어진다 합디다. 그런데 사람에게는 영혼(靈魂)이 있어 지각하고 추론하고 분석하는 능력까지 있다면서 초목 금수와 구분을 하니 정묘하고 그럴듯하였습니다. 하지만 이 변설 또한 보거나 만질 수 없는 형이상의 영역이니 주장일 뿐입니다. 헌데 정작 놀라운 것은 초목과 금수가 죽으면 생혼 각혼은 사라지지만 사람의 영혼은 사라지지 않고 천당이나 지옥에 든다고 한 대목입니다. 왜 그런단 말이오? 천당과 지옥이 좁아서 생혼과 각혼은 없애고 영혼만 들이는 겝니까? 하면 다른 짐승을 잡아먹는 범이나 이리는 어떤 일을 저질러도 지옥 갈 염려가 없으니 나는 그리로 태어날 걸 그랬소. 사람이 아무리 발버둥쳐도 사라지지 않고 영생한다면 얼마나 지긋지긋한 일이오."

"자자, 너무 뜨거워지진 말고 한잔씩 하고 가세나."

필상이 제동을 걸면서 빈 잔에 술을 따랐다. 기범이가 곰방대를 꺼내 불을 붙이자 구수한 냄새가 퍼졌다. 필상이 어흠어흠 목을 풀었다.

"사오십 리 북쪽에 바우배기란 곳이 있네. 신유년에 게서 붙잡힌 천주학 부부가 있는데 전주 숲정이에서 목이 잘렸다네. 그런데 그때 참수된 사람 중에 아내 되는 이가 옥에서 쓴 편지가 있네. 그이의 법명이 루갈다라더구먼. 마침 바우배기에 사는 인척이 있어서 쉬쉬하며 전해진 그 편지를 보게 됐지 뭔가. 헌데 그때의 충격이 너무도 커서 여적지 잊지 못하는 구절이 있네. '주님을 위해 목숨 바칠 기회가 없어 염려하였는데 마침내 뜻을 이루게 되었어요. 주님 은혜에 감사드리며 기쁘기 한량없습니다.' 이승을 내세의 예행쯤으로 여기는 신념이 무서워 나는 학질 앓듯이 몸을 떨었네. 이승의 삶이 어찌 그리

하찮단 말인가. 저 산야에 쌓인 눈과 하늘을 나는 새를 보라지. 아무것도 아니란 말인가? 그 여인은 천주의 뜻을 따라 동정을 지키기로 합의하고서 혼인을 했다는구먼. 그래 사 년간 부부로 살면서 약조를 지켰다는 게야. 그 또한 나는 무서웠네. 남녀가 몸을 탐하고 서로 얼싸안아 어루만지는 일이야 벌 나비가 꽃을 즐기는 것과 같지 않은가. 천지사방이 꽃향기로 가득할 제 남녀가 탐색하고 희롱하는 일이 얼마나 중한가 말이야. 아무런 일면식이 없어도 몸을 합치고 아이를 기르면 정이 생기고 기쁨에 겨워진다네. 어찌해서 그것을 하면 안 되는 일로 알겠는가."

"남녀 화합이야말로 지극한 즐거움이지요. 한 사람 빼고 여기 그걸 모르는 사람은 없습니다."

희옥이의 우스갯소리에 사람들이 음흉스레 웃었다.

"이런 놀림을 받으면서도 병호 아우는 장가를 들지 않는단 말인가?"

병호는 잔을 비우고 필상을 보았다.

"중신을 서주시우. 얼마나 좋은지 나도 좀 들어봅시다."

"성님이 중신하면 째보든 곰보든 갈 게여?"

"형님이 주선하면 눈이 하나 없대도 나는 할라네."

그러자 기범이가 필상에게 눈을 끔벅거렸다.

"성님이 나서야겠소. 어디 눈 하나 없는 처자가 있는지 골라보시구려."

"눈뿐인가. 곰보에 째보까지 겹치면 더욱 좋겠네그려."

"그나저나 마저 이야기합시다. 병호도 말을 좀 해여."

끝내고 술 마실 생각에 희옥이가 재촉하였다. 병호가 목을 축였다.

"조선에 소개된 서학 관련 책자가 줄잡아 칠십 종이라 하니 더 궁구할 필요가 있겠지요. 필상 형님은 한양 나들이를 하시거든 다른 책자도 구해보시지요."

필상이 끄덕이자 병호는 다시 말하였다.

"저는 저 서양 사람들이 의지를 강조한다고 느꼈습니다. 사람에게만 영혼이 있다는 말도 사람이야말로 더 높은 의욕을 가진다는 논변이겠지요. 그 의지 때문에 신부라는 자들도 이 먼 곳까지 찾아왔을 겝니다. 리마두라는 자만 해도 그 방대한 경전을 어찌 독파했는지 유학을 공부하는 제가 벅찰 지경이었습니다. 저는 우리도 더 알아보고 고민하자 요청드립니다."

병호의 요청에 희옥이는 고개를 끄덕였고 기범이는 곰방대를 갈무리하였다.

"문인화를 상기해봅시다. 먹으로 농담을 자아내 산과 물을 짓고 낚시하는 노옹을 그려냅니다. 그리고 여백이 있는데 그 안에 무엇이 있습니까. 풀이며 나무며 사람과 하늘이 있지요. 세상이 사람만을 위해서 있는 건 아니란 뜻입니다. 되려 그들 중의 하나요, 달리 특별할 게 없는 종자지요. 천명이란 말이 있고 하늘 무서운 줄 알라고 합니다. 그 천이니 하늘이 바로 여백에 있는 것들입니다. 그런데 저 서학에서는 모든 것이 천주의 뜻이라 하니 여백은 없지요. 천주와 소통하고 느끼는 사람만 주인이라면서 다른 쪽을 침략하는 이치가 서학의 요체인지 궁금합니다. 제가 알고 싶었던 것은 이양선을 포함해 양이들의 기물이 천주학에 바탕을 두었는가 하는 점입니다. 단서를 찾을 수 없었지요. 하지만 그에 기초를 두었든 말든 양이들은 저 기물을 이용해 약한 나라를 침범하지 않습니까. 남의 것을 빼앗는 이치가 즐거움 때문이랄 순 없으니 즈이끼리 살찌우려는 수작이 분명합니다. 아무리 사람 사는 편리가 도모된다 해도 그 기물이 나만 배 불리고 세상을 망가뜨리는 일에 쓰인다면 우린 물어야 합니다. 그건 정말 대단한 일인가 하고 말입니다."

"서방님!"

필상을 부르는 행랑아범 아들 녀석의 목소리가 들렸다. 올해 열다섯인 녀석은 필상이 서당까지 주선하였으나 간신히 문자를 깨치고는 부모를 도와 농사일을 거들었다.

"무슨 일이 있는가?"

"어떤 걸인이 찾아왔습니다. 누구냐 물어도 서방님만 보겠답니다."

"찾을 사람이 없을 터인데……."

필상이 아이를 따라 대문간에 와서 보니 정말 거렁뱅이가 섰는데 머리는 산발이요, 걸친 것은 엄동설한에 잠방이뿐이었다. 미투리는 헤져 신지 않은 것과 진배없고 언제 목간했는지 손등은 거북등 한가지였다.

"날 찾는다니 뉘신지요?"

"선비님……!"

자신을 선비님이라 부를 만한 사람을 떠올려보며 필상이,

"혹시…… 다금발이냐?"

하고 묻자 거렁뱅이가 흐느끼며 흙바닥에 엎드려 절을 올렸다.

"다금발이가 맞구나! 그렇지?"

필상은 나무껍질 같은 거렁뱅이의 손을 싸안았다. 한 번 터진 다금발이의 울음이 그치기를 기다려 손을 끌면서 심부름하던 아이에게 밥을 내오라 이르고 속히 가마솥에 물도 끓이란다고 덧붙였다. 다금발이와 사랑채 마당에 들자 이 혹한에 누구인가 내다보던 사람들이 마루로 뛰어나왔다.

"손님이 오셨다더니 요란하게도 오셨구려."

기범이의 말이었고 필상이 토방에 오르며,

"이 사람들아, 누누이 말하던 강화도의 그 다금발이일세."

그래놓고 방을 가리켰다.

"어서 들게."

마루에서 사람들이 자리를 비켜주는데 다금발이가 고개를 흔들었다.

"이 몰골로 어찌 방을 더럽히겠습니까."

"방 더러워지는 게 대순가. 얼어 죽겠네."

"그래도 이대로는 어렵습니다."

그 모습에 기범이가 한 마디를 질렀다.

"여기 그걸 따질 사람은 없으니 못이기는 척 드시구랴. 옷도 부실하구마는."

"아닙니다. 그리는 못합니다."

"허허, 참!"

고집을 꺾지 않는 모습에 희옥이가 덮고 잔 이불을 가져와 둘러주었다. 행랑채 어멈이 밥과 찬을 가져왔고 병호가 방에 있던 술상을 내오자 다금발이는 손 가는 대로 음식을 욱여넣었다. 고기는 먹어 본 놈이 잘 먹고 밥은 굶은 놈이 잘 먹는다더니 과연 밥 두 그릇을 꿩탕에 말아 그는 핥듯이 비웠다. 그때 물이 끓는다 하여 헛간에 목간통을 차리고 필상은 아내에게 옷을 내오게 하였다. 몇 순배 잔이 돌자 무명으로 동인 머리에 목화솜 누빈 방한복 차림으로 다금발이가 나타났다. 살비듬은 없더라도 강화도 소년의 눈매가 뚜렷하여 필상은 그가 낯설지 않았다.

"십 년이면 강산도 변한다더니 다 빈말이로구먼. 육 년 만에 이리 헌헌장부가 되었으니."

필상이 환한 낯꽃으로 병호네를 소개하였다.

"인사부터 하게. 여긴 내 동무들이네. 나이는 자네보다 한 살, 세 살 많으니 형이라 하면 되겠네."

다금발이가 허리를 숙이자 병호네도 반절을 하였다. 필상이 잔에 술을 쳤다.

"술은 좀 마시는가?"

"술을 못할라구요. 제 겪은 일을 알면 놀라실 겁니다."

"자네가 건넨 수발총은 요긴하게 쓰고 있네. 아까 먹은 꿩탕도 게서 나왔지. 그렇잖아도 이양선이 침범했다기에 걱정했는데 무슨 일이 있었는가?"

사람들이 주목하자 다금발이는 한 잔을 더 비웠다.

"작년 여름에 이양선을 타고 온 양이들이 처음 점령한 곳은 초지진이었습니다. 그들은 갯벌을 극복하여 초지진에 들었지만 조선군이 떠난 뒤였지요. 양이들은 그곳을 파괴한 뒤 다시 덕진진 성벽을 허물고 북상하였습니다. 그들이 이동할 때 염하에서 이양선이 보조를 맞춰 올라왔지요."

이야기를 듣는 필상의 눈에 염하며 훈련도감 따위가 좌르륵 펼쳐졌다.

"육로와 해로로 양이들이 광성보에 접근하는데 저는 대모산 중턱에서 낱낱이 목격했습니다. 이양선이 먼저 포를 쏘았고 육로의 양이들도 포탄을 날렸습니다. 조선군이 광성보를 방비하고 있어 하늘이 까매지도록 포격만 하였지요."

"육시럴 놈들!"

병인년 이야기 때처럼 희옥이가 방바닥을 쳤다.

"병인년과 달리 이번에는 도망치는 군사가 없었습니다. 북과 꽹과리를 치고 나발을 불며 저항했지요."

술을 들이켤 때마다 사람들 목에서 울컥대는 소리가 났다. 기범이가 호랑이 눈을 치떴다.

"그래 광성보라든가 그곳은 어찌 되었나?"

"성곽이 부서지자 양이들이 언덕으로 돌격하였습니다. 화약이 떨어진 조선군은 칼과 창을 들고 맞섰지만 중군을 호위하던 오륙십 명이 죽고 나머지는 속속 자결하였습니다. 어머니를 부르는 소리가 대모산 중턱까지 들려왔습니다. 철수하기 전에 양이들은 기도를 올렸습니다."

통분을 못 이긴 희옥이는 조선 병졸이 어머니를 부르더라는 얘기에 울음을 터뜨렸다.

"이번에는 주인댁도 피난을 하지 않았던가?"

"그럴 리가요. 양이들이 작약도로 물러가자 언제 재침할지 모른다면서 피란길에 올랐지요. 옛일이 생각나 그때도 저는 남았습니다. 그밤에 배를 구해 출발했지만 인근을 순찰하던 이양선에서 조선병인 줄 알고 포격을 가했습니다."

"저런, 그래서 어찌 되었나?"

"떼죽음하였지요."

그 집 식구들을 기억하는 필상이 쩝 입맛을 다셨다.

"거참, 씨언한 소리도 다 있구먼. 천벌을 받은 게지."

기범이는 오히려 체증이 내려간다는 투였다. 병호가 물었다.

"양이들이 다시 오진 않았나?"

"작약도에 머물러 조선 측과 협상하더니 물러갔습니다."

"남의 나라를 침략해놓고 협상이라니. 그노무 천주를 만나면 나는 모가지를 비틀고 말 테여."

기범이가 소리를 질렀고 필상이 근황을 물었다.

"그래 그 후엔 어찌 지냈는가?"

그때 기범이가 끼어들었다.

"왼종일 방구석만 데울 참이오? 남은 이야기는 옮겨서 들읍시다. 전주 어디 색주가 같은 데서 패싸움이라도 벌이면 좋겠구마는."

"그럽시다, 까짓것. 동무도 생겼는데 구들장 인사가 다 뭐요?"

희옥이가 자리에서 일어났다.

"그러세나. 해가 짧으니 태인으로 가지 뭐. 거기 수령놈을 만나거든 곤장 삼십 도를 돌려가며 치세그려."

순식간에 의기투합이 되어 그들은 밖으로 몰려나왔다. 수류면 장터를 통과한 일행은 추위에도 아랑곳없이 솟튼재를 올라갔다.

분명코
봄이로구나,
1873

해동이 되자 병호네와 김기범의 원정마을 친구 박치수와 억구지, 강화도에서 온 다금발이는 엄재에 있는 숯막에 모였다. 눈비나 면하려고 만든 숯막 옆에 칸을 달고 구들을 깔아 사람이 살도록 하려는 것이었다. 필상은 다금발이에게 노는 방에 머물며 농사일을 거드는 한편 자리를 비우면 잡다한 집안일도 맡아 달라 요청했지만 다금발이는 빈집이 있으면 골라 살겠다는 뜻을 비쳤다. 필상이 처음에는 서운하였다가 다금발이의 입장을 생각해보니 막 고삐가 풀렸는데 종살이로 전락할 우려가 있었다. 병호도 거야마을이 번다하므로 관의 눈에 띄어 어느 궁벽한 고을의 관노쯤으로 박힐 가능성을 이야기하였다. 그때 기범이가 원정마을 숯막 주인에게 다금발이를 머물게 하고 숯을 굽거나 내다 팔도록 주선하겠다 제안하였다. 생각해보니 두루 유용한 제안이었다.

주변이 소나무 천지여서 기둥과 보로 쓸 나무야 몇 그루 도벌해도 상관없었지만 한 칸일망정 사개를 파고 들보를 얹는 일은 대목장이의 손이 필요하였다. 그 또한 기범이가 원정마을 대목장이에게 청하여 간단히 해결했는데 그는 끌과 대패 등을 챙겨와 베어야 할 나무를 지정하고 사람들이 날라 온 것을 다듬어 사개를 팠다. 그런 다음 주추를 앉히고 기둥 아래를 그레질하여 높낮이를 맞추더니 사흘 만에 도리를 얹었다. 대목 일이란 진척이 없다가도 뚝딱 이루어지는 법이라 도리 위에 동자주를 세우고 종도리를 올리기까지 닷새 만에 일이 마무리되었다.

　벽을 치고 구들을 까는 일에 황토가 필요하므로 병호와 기범이는 삽을 들고 남향받이 언덕을 헤쳐 흙을 져 날랐다. 평소 하지 않던 일이라 일이 더딜 뿐 아니라 구슬 같은 땀을 흘리기 일쑤였고 퍼질러 앉아 물 마시는 시간이 길었다. 그러나 억구지와 다금발이 등은 살아오며 눈대중한 것만으로도 반 목수가 되어 처음 하는 일도 거뜬하게 해나갔다. 같은 일을 해도 기범이나 필상과 병호는 금세 흙투성이가 되는 것이지만 박치수 등은 종일 일하고도 옷이 깨끗하였다.

　"딱따구리 쪼듯 머리가 아프더니 개운하네그려. 이참에 경서 나부랭일랑 치워버릴까부다."

　연초를 눌러 재우던 기범이가 물을 들이켜는 병호에게 중얼거렸다. 병호는 이마에 손을 얹고 서까래 위에 싸릿대를 깔아나가는 억구지를 바라보았다. 지난봄 과장에서 사달이 난 후 그 역시 경서를 던져두었는데 기범이는 밖에 나갔다가 며칠 만에 돌아오기 일쑤였다. 내년쯤 다시 별시가 열릴 테지만 역시 신경 쓰고 싶지 않았고, 기창이나 송진사도 시간을 주겠다는 심산인지 더는 언급하지 않았다. 황토를 이겨 만든 알매를 지붕에 던져주는 박치수와 다금발이를 병호가 가리켰다.

"저 일하는 것 좀 봐. 경서만 재미로 알았는데 근사하지 않은가. 방 한 칸 달아내는 일에도 질서와 격식이 있단 말이지."

"거기 동무님들은 세월 좋구만. 지붕은 올라가는데 제우 저것 놓고 해찰인가?"

억구지는 서까래에 알매를 치대며 기범이와 병호가 베어놓은 억새를 가리켰다.

"제길헐, 상전도 저런 상전이 없네."

기범이가 곰방대를 털고 낫을 챙겨 일어섰다. 병호도 지게를 둘러메는데 조도를 타고 술통개를 맨 희옥이가 나타났다. 저마다 반가워하며 한 마디씩 말을 건넸지만 심통이 난 기범이는 지게를 희옥이에게 밀어버렸다.

"술이 문제가 아녀. 메고 따라와."

필상과 희옥이까지 네 사람은 낫을 들고 억새 군락지를 찾아 나섰다. 동무들을 만나 기분이 좋았던지 희옥이가 단가 한 자락을 뽑고 나서 기범이와 필상을 소리쳐 불렀다. 셋이 모인 자리에서 쑥덕이는 소리가 들리고는 웃음꽃이 피었다.

"날 빼고 무슨 작당들인가?"

"역적모의일세. 자넨 미장가니 목숨을 부지허소."

병호에게 소리친 필상이 더 크게 웃었다. 그들이 억새를 한 짐씩 부려놓자 새참 때가 되었다 하여 희옥이가 들고 온 술통개를 풀었다.

"내일 올라올 적에는 짚단이나 댓 뭇 지고 오게. 벽을 세우려면 필요하지."

박치수는 일을 시켜먹는 재미가 쏠쏠한지 기범이를 보며 음흉스레 웃었다.

"그걸 꼭 우리가 해야 하남?"

기범이가 타박하였고 억구지가 말하였다.

"이 산중에서 어찌 지푸라기를 얻겠는가. 집에 가는 사람이 맡아야지."

일이 시작된 뒤부터 억구지와 박치수 등은 밑으로 내려가지 않고 아예 숯막에서 지내고 있었다. 박치수의 말인즉 마을에 내려가 자고 오는 병호와 기범이에게 짚단을 구해오라는 것이었다. 새참이 끝나 다시 억새밭을 찾아 구슬땀을 흘리는데 희옥이가 이번에는 병호를 불렀다.

"다음 달 보름이 할머니 회갑이여. 참석할 게지?"

"해야지."

"자네가 종정마을 조카와 같이 좀 왔으면 하네. 난 대소사를 처리하려니 짬이 없을 게야. 할머니가 조카를 보았으면 하는구먼."

"거야마을 형님이 가까우니 모셔 가면 되겠네."

"일이 있다 하니 별 수 있나. 기범이도 아버님 기일이라 하구."

"그럼 필상 형님의 사정을 들어보고 상의해서 처리함세."

막걸리를 마시느라고 시간을 허비하여 두어 번 억새를 저 나르자 해가 기울었다. 기범이와 병호는 지금실로 내려가고 필상은 희옥이를 데리고 거야마을로 향하였다. 기범이네가 이튿날 들판의 짚눌에서 볏단 몇 뭇을 뽑아내 지고 가자 박치수가 혀를 찼다.

"이리 말짱한 걸 겨오면 어쩌라는 겐가? 황토에 섞으려면 눈비 맞아 썩은 거라야 한단 말일세. 과거시험엔 무슨 문제를 낸다는 건지 원……. 다시 가져오게."

기범이는 대번에 씩씩 콧김을 부는데 병호가 다시 가자며 지게를 걸머졌다. 그들이 숯막을 빠져나올 즈음 사람들 킥킥대며 좋아하는 소리가 들렸다.

"쥑일 놈들. 우리가 영락없이 저것들 머슴일세."

그들은 재를 내려와 첫 마을에서 썩은 짚단을 얻고 또 희옥이가 했던 것처럼 막걸리도 한 통개 장만하였다. 그새 희옥이는 봉상으로 떠나고 남은 사람은 지붕에 일 억새를 엮는 중이었다. 억새가 엮어지자 이엉을 얹어 치마 두르듯 지붕에 깔았으며 눈비가 치지 않도록 이틀에 걸쳐 두툼하게 마감하였다. 산간이라 구하기 쉬울 뿐 아니라 수명도 긴 억새로 지붕을 이었으니 숯막은 여염의 농가보다도 훨씬 버젓하였다. 그러나 구들은 아무나 놓는 것이 아니어서 이번에도 기범이의 주선으로 고향마을 인사가 올라왔다. 그는 온종일 산을 쏘다니며 이맛돌이며 불목돌에 소용될 돌을 골라 실어오게 하더니 굴뚝 자리를 정하고 아궁이 작업에 착수하였다. 그가 구들을 놓는 사이 병호네는 재 아래 운암강에서 고래 바닥에 채울 콩자갈을 실어 날랐다. 사흘째 되는 날 구들 위에 거미줄치기를 하여 시험 삼아 불을 놓아보니 연기가 잘 잡혀 다시 콩자갈을 깔고 황토를 덮었다. 연이어 벽 중간 중방에 간짓대를 넣고 싸리를 세운 후 그간 퍼 나른 황토를 이길 참에 박치수는 삭은 짚단을 눌러 밟으라며 기범이와 병호에게 과제를 주었다. 그래야 잘 버무려질 뿐 아니라 짚가리 사이에 공기가 들어 방한 방열에 좋다는 핑계를 댔지만 메껭이로 칠 일을 부러 그런다며 기범이는 입이 한 자나 나왔다. 마침내 작두로 썬 볏짚을 황토에 개어 미장을 하는데 아직도 만취하면 팔려간 여인을 부르며 눈시울을 붉힌다는 박치수가 해본 가늠이 있어 곧잘 해내었다.

밥만 먹으면 엄재에 올라 웃고 떠들며 힘을 쓴 덕에 움막이나 다름없던 숯막이 두둥실 새로워졌다. 기존 움막은 부엌으로 쓰고 새로 달아낸 곳에 방을 들였지만 먼저 있던 곳까지 지붕을 얹어 숯막은 새 집이나 다름없었다. 집이 완성되어 한 바퀴 둘러볼 때 병호는 지금까지 했던 어떤 일보다 뿌듯하여 가슴이 뻐근하였다. 상두산에 올라 목검을 휘두르고 택견을 연마하였으나 새로 힘을 쓰자 놀던 근육이 깨어나 몸도 새로워진 듯하였다. 숯막을 완성해놓고 올봄에는 채마밭에 상추라도 심으련다고 필상은 소회를 밝혔다. 일을 하는 동안 다금발이는 새로 만난 사람들과 두루 친해졌으며 처지가 비슷한 억구지하고는 동기간 같은 사이가 되어버렸다.

병호가 상두재 넘어 종정마을에 도착할 때까지 동이 트지 않아 세상은 어둑신하였다. 송진사의 집을 지나쳐 희옥이가 일러준 집으로 가자 그녀는 벌써 대문 밖에 나와 있었다. 노랑저고리에 다홍치마를 입었으며 장옷을 걸치지 않아 용모가 시원하였고 쪽진머리에 비녀를 찔러 금산사 때보다 한층 숙성해 보였다. 상대를 알아본 그들은 반절을 한 뒤에 들길로 내려와 하나는 앞서고 하나는 처져 걸었다. 원평천 둑길에 올라서자 마차바퀴가 미치지 않는 길 가운데 풀숲에서 이슬이 채였다.

"낭자라고 부르겠습니다. 괜찮겠지요?"

병호가 동의를 구하자 그녀가 다가와 어깨를 나란히 하였다.

"그리 하시지요. 제 이름은 숙영입니다."

남정네 곁에 붙는 모습도 놀라웠지만 먼저 이름을 밝히는 데서도 배포가 엿보였다.

"제 이름은……."

"알고 있습니다. 아재에게 들었지요. 선비님이라 부를까요?"

"선비라기엔…… 없어서……."

"그럼 아재의 동무이니 동무님이라 하겠습니다."

수류면 읍내를 통과할 무렵 그녀는 처음처럼 처져오더니 민가가 사라지자 다시 곁으로 붙었다. 그녀가 걸을 때마다 치마저고리 쓸리는 소리와 숨소리가 들려오는데 병호는 어쩐지 평소보다 걷는 일이 힘겨워졌다. 어려서 어머니를 여읜 그가 세상에서 아는 여자라곤 할머니가 전부였다. 살면서 할머니 외에는 만나본 일도 없거니와 여인네와 단둘의 길벗이란 생각도 못한 일이었다. 금구 현성을 나와 약작골을 넘으며 보니 기슭에 진달래가 촘촘하고 위에는 산벚꽃이 야단스러웠으며 그 산자락에서 바람이 불자 꽃내음인지 분내인지 향기가 닿았다. 바깥출입이 드물어 약동하는 모든 것이 신기한 희옥이의 조카는 진달래며 동의나물을 해찰하느라고 조금씩 걸음이 더디었다. 물론 줄지 않는 길이 꼭 꽃구경 탓만은 아니었으니 아무리 키가 커도 노상의 일이 바느질보다 수월할 리 없었다. 숯고개를 앞두고 마을을 지나칠 적에 그녀가 누구네 싸리울 너머 붉은 송이를 가리켰다.

"저 꽃을 아시는지요?"

"나무 이름이 박태기니 박태기꽃이겠지요. 꽃 모양이 밥테기 붙은 것 같아서 밥테기나무라고도 합니다. 관상용이지만 여인네들 약재로도 쓰입니다."

그녀가 스스럼없이 남정네 얼굴을 보았다.

"대답을 못 할 줄 알았습니다. 누가 박태기나무를 알겠습니까?"

"알래서가 아니라 아버님이 약재를 다룹니다."

그때부터 그녀는 길가의 풀과 꽃만 만나면 이름을 물었다. 그러다 갓길에 무리지은 보랏빛 꽃과 눈이 마주쳤다.

"저 꽃은 색이 곱습니다. 무엇입니까?"

"이름이 좀 망칙합니다."

"더 궁금합니다."

"큰개불알 꽃입니다."

마을 하나를 지나면서 병호는 탱자울의 가시 몇 개를 분질러 갈무리하였으나 호기심 많은 그녀가 어디에 소용되는 물건인지 그것은 또 묻지 않았다. 숯고개는 제법 긴 편으로 그곳을 지나면 효자마을이 나타나며 그 마을을 지나야 전주에 닿게 돼 있었다. 길옆 잔디에 물이 오르고 나뭇가지에 움트는 잎이 투명해지는데 어디선가 딱따구리가 분주히 나무를 팼다. 오솔길 옆 밭에서는 파 마늘이 자라고 산자락의 다락논에선 황소를 부려 쟁기질하는 농부의 목청이 굵었다. 검은등뻐꾸기가 홀딱벗고 홀딱벗고 하면서 맑게 울면 반대편 뻐꾸기가 아련한 소식을 건네므로 살아있는 것들 자라는 소리가 수런수런 들리는 듯하였다. 밀밭을 질러 고개 정상에 이르자 소나무 두 그루와 사람들이 쉬면서 반질반질해진 바윗돌이 보였다. 다리쉼을 하고 고개를 내려와 새내를 건너면서 돌아보니 잡아 올린 치맛자락 밑으로 금산사에서 본 당혜가 조심스레 징검돌을 더듬었다. 징검돌과 징검돌 사이 번 곳이 있어 병호는 훌쩍 뛴 다음 몸을 돌이켰다. 역시나 망설이는 기색이라 손을 내밀자 선뜻 잡고 건너오는데 허공에 뜬 몸이 잠깐 휘청거려서 힘을 주고 버텼다.

"하마터면 빠질 뻔하였습니다."

그녀가 징검돌을 건넌 뒤 말하였고 병호도 아슬아슬했던 참이라,

"볼만하였겠습니다."

그리 말하였다. 살면서 여인과 어딘가를 동반하는 일도 처음이요, 손까지 잡았으니 더욱 믿기지 않아 그는 자꾸 손바닥을 엉덩이에 문질렀다. 효자마을 지나서 용머리고개에 오르자 전주천 너머로 성곽과 기와집이며 감영의 번다한 건물이 펼쳐졌다. 서문 밖에는 또 이마를 맞댄 초가가 즐비하고 전주천 빨래터의 방망이질 소리가 제법 요란하였다.

"남문밖시장에서 요기를 하시지요. 가리는 음식이 있으면 말씀하십시오."

"그걸 어떻게 주워섬길까요. 동무님 드시는 걸 먹겠습니다."

간밤의 흥성거림 대신 강아지 새끼만 어슬렁대는 색주가를 지나자 책방거리가 나타나고 소금전이 시작되었다. 그때부터 서문밖시장이 남문밖시장으로 이어졌으며 조선에서도 손꼽히는 장시라 흥정하는 사람과 악다구니 쓰는 상인들 목소리에 고막이 팔랑거렸다. 사람들에 치여 행여 놓치기라도 할까봐 병호는 그녀 곁으로 바싹 붙었다. 희옥이네 아버지 상을 당하여 봉상으로 올라갈 적에 기범이네와 몰려간 국밥집이 인근 어디인 듯하였으나 아무리 둘러봐도 어림되지 않았다. 그렇다고 골목을 마냥 뺑뺑이 돌 수도 없는 노릇이라 가까운 곳 아무데고 천막을 이어붙인 국밥집을 찾아들었다. 천막 아래 끼니 때울 목로에선 사람들이 선 채 허기를 면하는 중이었고 마루에 풀숲처럼 빼곡하게 들어앉은 행객이며 장사치들 역시 먹는 일에 열심이었다. 벽을 맞창 낸 집 안쪽은 돗자리를 깔았으며 손님들로 후끈한데 도야지 비린내에 술찌끼 냄새가 더해져 머리가 지끈거렸다. 중노미가 권하는 대로 자리가 깔린 방으로 올라선 병호는 국밥을 주문하고 괴나리봇짐을 당겨 기범이에게 빌린 낙죽장도를 단번에 뽑도록 단속하였다. 잠시 후 내장에 시래기를 얹은 국밥이 나와 다진 양념을 풀고 듬뿍 떠 입에 넣었으나 냄새 때문인지 여인은 내키지 않는 얼굴이었다.

"오늘이 무슨 날인데 이 난리여?"

국밥을 반쯤 비웠을 때 예닐곱 사내가 방에 들어와 주위를 휘휘 둘러보았다. 빈자리가 하나뿐인 것을 보고 맨상투 사내가 밥 먹던 손님 엉덩이를 툭툭 걷어찼다.

"다 먹었거든 나가잖고 왜 뭉개고 지랄여?"

그 서슬에 한 상에서 먹던 사내 셋이 숟가락을 놓고 일어서자 다른 자리의 사람들까지 슬금슬금 자리를 물렸다. 전주 남문밖시장은 조선의 쌀값을 결정하는 큰 장시인 만큼 먹잘 게 많을뿐더러 패악질을 일삼는 무리도 많다는 소문인데 그자들인 듯하였다. 소악패들은 색주가에 기생하며 상인에게 구전을 뜯고 작물을 거래하여 이문을 남기는 한편 돈을 받고 청부를 일삼았다. 또한 이권을 놓고 낫과 칼을 휘두르며 싸우는가 하면 아녀를 납치해 색주가에 넘기고 관속과 결탁해 감영의 물건 빼돌리는 짓도 서슴지 않았다. 뜨내기 장꾼이나 여염의 다소곳한 사람들은 얼굴만 마주쳐도 꿈자리가 뒤숭숭해질 지경으로 위세가 떠르르하다는 소문이었다. 그들 패거리가 막무가내로 손님을 내치자 주인인 듯한 여인이 술과 머릿고기를 내와 맘껏 잡숫고 소란만 일으키지 말라며 손을 비볐다. 결국 손님을 내몬 파락호 무리가 방 가운데를 차지하게 되었지만 그 와중에도 조용히 앉아 국밥을 먹는 구석 자리의 남녀가 눈에 띄지 않을 리 없었다. 병호가 국밥을 먹으며 살펴보니 처음에는 탁주 잔을 돌리며 저희끼리 신소리를 주고받더니 무명으로 이마를 동인 자가 두 사람을 턱짓하였다.

"엊그제 서천다리 색주가에 새로 온 년이 있다기에 품어주었지 뭔가. 헌데 체수며 생김새가 똑같네그려."

그러자 갈고리에 패인 팔뚝을 흔들며 다른 사내가 힐끗대며 거들었다.

"내가 그년을 나흘 전에 품었으니 형님일세."

"그깟 헌 구멍에 먼저 든다고 형님일까? 그럴 값이면 늬 삼촌도 동생이지."

흥이 난 듯 악소배들은 과장스럽게 웃었다. 병호가 고개를 드는데 숙영은 처음보다 열심히 국밥을 먹는 중이었다.

"헌데 그년 감창소리가 어찌나 색을 돋우는지 말여, 밤새 타고 노는 데도 좆대강이 숙지를 않더라니."

"흑안다즙이라잖나. 감창소린들 오죽할까."

"저 보게. 얼굴이 가무스레하니 영락없는 그 계집일세. 누구 오입쟁이와 눈 맞아 도망치는 길인지 알아봐야겠는 걸."

"그걸 어찌 알겠는가? 불을 켜지 않았을 터에 얼굴로 안단 말인가?"

"얼굴로 아는가. 슬그머니 들어가 보면 알지."

그들 무리에서 질퍽한 웃음이 터질 무렵 병호는 낙죽장도를 괴나리봇짐에서 뽑아 무릎 아래에 놓았다.

"그럼 확인은 형이 하실라나 동생이 하실라나."

"게야 형인 내가 나서야지."

그때 병호가 고개를 돌려 사내들을 보았다. 맨상투거나 떠꺼머리인데 이마를 동인 자는 무명 아래로 자자(刺字) 자국이 선명하고 갈고리에 팔이 패인 자, 뺨에 지네 같은 흉이 있는 자까지 몰골부터 의협과는 담을 쌓은 자들이었다. 그들을 향해 그가 공손히 말하였다.

"그쯤 했으면 술맛도 나려니와 이제는 그만하면 어떨지요."

그러나 말만 공손하지 눈이 어찌나 살기등등한지 무뢰배들은 잠깐 말을 놓쳤다. 참숯보다 검은 눈동자가 안쪽에 깊이 박혀 해골바가지를 연상케 하는 눈매 아니던가. 그러나 상대는 여럿이요, 남문 밖시장은 침 바르고 오줌 뿌려놓은 그들의 영역이었다. 마침내 자자 자국이 있는 작달막한 자가 동료들을 향해 나직이 이죽거렸다.

"방금 짖은 것은 어느 집 발바리인가?"

와하하 웃음이 터졌다.

"이분은 전주영장 김시풍 영감의 족질이올시다. 그 댁에 회갑연이 있어 모시고 가는 길인데 소란스러울까 염려하여 드리는 말씀입니다."

병호는 전주영장 김시풍을 언급하며 족숙이라 칭하던 김기범의 말을 떠올렸다. 진영의 영장이면 정삼품 고관으로 부사나 목사가 겸하지만 전라감영은 따로 두고 있었으며 토포사를 겸하니만큼 적도 소탕이 임무였다. 김시풍은 손으로 놋화로를 우그러뜨렸다는 이력이 알려져 있었고 적도 소탕의 공도 크거니와 대원군 인맥이라 그 무렵엔 감사보다 외려 위세가 높았다. 그런 김시풍을 아무렇지도 않게 언급하였으니 사내들은 눈빛을 교환하며 진의를 파악하느라 애쓰는 눈치였다. 그때 손님을 내몰던 구레나룻이 자리에서 일어섰다.

"전주영장 족질께서 이런 데 들 리가 있나? 네놈 혀로 회를 쳐야겠구나."

병호는 밑에 빼놓은 낙죽장도를 상에 올려놓고 갓끈을 풀면서,

"문 앞의 두 놈을 치면 그 틈에 나가시오."

하고 일렀다. 갓을 풀어놓고 장도를 챙기는데 그녀의 목소리가 들려왔다.

"싫습니다."

그러나 사내가 벌써 뒤에 이른 듯하여 말 보탤 겨를 없이 팔꿈치로 낭심을 쳐올렸다. 사내가 죽는소리를 내며 아래를 싸쥐는데 싸움에서는 기세가 중한지라 사정 두지 않고 얼굴을 차 돌렸다. 그러자 단도며 갈고리 따위를 들고 사내들이 우르르 일어섰다.

"네놈들 하는 짓이 영락없는 각다귀로구나. 나는 각오했으니 너희 중에도 누구는 예서 숨이 떨어질 것이다!"

그는 품밟기를 생략한 채 비어 있는 상을 딛고서 맨상투머리의 턱을 제겨차고 발따귀로 문 앞에 있는 자의 얼굴을 질렀다. 자세도 갖추기 전에 당한 일이라 턱과 얼굴을 얻어맞은 자가 하나는 퉁겨지고 하나는 빙글 돌며 주저앉았다. 병호는 달려오던 탄력으로 방을 가로질러 마루에 서게 되었으나 그리 간곡하게 일렀건만 안쪽의 숙영은 꿈쩍 않고 머물러 있었다. 상이 엎어지고 어이쿠 죽는 소리가 나자 구경난 것을 알고 사람들이 몰려들었다. 몸이 성한 네 놈이 칼집에서 칼을 뽑으며 호시탐탐 밖을 노리는 중에 낭심을 붙잡고 쓰러졌던 자까지 합세하니 저쪽은 다섯이 되었다. 문이 좁아 상대편은 한 명씩 나올 수밖에 없는데 병호가 노린 점이 그것이었다. 그는 먼저 나오는 놈을 곁차기로 조져 갈비뼈를 부수든 기절을 시키든 할 생각이었다. 기범이와 약속한 품세로 겨뤄보기는 하였으나 절박함 때문인지 저도 모르는 동작을 구현했던 터라 칼과 갈고리만 조심하면 해볼

만하다는 믿음이 생겼다. 한 놈이 손바닥에 침을 뱉으며 몸을 움츠릴 적에,

"네 이놈들!"

하는 부르짖음에 이어 그릇 깨지는 소리가 들렸다. 상을 둘러 엎은 숙영이 추상같은 말을 내뱉었다.

"쥔장은 당장 중영에 달려가 영장 어른께 고하고 영군을 데려오너라. 조금이라도 지체하면 이곳을 헐어 못을 파게 할 것이다. 오늘 너희는 모조리 물고를 당할 줄 알아. 들었느냐?"

여인이지만 목소리가 어찌나 사나운지 마당에 모인 사람들은 영문을 헤아리기 바쁜 눈치였다. 마루 끝의 병호가 틈을 주지 않고 그녀를 거들었다.

"저이는 김시풍 영감의 족질이오. 쥔장은 중영에 달려가셨는가?"

그는 이 자리에서 끝을 보고 말 것처럼 칼집에서 칼을 뽑았다. 기범이가 병장기를 어찌나 애지중지 다루는지 칼은 짧지만 날이 살아 스릉스릉 우는 듯하였다. 처음에는 거짓으로 알았으나 그때쯤 악소배들은 긴가민가하여 더는 나서지 못한 채 저희끼리 눈짓을 주고받았다. 본래 센 척하며 약자를 괴롭히는 무리가 사세 불리하면 그보다 비굴할 수 없는 종자들이라 판은 이미 끝난 것이나 다름없었다. 더욱이 병호의 솜씨를 한차례 맛본데다가 정말 중영에 달려가는지 구경꾼 두엇이 슬그머니 대오를 이탈하므로 방에 있던 자들은 저희끼리 눈 마주치기를 마치고 넘어진 동무를 부축해 비칠비칠 뒷문을 나섰다. 그들이 미투리도 꿰지 못하고 구경꾼 옆구리를 질러가며 인

파를 뚫고 나가자 병호는 희옥이가 건넨 노자에서 엽전 몇 개를 던져놓고 숙영을 인도해 거리로 나섰다. 숙영의 서슬에 악소배들이 물러나긴 하였으나 그래도 뒤가 당겨 풍남문을 통과해 경기전 뒤편으로 해서 서둘러 완동문을 빠져나갔다. 그들은 마당재를 넘어 잎이 돋기 시작한 뽕밭을 질러 인봉서원 고개를 넘었다. 초곡에 접어들어 소양천 둔덕에 오르자 그제야 피돌기가 잡히면서 아까 벌어진 일들이 찬찬히 돌이켜졌다. 동행한 여자를 보호할 마음이든 그들을 징벌할 삼사였든 순식간에 무뢰배 셋을 제압한 일만은 암만 생각해도 어리둥절할 지경이었다. 샅바를 잡고 상대를 넘어뜨리는 일이야 얼마든 자신 있었지만 한 번의 동작으로 둘을 쓰러트린 일만은 다시 닥쳐온대도 흉내 내기 어려운 품새였다. 그러나 그보다 놀라운 일은 옆에서 걷는 여인의 서슬과 침착함이었다. 오십 리 길을 걸어 다리 저는 기색이 역력하지만 단숨에 무뢰배들을 제압하던 귀기는 상대를 때려눕히던 병호의 택견 동작만큼이나 경이로웠다.

"저를 어찌 김시풍 영감의 족질로 만드십니까?"

초곡을 지나 화포에 접어들자 숙영이 농을 걸었다. 어느덧 서먹한 기운은 사라지고 함께 곤경을 겪은 탓인지 목소리마저 다정하였다.

"그 덕에 위기에서 벗어나지 않았습니까?"

"평소에도 예사로 거짓을 일삼는지 궁금합니다."

"낭자의 거짓말도 실감나더이다."

화포에서 소양천을 건넌 뒤부터 숙영은 자꾸 다리를 절었다. 소양천을 거슬러 내려오는 둑길에 온통 하얀 것으로 덮인 벚나무 두 그루가 사이좋게 서 있었다. 병호가 땅 위로 드러난 벚나무 뿌리를 가리키자 그녀가 엉덩이를 걸쳤다.

"발을 좀 보아야겠습니다. 이대로는 오늘 중에 닿지 못합니다."

"제가 싫대도 고집을 부리시겠지요?"

하면서 숙영이 치마를 올리는데 버선 뒤쪽에 피가 배어 있었다. 그녀는 버선코와 뒤축을 잡고 힘주어 버선을 벗었다. 키가 크매 발도 크지만 좁고 가지런한 발가락 때문에 볼썽사나울 정도는 아니었고 발목은 가늘며 뒤는 살모사 대가리처럼 각이 뚜렷하였다. 살갗이 벗겨져 뒤꿈치에서 피가 나왔고 발가락 사이에도 두어 군데 물집이 보였다. 그는 오전에 챙겨둔 탱자가시로 발가락 사이 물집을 터뜨리고 이럴 줄 알고 넣어온 광목을 찢어 사이에 끼우는 한편 감발 치듯 뒤꿈치를 감아주었다. 나머지 발도 같은 식으로 조처하고 챙겨온 미투리를 내밀었으나 작아서 다시금 덧날 우려가 있었다. 제 신던 미투리를 건네자 그새 늘어나 발에 맞으므로 그것을 주고 저는 새것을 신었다. 당혜를 봇짐에 넣고 몸을 일으킬 때 미풍에 날린 벚꽃 이파리가 여인의 머리와 어깨에 떨어졌다. 두 그루 벚나무 주변으로 별꽃과 쇠뜨기와 광대나물꽃이 쑥이며 잡초 사이에 촘촘하였으며 꽃이름을 묻는 숙영의 질문에 병호는 아는 대로 답변하였다. 길이 급하건만 꽃잎 날리는 나무 아래에 두 사람은 오래 머물렀다.

응급처치를 하였더라도 숙영의 걸음걸이가 신통치 않아 그들은 어둠이 깊어져서야 목적지에 당도하였다. 이튿날이 잔치라 마당에 차일이 걸리고 불을 밝힌 채 몇 사람이 술타령을 하였다. 정신을 차리고 보니 술잔을 기울이는 이들은 기범이와 희옥이와 필상이었다. 할머니를 먼저 보자며 희옥이가 숙영을 데려간 후 자리에 합석한 병호는 셋이서 작당하여 둘이 동행하도록 꾸민 일을 알고 쓴웃음을 지었다.

그 무렵 병호는 주기를 정하지 않고 송진사가 정해주는 날 종정마을을 찾았다. 송진사는 병호를 만나면 모일에 오라고 일정을 정하였는데 대략 한 달에 한 번꼴이었다. 송진사는 집에 머물며 경서를 읽거나 절구를 짓는 것이었으나 그즈음엔 바쁜 나날을 보내고 있었다. 다른 지역 선비들과 서신을 주고받으며 어떤 때는 직접 출타하여 호서와 한양을 다녀온다는 것이었다. 누구와 무엇을 이야기하며 서신을 통해 어떤 담론을 나누는지 알지 못하였으나 병호는 그 일이 국정과 무관치 않다고 보았다. 호포제(戶布制)를 시행할 무렵 이미 불쾌한 기색을 드러내더니 대원군이 서원을 철폐하자 송진사는 매월 반대 상소를 올리는 한편 다른 지역 선비들과도 의견을 교환하는 눈치였다. 최익현이 상소를 올려 정부의 토목사업을 비판할 적에도 그는 면암만이 유일한 선비라고 칭찬하였다.

송진사는 경서의 내용을 강의하지 않았고 병호에게 시를 쓰고 제술을 하게 하여 그를 중심으로 논하였다. 경서를 언급할 적에 병호나 송진사는 더는 부딪치지 않고 피하는 쪽으로 행보하였다. 논의를 통해 의견을 좁히거나 조율한다는 기대를 피차 조금씩 접어둔 탓이었다. 그런데도 병호가 송진사의 사랑을 계속 드나드는 것은 다른 삶의 방편을 찾지 못하였을 뿐 아니라 아버지 기창과 할머니의 염원을 잘 아는 까닭이었다. 또한 희옥이네 회갑연에 숙영과 동행한 뒤로는 종정마을에 가는 날이 은근히 기다려지기도 하였었다.

"주상전하의 보령이 올해로 스물하나인데 그러면 아동인가 성년인가?"

일정이 끝났다 생각하는 순간 스승이 병호에게 물었다. 선비들과 서신을 주고받으며 바깥출입이 잦더니 음습한 사랑을 지킬 때보다 훨씬 활력이 생겨서 기분 좋은 취기에 젖은 듯한 얼굴이었다.

"성년일 것입니다."

병호가 마지못해 답변하자 일어날 준비를 하던 희옥이가 한숨을 쉬었다.

"청국의 황제는 열일곱인데 친정을 한다는구나."

다섯 살에 제위에 올라 그간 동태후와 서태후가 섭정하였으나 얼마 전에 동치제는 친정을 선포했다고 하였다. 친정을 선포한 그가 개두의식(磕頭儀式)을 폐지한 일은 조선에서도 널리 회자된 이야기였다.

"하면 이제 성상께서도 친정을 하실 일인데 너는 어찌 생각하느냐?"

송진사의 생각을 알고 병호는 건성으로 답변하였다.

"언젠가는 친정을 할 것입니다."

"기약 없는 후일에 그리된다는 말이냐?"

"어느 쪽이 권세를 잡느냐로 귀결되므로 쟁투가 벌어지겠지요. 허나 사대부들만의 쟁론이 아니라 백성의 뜻도 고려되기를 바랄 뿐입니다. 물론 불가하겠지요?"

원납전과 도성문세가 생겨 세금이 과중해졌지만 대원군에 대한 백성의 신망이 여전히 높은 것을 지적하는 말이었다.

"과거를 통해 인재를 등용하는 것은 그로 하여금 국가의 시무를 담당하게 하려는 것이지 그 아비에게 일을 시키기 위함이 아니다. 임금이 장성하였거늘 어찌 아비가 권좌에 있단 말이냐?"

"임금이 친정을 한다면 대원위 대감의 사람을 내치겠지요. 그리하여 새로 등용된 사람들은 국정을 달리 운영할 것이니 서원을 부활하고 호포제를 폐지할 것입니다. 경향의 유학 가운데 상당수가 대원위 대감을 경원시하는데 평민들만 지던 군역을 사대부도 나누게 했기 때문은 아닌지요. 서원은 대토지를 소유하고도 부세(賦稅)에서 면제되니 나라의 부세는 오직 농자들만 감당하므로 그를 철폐하여 만백성이 만세를 불렀습니다. 불행히도 근자에는 이양선이 자주 출몰하여 국방비 지출이 많아진 것은 불가피한 일이 아니옵니까? 대원위 대감을 무조건 옹호할 마음은 없으나 백성의 사정을 그토록 헤아린 위정자가 어느 시절에 있었나이까? 대원위께서 물러나고 하루걸러 민란이 터질까 걱정입니다."

논전을 피할 요량이었으나 병호는 송진사의 냉소에 속엣말을 하고야 말았다. 전 같으면 서안을 두드렸을 스승이 미동도 하지 않더니 희옥이를 보았다.

"네 생각도 그러하냐?"

"대원위께서 토호를 징치할 적에 낱낱을 보지 못해 혹간 억울한 사람도 나왔으나 본의는 백성을 진정시키는 데 있었다 생각합니다. 제 뜻도 다르지 않습니다."

송진사는 흔들리지 않는 눈으로 두 사람을 보았다. 자신의 소신을 추호도 의심하지 않는 눈빛일 뿐 아니라 열기에 싸인 태도였다.

"이것은 강상의 문제임을 알아야 한다. 미력하지만 나는 강상의 도를 세우는 데 힘을 보탤 것이다. 어찌 유자의 몸으로 물길을 거스른단 말이냐. 두 달 후 초닷새에 오너라."

두 사람은 서둘러 절을 올리고 밖에 나왔다. 아침에 문안하고 제술이며 임금의 친정에 관한 이야기까지 나눈 셈이니 어느덧 중화참에 가까웠다. 대문을 나와 마을 위쪽을 바라보는 병호에게 희옥이가 입을 열었다.

"저 양반도 참…… 오기인지 심술인지."

"오기도 아니고 심술도 아니야. 아무런 물결도 일어나선 안 된다는 게지. 바람은 사나워지고 파도는 높이 치는데. 조카님은 만났고?"

"보고 싶은 게로구나."

희옥이가 싱긋 웃었다. 거짓말을 모르는 병호는 둘러대지 못하고 침묵하였다.

"전할 말을 빼먹었다 할 테니 얼굴이라도 볼 테여?"

"널 실없는 사람 만들긴 싫다. 그나저나 유림들이 대원위 대감을 몰아내려고 꿍꿍이를 부리는 모양이다. 봉상을 가드래도 밥은 먹어야지."

"기범이한테 가자. 담은 술이 있을지 몰라."

"기범이는 요새 비우는 날이 많아. 거야마을에 가자."

"필상이 성님 조오치. 가더라구."

그들은 마을 앞 논길로 내려와 원평천 뚝방으로 올라갔다. 모내기 끝난 논에 올챙이 떼와 거머리가 거뭇게 몰려다니고 수면에선 물방개와 소금쟁이가 분주하였다.

녹음방초
승화시라,
1873

지금실에서 엄재 넘어 운암강을 건너면 임실 경계에 닿는데 큰도 마재와 작도마재를 지나면 성밭마을이 나타난다. 성밭마을은 치맛자락 같은 분지에 불과하지만 농지가 기름져 작황이 좋고 산골의 먹을거리가 더해져 예로부터 사람들 살림살이가 번듯하였다. 그 성밭마을에 김기범이 어려서부터 드나들게 된 것은 외가가 있었기 때문이었다. 부모님 살아계실 때부터 철마다 찾을 뿐 아니라 어머니 돌아가신 뒤에는 더욱 그리워 마실 삼아 놀러 다녔던 것이다. 그런데 하루는 그곳 부농이 한번 들렀으면 한다면서 사람을 보내왔길래 유람차 찾아간 일이 있었다. 기범이를 부른 장씨는 기거할 방을 내주고 대접 또한 후히 할 터이니 손주들에게 글을 가르쳐달라 제안하였다. 며칠 말미를 얻은 기범이는 병호에게 사정을 밝히며 의견을 물었다. 함께 입신하리라 여겨 반대할 것으로 알았지만 뜻밖에도 맘 가는 대로 하라며 병호는 한숨을 쉬었다.

"나는 갈 길을 정하지 못하였네. 길이 없으니 뭉개고 있지."

내용은 자조였으나 목소리에서는 분노가 느껴졌다. 벗의 이탈이 서운한 게 아니라 알지 못할 대상을 향해 노여워하는 듯하였다.

"네야 할머니와 아버지의 뜻이 있으니까."

"그렇게 생각해야 날 속일 수 있지. 사실은 내 안에 거대한 욕망이 있거든. 집안을 일으키고픈 욕망, 호의호식하려는 욕망, 관에 들어가 세상을 이루겠다는 욕망."

목소리가 커지더니 병호의 눈에서 사나운 빛이 쏟아졌다.

"욕망 없는 사람이 어딨다고 그래."

"넌 그걸 끊겠다는 거잖아."

"끊는 거니? 밀려나는 게지."

기범이도 짜증이 나서 빽 소리를 질렀다. 설경의 길로 들어선다는 것은 한사가 되어 불만 가득한 삶을 살겠다는 뜻이었다. 갓을 삐뚜름히 쓴 채 세상을 냉소하는 일이 한사의 길이었다. 경서를 내던지고 훈장이나 지관으로 살면서 도선(道詵)과 정감(鄭鑑)이 읊조렸다는 비기(祕記)와 감결(鑑訣)에 접근하여 이룰 수 없는 꿈을 꾸다가 변란에 휘말리는 자들, 불만분자들과 어울려 방바닥이나 두들기다가 그래도 뜨거움이 식지 않으면 감언으로 사람을 부추겨 관아에 돌진하는 자들이 한사였다. 가중한 부세와 수탈에 시달릴 때 농군은 민요를 일으키지만 한사는 홍경래와 우군칙이 그랬듯 모반의 길에 나서기 일쑤였다. 지난번 광양에서 소란 떨던 무리 중에는 태인 사람도 포함돼 있었다는데 바로 그 부류가 아닐 수 없었다. 이태 전에는 또 이필제라는 자가 도당을 모아 영해 관아를 점령한 뒤 수령을 처단했다지 않던가. 그런가 하면 병호 아버지처럼 있는 듯 없는 듯 잦아들어 자식의 어깨에 애꿎은 꿈을 짐 지우며 부평초 같이 사는 게

매문설경(賣文舌耕)을 업으로 삼는 그네들이었다.

"지금처럼 고여 있으면 안심이 되기도 하지. 밖은 풍설이 치지만 움막에라도 들어앉아 있으면 뭔가 도모할 수 있다는 꿈을 꾸게 된단 말야. 혹한과 폭풍 속에 던져진다는 두려움이 얼마나 크게. 비겁하지?"

병호는 기범이가 생각해오던 것들을 단숨에 주워섬겼다. 기범이는 제가 할 수 있는 가장 따뜻한 말로 병호를 위로하였다.

"내가 벌판에 나가 겪어보고 일러줄게."

병호와 늦도록 이야기를 나누고 기범이는 조금 있는 논밭뙈기를 박치수에게 내주며 뭐라도 갈아먹으라고 일렀다. 언젠가 혼인을 하거든 지금실에 살림을 차리겠지만 우선은 경서를 읽으라며 집까지 병호에게 내준 후 그는 성밭마을로 돌아갔다. 장씨 집안의 아이뿐 아니라 마을 아이 몇을 함께 가르친다는 조건으로 상밭마을에 서당을 연 그는 일이 없으면 원정마을 고향으로 넘어가 박치수 등과 어울리고 더러는 임실이나 남원까지 넘나들며 새로운 사람들과 연을 쌓았다.

장마가 끝나고 무더위가 시작될 즈음 필상이 성밭마을을 찾아왔다. 숯막에 칸 달아내는 일이 끝나고 텃밭에 고추라도 갈겠다더니 얼굴이 가무스레해지고 볼도 홀쭉하였다. 오전에 학동을 봐주고 더위를 피해 쉬고 있던 기범이는 필상의 방문이 믿기지 않아 한참을 서서 눈을 끔벅거렸다. 며칠 말미를 내서 어딜 좀 다녀오자는 필상의 말에 무슨 일인지 묻지도 않고서 기범이는 장씨에게 허락을 받았다. 엄재와 갈리는 곳에서 구이동 방면으로 나가 그들은 전주 남문밖시장에서 늦은 점심을 먹었다. 필상은 봉상 희옥이를 찾아 오늘은 머물자 하였다.

"바로 이 집이로구먼."

그들이 찾아든 국밥집은 지난봄에 병호와 희옥이의 조카가 봉변을 당했던 그 집이었다. 엄재 숯막에 칸을 달아낼 제 억새밭에서 병호와 그녀의 자리를 마련하고자 모의하던 세 사람은 둘만 길을 나서게 하는 건 위험하다고 여겨 필상과 기범이가 뒤를 받치도록 말을 맞추었다. 국밥집에서 싸움이 났을 때 끼어들겠다는 기범이를 말리느라고 병호네 못지않게 애를 태운 사람이 필상이었다.

"샌님 같아도 병호 그자가 통뼙니다. 생긴 건 녹두알만 해도 허리통 보면 영락없는 씨름꾼이거든. 혼자서 무뢰배를 상대하던 서슬을 성님도 봤잖수. 일찍부터 병장기를 다뤘기로 검법을 일러줬더니 금세 따라옵디다. 경서로도 창봉으로도 당할 수가 없더라니깐."

"내 보기엔 그리 말하는 아우가 더 훌륭하네."

"희옥이의 조카라는 그 처자는 사내 열 몫은 하겠습디다."

국밥집을 나와 인봉서원 옆으로 빠지자 시야가 트였다. 그늘도 없는 벌판이라 기범이는 갓을 벗어 활활 부채질을 하였다.

"정말 고추라도 심은 게요? 영락없는 농군 얼굴이구려."

"한다고 해보는데 일을 망치고 있지."

그들은 소양천을 따라 화포로 올라갔다.

"논밭일을 한다고 농군이 되는 것은 아니요, 농군을 아는 것도 아니우. 내 친구 박치수는 농군이라도 스님이나 무당 같을 때가 많습디다. 경서를 읽지만 농군보다 더 농군다운 선비도 개중에는 있단 말요. 그래 다산 같은 사람을 칭송하는 거 아니우? 임술년에 진주에서 일어났다는 민란을 생각해 보슈. 몽둥이는 농군이 들었지만 등장(等狀)을 하고 일을 꾸민 건 잔반(殘班)이라잖소. 먹물이 그리 우스운 게 아닌 거유."

"땀 흘리는 일이 재미 있어 하는 일이네. 하지만 자네 말도 명심하지."

해가 뉘엿해질 무렵 그들은 희옥이네에 도착하였다. 기범이네를 동반하여 필상이 찾아가려는 곳은 동학사였다. 송진사네 사랑에서 병호를 만나 숙영에 대한 눈치를 알게 된 희옥이는 바람 쏘인다는 핑계로 다음 파수엔 둘을 만나게 주선하였다. 희옥이의 눈에는 조카 또한 병호를 싫어하는 기색이 아니었고 양부모 슬하에서 벗어나고 싶어 하는 점도 뚜렷해 보였다. 희옥이로부터 소식을 들은 필상은 둘의 감정도 감정이지만 네 살 연상인 송씨의 나이가 급한지라 주변에서 먼저 서두를 일로 알았다. 그래 동학사의 오라비를 만나 병호 몰래 일을 매듭지을 작정이었다.

"그나저나 성님은 어째 병호만 그리 챙기는 게유? 마누라 없이 독수공방하는 건 나도 매일반인데."

이튿날 여산 경계에 접어들자 기범이가 필상에게 따졌다. 희옥이가 말을 채갔다.

"병호는 고지식해서 제 머리를 못 깎는단 말이지."

"그럼 나는 뭐 오입쟁이인가?"

"병호야 째보든 곰보든 하라는 대로 하겠다지만 째보를 대거든 자넨 평생 원망할 게 아닌가?"

"하다말다요. 두고 보슈. 나도 장가를 들 테니까."

"보아둔 자리가 있는가?"

"내가 머무는 집 장씨가 중신을 서겠답디다. 마을에서 멀지 않은 집에 과년한 딸이 있는데 참하다네요. 서라고 했수."

희옥이가 낄낄대며 웃었다.

"거봐. 혼자서도 잘 한다니까."

은진 장터에서 국밥에 탁주를 곁들이고 뙤약볕을 걷자니 땀이 비 오듯 하여 연산계의 탑산 밑에서 더위를 식혔다. 진잠에 있는 주막을 찾아 봉놋방 신세를 지고 이튿날 점심나절쯤에나 일행은 계룡산에 닿았다.

"스님을 만나거든 이야기는 내가 함세. 기범이 아우는 가슴이 오뉴월이라……."

"내가 오뉴월이면 성님은 무엇이며 병호는 뭐요?"

"병호 아우는 속에 얼음이 있지."

희옥이가 말참견을 하였다.

"기범이가 여름이고 병호가 세한이면 성님과 나도 하나씩 고릅시다. 성님이 가을 하시우. 난 꽃피는 춘삼월이 좋소."

"아무려나. 헌데 조카님은 병호 아우를 어찌 말하던가?"

"키가 좀 작답디다."

뭐가 좋은지 기범이가 죽는다고 웃었고 필상이 고개를 끄덕였다.

"병호 아우가 좀 작긴 하지."

"헌데 나머지는 죄 크답디다."

"큰 사람이기도 허지."

그러자 기범이가 한 마디를 질렀다.

"크긴 뭬가 크다는 게야? 그것들이 아조 정분이 났구려."

홍살문과 일주문을 지나 계곡을 끼고 걷자니 장마철이라 수량이 풍부할 뿐 아니라 바위 치는 소리도 요란하였다. 바위가 많고 능선이 가팔라 동학사는 길가에 건물 여러 동이 도열하듯 서 있었다. 대웅전 마당에서 계단을 밟아 내려오는 스님을 붙들고 경허스님을 뵈러 왔다고 하자 그는 잠시 기다리라더니 길을 거슬러 올라갔다. 필상과 희옥이가 부처님께 삼배하는 동안 기범이는 처마에서 땀을 식히는데 매미소리가 요란하였고 담장 밑의 금낭화가 줄기를 흔들었다. 밑에서 대웅전으로 오르는 계단에 밤송이머리가 나타나더니 허리와 다리까지 거한이 차례로 모습을 드러냈다. 처마의 사내들과 경허가 서로 알아보고 합장하였다.

"아직 공양을 못하셨지요? 따라오시지요."

경허는 공양간에 밥을 차리게 하고 다른 스님에게는 공양 마치거든 승방에 안내해달라 요청하였다. 일행이 잡곡밥으로 끼니를 마치자 기다리던 스님이 언덕바지의 요사채로 길 안내를 하였다. 그들을 맞아 경허는 자리를 권하고서 차를 데웠다.

"금산사에서 뵐 때는 맹렬히 탐구하시더니 그새 다 깨치셨는지요."

차 한 모금 마시고 필상이 답하였다.

"그게 가능한 일이라야지요."

"이리 한가하게 나들이를 하셨으니 하는 말입니다. 동무님 사정을 헤아려 오신 게지요?"

셋은 어리둥절하여 눈을 마주쳤다.

"그렇습니다. 다름이 아니라……."

"며칠 전에 동무님이 다녀가셨습니다.

세 사람은 또 한 번 놀라서 눈빛을 교환하였다. 기범이가 앓는 소리를 냈다.

"얌전한 강아지 부뚜막에 먼저 오른다더니……."

"여기 계신 처사님들과 마찬가지로 그는 강아지가 아닙니다. 강아지인 줄 알고 어미개의 젖을 빨지만 실은 늑대 새끼 아니던가요? 늑대는 꼬리를 말지 않는답니다."

농인지 아닌지 말이 알쏭달쏭하였다. 각자 말미를 내면서까지 중요한 일로 알고 나섰으나 헛걸음이 돼버려 필상 일행은 다들 맥이 풀렸다. 볼 일이 사라져 일어설 짬을 보는데 경허가 물었다.

"이 땅이며 물이며 저 수많은 별들이 어찌 시작됐는지 알아내셨습니까?"

"그새 알아내셨거든 스님이 일러주시우."

기범이의 퉁명스런 말에,

"눈을 부릅뜬 처사님들로부터 꾸중을 듣고 그 일로도 고가 많았는데 어찌 답을 드리겠습니까?"

하더니 그는 몸을 일으켜 구석에 챙겨둔 피봉 하나를 가져왔다.

"뭡니까?"

"혹 이필제란 이름을 아십니까?"

도당을 모아 작변을 모의하고 영해 관아를 들이친 후 부사 이정을 살해한 이필제는 연이어 새재에서 병창을 습격하려고 모사를 꾸미다가 붙잡혀 능지처참 된 자였다. 불과 이 년 전의 일로 조선에 정씨 왕조를 세우고 본인은 중원에 들어가 천자가 되겠다는 감언으로 사람들을 설득한 자였다. 지금은 잠잠해졌지만 조선을 들썩 들었다 놓은 인물이라 사람들은 이필제란 이름조차도 언급하길 꺼렸다.

"그럼 이게 그자의 서간이라도 된단 말이우?"

"이곳엔 금강경 강해를 듣기 위해 젊은 행자들도 찾아옵니다. 노자께서는 말해질 도는 도가 아니며 규정될 이름은 영원한 이름이 아니라고(道可道 非常道 名可名 非常名) 하셨지요. 제 입에서 나가는 모든 말이 거짓인 줄 모르고 그렇게들 찾아온답니다. 한때 이곳에 계시던 스님이 강원도 적조암으로 가셨는데 그 철수좌(哲首座)께서 젊은 스님 편에 이걸 보냈더군요. 그곳 적조암에서 사십구일 기도를 하신 분이 이필제와 영해 관아에 함께 들었던 도인이라고 합니다. 이것은 그 도인이 스승으로 모시던 경주의 한 선비가 쓴 글이라고 합니다."

이필제를 언급하면서도 경허는 두려워하는 기색이 없었고 함께 관아를 들이친 사람의 스승이 쓴 글을 내놓고도 말소리를 줄이지 않았다.

"노장께서 어찌 이 글을 보내셨는지 모르나 읽어보고서 곧장 동무님들을 떠올렸지요. 이것을 처사님들께 전하라는 뜻이 아니었을지요. 조심스레 보셔야 할 겝니다."

그때까지도 긴장이 풀리지 않아 기범이는 떨리는 손으로 문건을 간수하였다. 그것을 본 경허는,

"자, 저는 강론을 할 시간입니다."

하고서 일행에게 떠나줄 것을 요구하였다. 밖으로 나온 그들이 합장을 하자 생판 모르는 사람처럼 경허는 뒤도 보지 않고 강원으로 내려갔다. 보려던 일은 허탕을 친 채 기범이네는 괴상한 문서 하나를 얻은 후 산에서 내려왔다.

열흘쯤 지나 병호까지 네 사람은 지금실 기범이네 집에 모였다. 『천주실의』 때와 마찬가지로 동학사에서 얻은 문건에 관해 생각을 나누기 위해서였다. 이번에도 그들은 술잔을 두고 한담을 주고받는데 털을 골라주는 짐승들과 하는 짓거리가 같았다. 병호에게 필사하라며 문건을 건넬 적에 기범이는 그를 놀려먹을 생각으로 문서의 출처를 밝히지 않았었다. 과연 만나자마자 그는 병호부터 물고 늘어졌다.

"자네가 동학사에 다녀왔다는 소문이 파다한데 무슨 일인가?"

그가 시치미를 떼자 필상과 희옥이는 웃음을 참느라고 인상을 썼

다. 아무도 모를 일을 꿰고 있으니 놀랄 일이건만 병호는 동학사에 다녀온 일을 어찌 아는지 그것만 궁금한 모양이었다.

"그를 어찌 안단 말인가?"

"먼저 답하면 일러줄 참이네."

"남의 비밀을 어찌 알고 행악질인지 모르겠네. 내 한 여인을 사모하게 되었기로 그 오라비에게 동의를 구하러 갔네."

"저, 저, 저……."

기범이가 삿대질을 하며 화를 냈다.

"재미라곤 삐약이 눈물만큼도 없는 자 같으니라고. 허둥지둥 거짓말도 좀 해야 어를 맛이 나지."

그러자 이번에는 필상이 병호와 희옥이를 상대로 농을 쳤다.

"희옥이 아우는 조만간 조카사위를 보겠네그려. 병호 아우님, 장인어른이라고 미리 한번 불러봄이 어떠한가?"

"그리는 못하겠수. 먼저 동무로 삼았는데 어찌 그런 해괴한 짓을 한단 말이오."

그 말에 희옥이가 발끈하였다.

"나는 이 혼사 반댈세. 조카를 저런 자에게 내어줄 순 없지. 암, 그렇구말구."

"그렇다면 난 자네와 연을 끊겠네."

"동무를 버리겠다니 눈이 멀었구먼."

둘이서 설왕설래 까불 적에 기범이가 다시 끼어들었다.

"손을 잡고 발을 만진 건 아는데 다른 진전은 또 없었는고?"

"나를 미행이라도 하는 게야? 그 일은 또 어찌 안단 말인가?"

"공으루 일러줄 수야 있나? 먼저 답을 해야지."

"봉상까지 동행한 후 희옥이와 한 차례 더 보았을 뿐인데 무슨 일이 있다고 이 야단들인가. 혼인 첫날밤은 문구멍이 아니라 신방에 들겠다 덤비겠네그려."

"그리 안 할 것 같은가?"

필상은 물어놓고 두 사람의 원행이 걱정되어 그 봄에 멀찍이서 뒤따른 일을 실토하였다.

"그랬으면 좀 거들 양이지 그 수모를 겪도록 둔단 말이우?"

"둘이서도 잘만 해내던 걸 뭐."

『천주실의』를 논할 때보다 분위기가 한결 부드러웠다. 그때보다 논할 분량이 적었고 문건을 읽는 일도 수월했기 때문이었다. 어지간히 방담을 나누었으니 시작하자는 듯 필상이 좌중을 둘러보았다.

"내가 먼저 물꼬를 트겠네. 나는 이 문건을 읽으며 적이나 놀랐네. 그 놀람은 첫 문장에서 시작되는데 같이 보세나. 예로부터 계절은 서로 갈마들면서 순환하고 사계절이 각각 절정을 이루다 사그라진 후 다음 계절로 이어지는데 어떠한 착오나 바뀜도 없이 질서정연하게 반복되어왔다(蓋自上古以來 春秋迭代 四時盛衰不遷不易). 이러한 우주의 질서는 모두 한울님의 뚜렷한 증거가 아닐 수 없다(是亦天主造化之迹 昭然于天下也)……. 나는 경서를 읽을 때 그럴 듯이 여기면서도 내 옷 아닌 것을 입은 듯이 불편해지곤 했네. 『천주실의』를 읽을 적에는 더욱 그랬지. 그런데 이번에는 맞는 옷을 입은 기분이

더란 말이지. 네 계절이 순서를 바꾸지 않고 순환한다는 것은 우리가 몸소 겪은 일이라 새롭지 않은 듯하지만 하은주니 요순 같은 말들로 머리가 헝클어질 때보다 훨씬 생생하여 감동도 컸네. 그간 익히 겪어서 당연한 줄 알지만 사시성쇠한다는 이 우주의 질서야말로 우리네에겐 하늘의 진정한 모습이 아니겠는가?"

필상이 흡족해져 고개를 끄덕이자 병호가 받았다.

"리마두도 천주(天主)라는 말을 하였고 이 글에서도 그 말이 보입니다. 서학을 하는 분들은 천주를 하느님이라 한다더군요. 그런데 방금 형님은 이 글의 천주를 한울님이라 하였습니다. 어찌 그러합니까?"

"리마두가 말한 천주는 인간과 비슷하지만 비상한 능력을 갖춘 어떤 범접할 수 없는 존재로 보였네. 그런데 경주 선비가 말하는 이때의 천주는 우주의 섭리, 또는 그 변함없는 질서로 보였다네. 그래 저 광활함을 일컫는 큰 울타리라 함이 맛을 성싶어 한울이라 말했네. 그러나 하늘이라고 바꿔 불러도 상관은 없겠지."

필상이 말을 시작할 때부터 기범이는 『천주실의』를 앞뒤로 뒤적여가며 접어서 표시하더니 새로 필사한 문건을 흔들며,

"나도 한 구절 인용하겠습니다. 세상만사 이러한 질서를 서학에서는 천주의 은혜라고 하지만 눈으로 보거나 손으로 만질 수 없으며 말로 형용하는 것도 불가하므로 천주의 은혜란 말은 옳지 않다(或云天主之恩 或云化工之迹 然而以恩言之 惟爲不見之事 以工言之 亦爲難狀之言 於古及今 其中未必者也)……. 이 문건을 쓴 자는 리마두가

말한 천주에 관해 이렇게 논박했습니다. 그런데 이걸 보십시오."

하고서 그는 접어놓은 『천주실의』를 펼쳤다.

"리마두는 말하기를, 만물은 천주로 말미암아 생기지만 천주는 말미암아 생겨난 것이 아니다(物由天主生 天主無所由生也) 하였습니다. 한마디로 천주는 생겨난 것이 아니라 본래 그렇게 영원토록 있으면서 본인은 세상을 비상한 능력으로 만들었다는 거지요. 하지만 새로 얻은 문건을 쓴 자는 뭐라 했느냐? 무위이화(無爲而化)라고 단언합니다. 이 우주는 누가 만든 게 아니라 절로 이루어져 생성하고 소멸한다는 것입니다. 얼핏 보면 불가나 도가의 말처럼 보이지만 천지창조니 연기니, 혹은 태극 무극 하는 것들보다 덜 소란스러워 고개가 끄덕여집디다. 그러니 이제야 목에 걸린 가시가 빠진 것처럼 나는 시원해집니다. 대체 이 우주를 누가 뚝딱 만든단 말입니까? 저 우주에 생명의 기운이 무궁무진 창창하여 그로부터 무언가 생겨나고 절정에 이른 다음 소멸한다는 말은 이치에도 맞고 어렵지도 않습니다. 천국이니 뭐니 그 따위를 애써 생각할 필요도 없지요."

기범이는 말을 마치고 책자와 문건을 갈무리하였다. 이미 말을 마친 두 사람이 병호와 희옥이를 쳐다보았다. 희옥이가 나섰다.

"이 글에는 양이에 관한 말이 많은데 우리들이 이양선을 언급할 때 했던 말과 대동소이합니다. 이 글을 쓴 자는 양이거나 우리거나 간에 제 안위와 이익만을 추구하는 각자위심(各自爲心)에 빠져 있다고 질타합니다. 양이들이 이양선을 보내 타국을 침략하는 것도 제 몸을 위해 빌 뿐이라는 서학의 저 각자위심 때문이요, 조선의 탐관오리며 부호들이 백성을 쥐어짜는 것도 기왕의 위계만을 중시하는 각자위심 때문입니다. 그러니 어느 한쪽이 아니라 이쪽저쪽 문제를 다 해결해야 하지 않겠습니까? 헌데 그 와중에 눈에 띄는 글귀가 있더란 말입니다. 보국안민(輔國安民)이란 네 글자였습니다. 보국(保國)이 아닌 보국(輔國)이었지요. 여럿의 힘으로 나라의 안녕을 도모한다는 것은 뜯어고치고 새로 만들라는 얘기 아닙니까? 세력이나 사람만을 바꿔치자는 게 아니라 완전히 새로운 것을 세워나가자는 뜻입니다. 몸이 벌벌 떨리면서 심장이 뛰었습니다."

그때의 놀람으로 희옥이는 진저리를 쳤다. 사람들이 병호를 보았다.

"난 동무님들 의견이 다 주옥 같다 여깁니다. 기둥이 될 경이나 사상은 골라잡는지 대세에 따라 젖게 되는지 모르겠습니다. 의론 가운데서 선택하고 마땅한 게 없으면 세워야지요. 저는 이 문건이 하나인지 둘인지 모르겠습니다. 상제(上帝)를 만났다는 말이 중첩되니 한 편이라면 같은 말을 두 번 할 리 없지요. 하나든 둘이든 이 사람 글은 더 있을 것입니다. 그러니 마저 찾아서 궁구해봅시다. 강원도 적조암에서 나왔다니 그쪽을 수소문하면 될 듯합니다."

병호가 바라보자 필상은 고개를 끄덕였다.

"문제는 그러니 어찌할 것이냐 하는 것이지요. 진단은 나오는데 처방이 좀 답답하였습니다. 그래서 어떡할 테냐 하는 이야기가 나오면 성(誠)이니 경(敬)을 언급하므로 다시 유학으로 가자는 말인가 의심이 났습니다. 희옥이의 말마따나 보국안민이란 말이 눈에 띄지만 여전히 실행방략은 모호하였지요. 그래 그가 쓴 글이 더 있을지 모른다 판단하였습니다."

말을 경청하던 기범이가 핀잔을 주었다.

"의견이란 게 그거야?"

"뭘 더 말할까, 자네가 다 해버렸는걸."

"쳇, 정분이 나서 그런지 사람이 시시해졌네그려."

"요즘 이 자는 날 놀리는 재미로 산다니까."

그때 필상이 생각난 듯 물었다.

"경허스님을 찾아 동의를 구했다 하였는데 뭐라 하던가?"

그것은 다른 사람도 알고 싶었던 바라 좌중이 조용해졌다. 그제는 병호도 얼굴이 상기되었다.

"바쁜 일 끝나거든 찾아와서 결단내겠다 합디다."

기범이가 잔을 탁 놓으며 툴툴거렸다.

"제 혼사 아니라고 한가한 소리만 내질렀구먼. 내가 오라비라 하고 허락할까부다."

"이 사람아, 아재비가 있잖은가? 이보게 희옥 아우, 어서 데릴사위로 데려가소. 논도 갈고 똥지게도 지우면 좀 좋은가?"

"또 날 가지고들 그러네. 자자, 술이나 드십시다."

그들은 술을 마셨고 여전히 병호를 안주 삼았다. 어둠이 내리자 더위가 수그러져 오두방정 떨며 놀기 딱 좋았다.

성밭마을에 돌아온 기범이는 동몽을 가르치고 나면 리마두의 책자와 새로 필사한 문건을 보면서 소일하였다. 그는 과거시험의 뜻을 접고 한사의 길에 접어들었지만 죽은 자 무덤자리를 보아주고 아이들 문자나 틔우면서 떠돌고 싶지는 않았다. 그러나 무엇을 하겠다는 생각은 아직 갈피가 잡히지 않아 손에 들어온 글을 살피는 일로 낙을 삼았다.

> 경신년에 전해듣기를, 서양 사람들은 천주의 뜻이라 하여 부귀는 취하지 않는다 말하지만 중국을 공격하여 점령한 뒤 교회당을 세우고 서양의 도를 가르친다 하였다. 그 이야기를 듣고 저들의 평소 하던 말과 너무 달라서 어찌 그럴 수가 있는지 의심하지 않을 수 없었다(至於庚申 傳聞西洋之人 以爲天主之意 不取富貴 攻取天下 立其堂 行其道. 故吾亦有其然豈其然之疑).

문건을 지었다는 경주의 선비는 양이의 청국 침략을 놀라워하는데 실은 모든 조선 사람이 느낀 공포였다. 양이들이 빼앗은 청국 땅에서 사람을 죽이는지 살리는지 시골 한사로서는 헤아릴 길이 없었다. 왜국 역시 미국에 굴복해 화친조약을 맺었다지만 병인년과 신미년에 조선은 어쨌거나 외침을 막아낸 셈이었다. 그러나 그 사태가 어떻게 귀결될지 세상은 뒤죽박죽이 돼 정신을 차릴 수 없었다. 분명한 것은 더 큰 파도가 밀어닥친다는 점이었다. 그를 알기 위해서라도 손에 들어온 것을 우선은 씹어 먹듯 파헤치는 수밖에 없었다. 기범이가 다시 문건을 뒤적일 때 심부름하는 아이가 손님이 왔다고 기별하였다. 뜻밖에도 대문간을 서성이던 억구지가 그를 보고서 껄껄 울며 주저앉았다.

"억구지 너 웬일이냐? 왜 울어?"

억구지가 우느라고 대답을 못 하자 기범이가 맞은편에 앉아 철썩 뺨을 갈겼다. 고개를 든 억구지가 흐느끼며 주절거렸다.

"기범아, 치수가 백부자를 낫으로 찍었단다. 감영으로 끌려갔는데……."

"무슨 소리야, 백부자를 찌르다니?"

"밤중에 낫을 들고 가서 찔렀대여. 그 집 하인들이 치수를 전주로 끌어갔다지 뭐여."

기범이가 억구지의 어깨를 흔들었다.

"백부자는 어찌 됐는데?"

"찔렀다고만 들었어. 갈 테면 같이 갈 일이지, 넋 빠진 놈이……."

눈앞이 캄캄했다. 술 취하면 여자 이름을 부르며 훌쩍이다가도 평시에는 다 잊었다고 펄쩍 뛰길래 그런 줄만 알았는데 이런 날벼락이 없었다.

"너 내 말 잘 들어. 지금 당장 지금실로 달려가서 병호에게 구이동 초입의 시암으로 오라고 전해. 알겠니? 내 말 그대로 해봐."

억구지는 기범이가 한 말을 훌쩍이며 주워섬겼다. 그 길로 억구지를 보낸 기범이는 주인 장씨에게 사정을 말한 후 급전을 요청하였다. 그런 다음 서른 냥을 챙겨 큰도마재와 작은도마재를 넘고 허위허위 운암강을 건넜다. 사내란 장가 들지 않으면 탈이 나는 족속인데 진즉부터 박치수에게 살림을 차리도록 지청구하지 않은 일이 후회스러웠다. 그간 필상이네와 어울리느라고 고향 동무들과는 소원했던 것이 사실이라 돌이켜보니 후회되는 일이 한두가지가 아니었다. 메뚜기 날아다니는 소리로 귀따가운 들판을 질러 구이동 시암에 도착하자마자 두룸박을 건져 갈증을 씻고 하늘을 올려다보자니 박치수의 일도 일이지만 제 앞날엔 또 무엇이 펼쳐질지 절로 한숨이 나왔다. 억구지가 얼마나 허겁지겁 전했는지 땀이 마르기도 전에 들판 가운데로 까만 갓이 나타나는데 가까워질 때 보니 병호였다. 두룸박을 내밀자 병호가 목젖을 들썩이고서 물었다.

"무슨 일인가?"

기범이는 앞서 길을 재촉하였다.

"김시풍 영감 좀 만나보세. 혼자 찾기 겁이 나누만."

"그 양반이 우리 같은 자들을 만나줄까?"

"귀천 가리지 않고 호걸 사귀길 좋아한다니까. 고향 형님과는 집안일로 왕래를 했다고 들었네."

"헌데 무슨 일로?"

기범이는 박치수 사건의 자초지종을 일러주었다. 말을 입에 담기 전에 억구지는 울음부터 터뜨리더니 병호에게 설명할 때 보니 저 또한 눈시울이 뜨거워졌다. 이야기를 들은 병호는 기범이의 상태를 알아채고 새 쫓는 소리만 아득한 들판을 바라보며 걸었다. 정확한 내막은 몰라도 백부자에게 변고가 생겼다면 이는 살인에 해당하는 일로 중수가 어떻게 처결될지 그들은 짐작하고 있었다. 지푸라기를 잡는 심정으로 김시풍이라도 만나보겠다는 것이지만 중진영(中鎭營)에 옥사가 있으므로 몇몇 편의를 도모할지언정 천지개벽할 방도는 나올 리 없었다.

"그 양반 집이 봉상이라 하지 않았나? 새벽에나 떨어지겠는 걸?"

"전주에도 있어. 어렸을 적에 형님 따라서 가봤거든."

어둠이 완연해서야 둘은 싸전다리 건너 다가산이 보이는 골목으로 들어섰다. 솟을대문이 보이자 기범이가 쾅쾅 두드리면서 이리 오너라를 외쳤다. 잠시 후 청지기가 나와서 찾아온 사람이 젊은 치들인 것을 보고 위아래로 훑어보며 뉘냐 물었다. 기범이는 이름과 장형의 함자를 대고 나고 자란 곳까지 언급하며 영장 어른을 뵈러 왔다 청하였다. 사내가 한 번 더 훑어보고 들어갔다 와서는 김시풍은 손님과 한담 중이니 끝나면 부르겠다며 행랑채 등잔에 불을 밝혔다. 소년이 내온 우물물을 들이켰지만 다른 연락이 없자 기범이가 봇짐에서 곰방대를 꺼냈다. 그가 맛나게 한 죽 태우고 난 뒤 물을 내온 소년이 나타나 둘을 안내하였다. 서안을 앞에 두고 보료에 앉은 김시풍은 반백의 수염에 싸여 석류 속처럼 얼굴이 붉었다.

"눈빛들이 볼만하구나. 누가 도강김가 기범이냐?"

두 사람이 절을 올리자 김시풍의 첫마디가 그러하였다.

"제가 김기범이며 옆에는 동무 전병호입니다."

기범이가 설명하니,

"나는 네 가친께서 살아계실 적에 뵌 적이 있다. 소과들은 하였는가?"

하고 하필이면 대답하기 곤란한 질문을 던졌다. 병호가 대신 답변하였다.

"작년 봄에 무장 별시에 응시하였으나 불미스러운 일이 있었기로 중간에 나왔습니다."

"그렇다면 네놈들이 소란 떨던 그 무리들이로구나."

"과장은 나라의 동량을 선출하는 곳이 아니라 물건을 거래하는 장바닥 같았습니다. 그 같은 과폐가 시정되지 못하면 향촌 선비들은 갈 곳을 잃고 함부로 몰려다닐 것입니다. 대원위 대감께서 치세하시면서 민요는 진정되는 추세지만 과폐를 바로잡지 못하므로 아쉽습니다."

김시풍이 대원위의 사람임을 알고 하는 소리였다.

"너희들 눈에는 세상이 그리 쉬워 보이느냐? 지금 당장 중영에 끌고 가 곤장을 칠 일이로되 손님이라 참는다. 젊은 혈기와 기개를 좋아한다만 말이 방자하고 눈이 거칠구나. 너희와 긴말 주고받지 않을 터이니 간단히 사연을 말하라. 청탁 따윈 받지 않을 것이매 꺼내지도 말아야 한다."

딱 자르는 말에 만정이 떨어졌으나 기범이로서도 말문을 트지 않을 수 없었다.

"동무 하나가 옥에 갇혔기로 처결될 때까지 편의를 보게 해주십시오."

그 순간 눈을 화등잔만 하게 뜬 김시풍이 냅다 소리를 질렀다.

"청탁은 안 된다지 않았더냐? 썩 꺼져라 이놈들아!"

목소리가 어찌나 크던지 들보가 들썩이는 것 같았다. 둘이 뭔가 변명도 하기 전에 그가 앞서보다 더 크게 외쳤다.

"아직도 앉아 있느냐?"

그의 씩씩거리는 콧김이 두 사람 얼굴에 끼쳐왔다. 하는 수 없이 자리에서 일어나는데 병호가 돌아보았다.

"호남에서는 큰 인물이라더니 보는 눈이 없으십니다. 사연은 듣지도 않고 내칠 생각만 하시니 저희가 파렴치한 뒤나 봐달라는 자들로 보이십니까?"

"여봐라, 이놈들을 당장 끌어내라!"

김시풍이 서안을 두들겼다. 말은 호기롭게 하였으나 떳떳치 못한 바가 없지 않은 기범이와 병호가 풀 죽어 사랑을 나설 무렵 벌써 청지기와 댓 사람이 마당에 모여 있었다. 그들이 골목을 나와 남쪽으로 내려갈 때 부르는 소리가 들리더니 안내를 하던 청지기가 뛰어왔다.

"내일 조반 마치고 간검당으로 오랍니다. 사연을 듣겠답니다."

간검당이란 중진영에 안에 있는 영장의 청사소였다. 사내가 돌아간 뒤 기범이가 혀를 찼다.

"자리에 있는 자들은 꼭 격을 차리고 한 바퀴를 돌려서 친단 말이야."

김시풍이 과연 영을 세운다는 체면치레를 한 것인지 그 진의는 헤아리기 어려웠으나 어쨌거나 아쉬운 건 이쪽이었다. 주막에서 밤을 보낸 두 사람은 동이 트기를 기다려 경기전 맞은편 중진영을 찾아갔다. 호경루에 이르러 번을 서는 수직군사에게 사정을 밝히자 언질이 있었던지 곧 간검당으로 안내하였다. 김시풍은 남색 철릭에 대단과 병부주머니를 늘어뜨린 채였고 머리에 주립을 썼으며 얼굴을 움직일 때마다 패영이 흔들거렸다. 그가 하옥된 동무의 일을 물어 박치수에게 유리한 쪽으로 말하면서도 두둔한다는 인상을 피하려고 김기범은 삼가며 설명하였다. 이야기를 다 듣고 난 김시풍은 통인에게 명하여 초관을 불러 두 사람을 소개하였다. 편의를 보아줄 거라는 말에 뒤를 따라가자 초관은 또 옥리에게 인계하였고 옥리는 다시 옥졸에게 넘겼다. 그렇게 사람이 갈릴 때마다 인정전이 들어갔는데 중간의 옥리는 밥을 대려거든 밥집을 소개하겠다며 노골적으로 구전을 청하였다. 어쩔 수 없이 빌려온 돈을 한 푼 두 푼 지불한 기범이는 시루떡과 술을 장만한 뒤 옥졸을 따라갔다. 옥은 중진영 동쪽에 있었으며 사각형으로 지어져 들어가는 문만 봉쇄하면 개미새끼 한 마리 들고날 틈이 없었다. 중수와 회사수 칸은 경수를 수용하는 칸을 지나 가장 깊은 곳에 있었다.

"기범아!"

그들을 알아보고 칼과 차꼬를 찬 박치수가 엉덩이 걸음으로 다가왔다. 그를 본 병호가 칸살 안으로 손을 넣을 제 기범이가 옥졸을 돌아보았다.

"음식 먹을 동안이라도 저것 좀 풉시다."

늘신 타작을 당했는지 박치수는 얼굴이 붓고 입술에 피딱지가 앉아 있었다. 옥졸이 칼과 차꼬를 풀어주자 그제야 그가 병호의 손을

잡았다. 기범이가 중수 칸 뒤편 사람들에게,

"어느 분이 행수며 어느 분이 색장인지 모르나 떡을 준비했으니 어서들 드십시오. 차후로도 음식을 장만해 보낼 테니 우리 동무일랑은 편히 지내시길 부탁드립니다."

하고서 박치수에게 떡과 탁주를 드시게 하라고 일렀다.

"빨리빨리 합시다. 이곳은 군율이 엄한 곳이오."

그들을 보고 뒤편 옥졸이 말하였고 손이 자유로워진 박치수는 탁주를 사람들 입에 대주었다. 그가 다시 칸살 쪽으로 나오자 기범이가 손을 잡았다.

"어찌된 일이여? 너 같은 순둥이가……."

박치수는 입에 넣은 떡을 우물우물 씹어 삼키고는 따라준 막걸리를 들이켰다. 이어 한 잔을 더 달래서 비우더니 대번에 나긋나긋해져 짚 검불에 주저앉았다. 이윽고 수염에 묻은 막걸리 방울을 소매로 쓱 닦으며 입을 여는데 생각보다 목소리가 담담하였다.

"얼마 전에 백부자놈한테 팔려간 그 여자 아버지가 죽은 걸 알았어. 아무리 인색하기로 아버지가 죽었는데 친정에 보내주지 않을 리가 없잖아. 참고 참다가 얼굴이나 봐야겠다 하고서 하운면으로 넘어갔어. 마당엔 차일이 걸리고 딸을 팔아넘긴 값인지 집도 꼴이 갖춰졌더구만. 목을 빼고 주변을 얼쩡대다가 싸리울 너머 뒤꼍에 쭈그려 앉은 여자를 보고 말았어. 소복을 입고 우는 여인이란 참……. 그러다 여자가 일어나는데 깜짝 놀라게 되드라구. 아무리 잠자리 동녀로 팔려 갔다지만 목련처럼 떡 벌어졌지 뭔가. 그 하루를 넘어가면 색이 바랠 것처럼 화악 피었더라구. 손톱으로 슬쩍만 당겨도 주욱 벗겨지는 수밀도 알지? 매끈매끈한 속살이 나타나고 한 입 베어물면 과즙이 주르르 흘러내리잖어. 하지만 그 또한 하루만 지나면 물러지겠지."

중수칸에서 침 넘어가는 소리가 들렸다. 박치수는 한 잔을 더 들이켰다.

"상여가 나가는 날 먼발치로 여자를 쫓아다녔어. 원망 때문인지 곡이 곡진하더구먼. 그때 그런 생각이 들더라구. 아무리 얼굴 한 번 못 보고 혼인하더라도 살붙이면 정들게 마련 아닌가. 자다가 남정네가 더듬거리면 못이기는 척 가슴을 내주기도 하는 게 사람 사는 이치 아닌가 말여. 사람이란 애를 낳고 키우고 나중에는 늙어서 그렇게 죽어야 하는 거 아니냐구. 그걸 누가 막는단 말인가? 백부자 그놈이 사내 구실만 하는 자였어도 그토록 화가 나진 않았을 게여. 온갖 못된 짓으로 사람을 우려내더니 남의 인생을 빨아들여 그깟 식은 몸뚱이를 유지하다니……."

보리밭으로 여인네를 끌 때처럼 기범이의 손을 힘주어 잡는 박치수의 얼굴이 열기에 씌여 번들거렸다. 옥에 오래 갇힐수록 바깥 이야기가 궁금해지게 마련이라 안쪽 중수들은 눈을 번뜩거렸고 옆 칸에 하옥된 사람들도 칸살에 붙어 박치수의 말에 귀를 기울였다. 아까는 어서 끝내자고 채근하던 옥졸도 아닌 척하면서 다음 말을 기다리는데 기범이와 병호는 일의 단서가 생각했던 것과 영 딴판이라 착잡한 와중에도 뒷이야기가 궁금하지 않을 수 없었다. 박치수는 한 잔을 더 달라더니 말을 이었다.

　그날 처자를 보고 돌아온 박치수는 저녁이 되기를 기다려 감물 들인 옷으로 갈아입고 낫 두 자루를 챙겨 구이동으로 넘어갔다. 처음에는 억구지를 대동하여 망이라도 보게 할까 하였으나 친우를 불구덩에 끌어들이는 일이라 혼자서 백부자네 집 앞을 서성이며 집안에 개가 있는지 확인했다. 개가 없는 것은 알아냈지만 백부자가 어디 있는지 알 수 없으므로 어둠이 내린 후 담장 옆 때죽나무에 올라 동태를 살폈다. 약사발이 사랑에 들고나는 것을 확인하고서야 돼지서리를 할 때처럼 숲에 들어가 밤이 깊어지기를 기다렸다. 마을의 불빛이 사라지고 별빛이 묽어질 즈음 산을 내려온 그는 돌덩이 몇 개를 받쳐놓고 담장을 넘었다. 행랑채를 질러 사랑채 중문을 밀치자 열리기는 하였으나 녹슨 경첩이 삐그르르 소리를 냈다. 담장 밑에 웅크리고 있다가 아무런 기척이 없는 것을 확인한 후 이번에는 사랑마루에 올라서서 여닫이문을 밀쳤다. 백부자는 보료에 돗자리를 깔고 삼베 이불을 덮은 채 누워 있었지만 상을 치르느라고 처자는 돌아오지 않아 예상대로 혼자였다. 아무리 풍으로 떨어졌다 해도 잠결에 숨이 끊어지는 것은 너무 허망한 듯하여 치수는 백부자가 조금이라도 의식이 남은 상태로 죽기를 바랐다. 그는 삼베 이불을 들춘 후 모시옷을 입은 백부자의 괴얄띠를 풀어 바지를 끌어 내리고 창호지에 밴 달빛에 의지해 양물을 바라보았다. 몸이 밭아 엉치뼈의 근골이 툭 불거지고 몇 올 되지 않는 거웃은 반 넘게 새어버려 바랜 풀섶 같았으며 살 가운데 들어앉은 양물은 이미 쭈그러져 탱자 가시에 매달린

녹음방초 승화시라, 1873 _ 197

고치나 다름없었다. 애벌레는 나방이가 되어 날아가고 껍질만 달랑 매달려 대롱거리는 고치. 그는 어서 일어나라는 듯 백부자의 엉덩이를 툭툭 걷어차고서 갈아들고 온 낫으로 힘껏 목을 그었다. 대번에 뜨뜻한 것이 얼굴에 끼얹히는데 그곳을 나서며 돌아보니 소리도 못 지르고 피를 뿜으며 꿈틀거리는 물체가 보였다. 그런 다음 방을 나와 마당으로 내려설 제 측간에 가려고 밖에 나서는 행랑채의 하인 놈과 딱 눈이 마주쳤다. 얼굴에 피칠갑한 치수를 보고 헛것으로 착각했는지 눈을 비비다 말고 녀석이 질질 오줌을 싸면서 도, 도둑이야, 소리를 지르는 바람에 곧장 사람들이 몰려들었다. 낫 두 자루를 나누어 쥔 치수가 다시 토방으로 올라가 아래를 내려다보니 어떤 녀석은 횃불을 들었고 몽둥이나 쇠스랑을 든 놈도 있었다. 얼마 후에는 또 아비를 위해 하운면 처자를 데려간 그 집 아들놈이 둘러선 하인들을 헤치고 나타났다. 마당을 향해 섰던 치수는 단걸음에 내달아 도망치려는 아들놈 등짝에 낫을 박았다. 그때 뒤에서 날아온 몽둥이가 머리를 스쳐가자 세상이 까뭇 꺼져버리던 것이었다.

"난 말일세……."

치수는 이야기 끝에 숨을 고르더니 잔을 비웠다.

"어찌된 영문인지 후회 되지가 않는구먼. 살아오면서 언제 그토록 뜨거웠을까."

그는 교접 끝낸 수컷처럼 허탈해 보였지만 마지막 말에는 자부심이 밴 듯하였다. 이야기를 다 듣고 난 중수칸 사람들이 탄식과 한숨을 뱉었다. 급히 마셔서 그런지 치수는 얼굴이 벌겋게 달아 있었으며 눈에도 핏발이 서 있었다. 술이 떨어진 것을 알고 옥졸이 이제는 그만하자며 치수의 목에 칼을 씌웠다. 발길이 떨어지지 않았지만 기범이와 병호는 중수칸 안쪽 사람들에게 동무를 잘 부탁한다며 한 번 더 머리를 조아렸다. 싸전다리를 건너 흑석골에 접어들었을 때 기범이가 부탁하였다.

"아버지에게 전답 일부를 팔아보도록 말을 좀 넣어줘. 좀 헐하더라도 상관없으니 급히 처리했으면 좋겠네."

병호가 고개를 끄덕였다.

"원래 사죄(死罪)는 세 번 조사한 후 상계하는 법이라네. 기왕 김시풍 영감과 통하였으니 초복(初覆) 재복(再覆) 삼복(三覆)을 최대한 늦추도록 해보게. 왕비가 왕자를 생산하거나 새 임금이 즉위하면 감형도 하고 방면도 한다니까. 임금에게 친정을 하라고 유생들이 난리 피우는 정황은 자네도 알 테지?"

그들은 흑석골로 해서 보광재를 넘고 구이동으로 내려왔다. 길이 평평해진 뒤 기범이는 박치수가 했던 이야기를 곰곰 씹어보았다. 여인에 관한 뜨거운 연모의 마음이 한 차례 식어버려 예전 감정이 아닌데도 치수가 백부자를 치워버린 점이 놀라웠다. 박치수의 마음은 사랑 이전의 어떤 상태에 이르러 있었으며 김기범은 그 점이 말할 수 없이 벅차고 뜨거웠던 것이다.

황국단풍은
어떠한고,
1874

병호가 상두재를 넘어 종정마을에 이르렀을 때 스승 송진사의 집 앞에는 많은 인파가 모여 있었다. 인근 남녀가 모두 몰려나온 형국으로 뭔가 단단히 사달이 난 것 같았다. 인파를 뚫고 들어가 보니 대문 앞에 거적을 깔고 송진사의 맏아들이 통곡하는데 곁에는 창을 든 군졸들이 지키고 있었다. 먼저 와있던 희옥이가 그를 발견하고 스승이 귀양을 가게 됐다고 속삭였다.

그해 시월에 면암 최익현은 대원군을 비판하는 소를 올리더니 십일월에는 만동묘를 복구하고 서원을 다시 세워야 한다며 다시금 대원군의 정책을 성토하였다. 그는 대원군이 하늘의 이치를 씻은 듯 없앴다면서 섭정을 폐해야 한다고 주장하였다. 대원군 쪽 사람들이 그런 최익현을 비판하자 임금은 상소가 올라온 다음 날 친정을 선포함과 동시에 대원군을 비판함으로써 아들인 자신을 핍박했다며 최익현을 유배하라고 명하였다. 이에 송진사는 면암을 따르는 화서학파 인사들과 서신을 교환하는 일방으로 호서의 선비들과 바삐 왕래하더니 사흘이 멀다하고 대원군 일파를 벌하라며 소를 올렸다. 들리는 말로는 소의 내용이 얼마나 극악하였던지 대원군 쪽 사람들이 치를 떨며 처벌하라고 시끄럽게 굴었다는 것이었다. 결국 견디지 못한 임금이 면암에 이어 송진사에게도 유배형을 내린 모양이었다.

군졸들과 금부의 낭청에서 온 관리가 대문을 나선 얼마 뒤에 도포 차림의 송진사가 뒤따라 나왔다. 송진사는 무슨 일 있냐는 듯 고개를 빳빳이 든 채 인파를 둘러보았다. 그때에 눈은 득의양양하게 빛나고 얼굴에는 자부심이 가득해 마치 장원급제한 젊은 선비 같았다. 아버지를 발견한 거적 위의 맏아들이 도포 자락을 잡으며 통곡하자 송진사는 어미를 잘 봉양하라 이르고서 몸을 돌렸다. 병호가 앞으로 나아가 무릎 꿇는 것을 보고 희옥이도 얼결에 꿇어앉았다.

"스승님, 날이 차운데 어디로 가시나이까?"

스승은 아들을 대할 때보다 한층 엄숙한 얼굴로 병호를 보았다.

"병호로구나. 내 오늘 너와 한 약조를 지키지 못하게 되었으니 개탄스럽구나. 가까이 나주 자은도로 가게 되니 성상의 은총이 아니냐?"

"제가 동행하겠습니다."

"네 놈 눈을 보아하니 유학은 은혜를 이렇게 갚는 것이냐 묻는구나. 내 대답은 이러하다. 이것은 유학이 아니라 정치에 관한 일이다. 그러면 넌 다시 물을 것이다. 정치와 상관없다면 유학은 무엇 때문에 필요한 것이냐고. 네 물음에 대한 내 대답은 이렇다. 상관이 없는 게 아니다. 정치의 그 혼탁해짐을 고치기 위하여 학을 하는 것이다."

"하오면 효라는 덕목을 선이라 하면서 효를 저버리기 위하여 어찌 효를 허울 삼는 것입니까?"

때로 임금은 충보다 효를 강조하여 자비를 드러내지만 이 경우 가식이 아니냐 묻고 있었다. 임금이 입 밖에 내지 못한 말을 최익현이나 유림들이 대신 하므로 그들은 공신이나 다름없었다. 그렇지만 아버지인 대원군에게 불효를 범하게 하였으니 징벌한다는 것이 아닌가.

"음식은 제 그릇에 담아야 비로소 음식이 된다. 허울처럼 보여도 그 안에 참된 내용이 있는 것이다. 어찌 참을 보지 않고 허울만 보느냐."

송진사의 목소리는 젊은이보다 활기찼으며 삶을 완성하기 위한 마지막 절차를 치른다는 안도감이 밴 듯하였다. 그러나 임금이 요로에 친위세력을 배치할 것이므로 곧 해배되리란 계산속은 없는지 병호는 잠깐 의심하였다.

"자은도까지 스승님을 모시겠습니다."

"내 너에게 선비의 도를 몸으로 가르치게 되었으니 이보다 큰 보람은 없다. 성상께서는 고독과 고충도 몸소 감내하란 뜻을 내리셨으니 너의 수발을 받지 않겠다. 한 발자국도 따라오지 말라."

말과 함께 송진사가 돌아서자 사람들이 우르르 따라갔다. 병호와 희옥이는 송진사의 뒤에 대고 큰절을 올렸다. 그러는데 해배가 될 때까지는 그를 보지 않아도 된다는 불경스러운 안도감이 밀려왔다. 고개를 들자 사람들은 송진사 일행을 따라가고 희옥이의 조카가 둘을 굽어보고 있었다. 병호가 마을 아래로 움직이자 숙영이 따르고 희옥이가 쭈뼛거리다 처져 걸어왔다. 마을을 돌아서니 아름드리 느티나무가 나타났다.

"동무님이나 아재께선 눈물 한 방울 흘리지 않으십니다. 그것도 체면인지 모르겠습니다."

꾸중인지 무언지 몰라 병호는 대답을 못 하고 말머리를 돌렸다.

"낭자께서도 구경을 나오셨으니 소문이 파다히 퍼졌나봅니다."

"제가 무슨 관련이 있다고 구경을 나오겠습니까? 동무님과 아재께서 계실 거라 믿었습니다."

그 말에 숨이 가빠져 병호는 모악산 자락을 보았다. 희옥이는 서릿발 때문에 들뜬 흙무더기를 발끝에 차고 있었다.

"지난여름 동학사에 다녀오셨다 들었습니다. 제 말이 맞는지요."

"그렇습니다."

"오라버니께 동무님이 하셨다는 말씀도 들었는데 그 또한 맞겠지요?"

"혼인을 허락해 주십사 하였습니다."

"그렇다면 제가 들은 말이 맞습니다. 하지만 막상 듣고 싶은 말은 섣달이 되도록 듣지 못하였기로 묻습니다. 동무님께선 제가 싫대도 오라비와 합심하여 무가내로 데려다 놓을 작정입니까?"

무슨 말인지 몰라 어리둥절해진 병호를 그녀가 똑바로 보았다.

"동무님께선 마음을 밝히셨으니 그는 동무님 뜻대로 하신 것입니다. 허나 혼인은 혼자 하는 게 아닐진대 제 의중은 아무것도 아닌지 묻고자 합니다. 동무님께선 제 의사를 따지지 않고 집에 난입하여 잡배들처럼 들쳐 업고 가시렵니까? 구색 맞추기로 사람을 박아놓고 첩실이나 거느리며 살고 싶으신 겝니까? 세상을 품고 계신 큰 분이라 여겼는데 계집 문제에 관하여 구습을 반복할 생각인지요? 전 동무님의 답변을 반드시 듣고 싶습니다."

그녀의 목소리는 남문밖시장에서 악소배를 징치할 때에 버금하였다. 병호는 불티를 뒤집어쓴 얼굴이 되어 쥐구멍이라도 찾고 싶었다. 온갖 말을 지어 따따부따 청을 높였지만 그 순간 가슴 속 담장이 와르르 무너지는 소리를 들은 것 같았다.

"제가 크게 잘못하였습니다. 용서하여주십시오."

변명하거나 말을 지어 여인을 속일 수 없었다. 무참하고 부끄러웠다.

"동무님은 두 번 우를 범하실 분이 아닙니다. 전 하루속히 그날이 오기를 기다리겠습니다."

그들은 종정마을로 난 길을 걸었다. 올 때처럼 한 사람은 한 발 처지고 또 한 사람은 멀찍이 떨어져서 걸었다.

해가 바뀌어 추위가 풀리자 기창은 이사할 채비를 하라고 일렀다. 지금실에 이사할 때처럼 아무런 언질도 없이 독단으로 행한 일이었으나 병호는 이번에도 저를 염두에 둔 결단으로 생각하였다. 황새마을 살 무렵에는 필상과 희옥이가 문제였지만 지금실에서는 기범이까지 무리를 이루었고, 그중에서도 김기범의 집은 모이고 흩어지는 도당의 거점이었다. 게다가 송진사까지 유배를 가버려 종정마을에 드나들 연고가 더는 없이 되었으므로 산중이 경서를 읽기에도 유리하다고 느낄 법하였다. 이사하던 날 기창은 동곡마을에서 우마차를 빌려 짐바리를 싣고 돗자리를 깔아 장씨의 자리를 마련하였다. 약재를 담은 보따리가 새로 생긴데다가 장씨는 기력이 떨어져 거동이 불편했기 때문이었다. 반면에 백구는 틈나는 대로 암컷을 찾아 씨를 뿌리더니 저도 이사하는 줄을 깨닫고 얌전히 달구지를 따라왔다. 장씨의 기력이 예전만 못한 것을 아는지 백구는 앞발을 들며 달려드는 짓을 더는 하지 않았다.

지금실에서 나와 임실 방면으로 가려면 엄재를 넘어야 하지만 순창이나 담양은 남쪽으로 구절재를 지난다. 구절재를 내려서면 순창 경계인데 중간의 어름봉 골짜기 끝에 초가 몇 채가 들어앉아 있었으며 사람들은 그곳을 소금실이라 불렀다. 그곳 골짜기에 이삿짐을 부린 병호가 빌려온 우마차를 지금실에 돌려주고 돌아오자 다른 것은 없이 마을은 온통 소쩍새 우는 소리뿐이었다. 소금실은 먼저 살던 데서 그만한 거리를 둔 곳으로 집을 살펴본 후에야 그는 아버지의 뜻이 본인의 학업 때문만이 아님을 깨달았다. 집은 세 칸이지만 살림집 귀퉁이로 헛간이 딸렸으며 절반은 측간이고 나머지는 농기구를 놓아두는 곳이었다. 이튿날부터 그 공간을 정비한 기창이 바닥에 통나무를 깔고 약재가 담긴 가마니를 쌓더니 마대자루는 못을 박아 벽에 걸었다. 약재가 헛간에 옮겨지자 할머니와 아버지가 안방을 사용하고 작은 방은 병호의 차지가 되므로 생각해보니 이는 학업을 위한 방편만이 아니었다.

스승 송진사를 찾아 종정마을을 드나들 것도 아니요, 기범이네 집에 머물 때처럼 기창의 눈을 피할 노릇도 아니어서 병호는 종일 경서를 들추며 소일하였다. 그즈음 희옥이는 아들을 낳아 어르는 재미에 매월 숙영을 만나러 오는 일 외에는 따로 걸음 하지 않았고, 기범이는 임실과 남원을 넘나들며 사람들을 사귀는 한편 박치수를 옥바라지하느라고 짬을 내기 어려웠다. 가을걷이가 끝나자 필상은 한양을 한 바퀴 돌면서 필요한 서책을 찾아다니는 일변 강원도 적조암을 수소문하는 일로 집에 없는 날이 많았다.

가을에 집을 떠난 필상은 섣달에 내려와 명일을 쇠었는데『성경직해광익』이라는 책자 네 권을 가져왔다. 그 또한 서양 선교사가 지은 것으로 전체는 몇 권인지 몰라도 어떤 역관이 언문으로 번역한 책이었다. 병호는 경서를 읽는 틈틈이 동학사에서 가져온 경주 선비의 문건과『천주실의』,『성경직해광익』등을 탐구하였다. 특히『성경직해광익』은 이빨 빠진 네 권에 불과하지만 저들이 복음이라 일컫는 성경 원문과 해설을 담고 있어 공부가 되었다.

천주께서 천지를 조성하실 때 두 사람을 만들어 인류의 시조로 삼으셨다. 몸과 마음이 순진하고 아름다워 길복이 가득하고 질병과 우환이 없었다. 정해진 수명이 다한 후에는 살아 있는 상태로 승천하게 하실 계획이었으며 자손까지 다 그러할 것이었다. 따라서 두 사람에게는 할 일이 없었다. 그리하여 주를 배반하여 그 명을 범하매 은혜는 떨어지고 환난이 함께 이르러 만 가지 죄가 여기서 비롯하였다. 대개 우리 사람은 나뭇가지나 물결이고 원조는 뿌리나 근원이다. 뿌리가 좀 먹고 근원이 흐려졌으니 우리가 어찌 그렇지 않겠는가. 경에 이 죄를 가리켜 原罪라 한 연고가 바로 이것이다. 그 외에 각 사람이 또 스스로 범한 죄가 있어 천주께서 미워하시는 바가 되었다. 어떻게 주의 의로운 분노를 그치게 할 수 있으며 어떻게 자기 중죄를 속량할 수 있으며 어떻게 이왕 진 빚을 갚을 수 있으며 어떻게 승천할 수 있겠는가.

천주는 참 짓궂기도 하시지. 글을 읽다 말고 병호는 배시시 웃었다. 아무 할 일도 없이 두 사람만 살게 하면 당연히 무료를 견딜 수 없을 것인즉 무엇이든 재미를 궁리하게 마련인데 그랬다 하여 그토록 큰 벌을 내리다니. 애초에 그저 살게 둘 것이지 둘을 놓고 무슨 연고로 무엇은 하고 무엇은 하지 말라는 계율을 지어 어기게 한단 말인가. 설령 잘못을 저질렀어도 죄는 그들이 지은 것이요, 후대가 지은 것이 아닐진대 소급하여 원죄라 칭하면서 연좌하고 있으니 천주는 조잔한 졸장부임에 틀림없었다. 그렇게 보니 저 천주학은 끝없는 공포를 유포하여 거기 들도록 부추기는 학문이 아닌가. 읽을수록 의문이 커져 병호는 누웠다가도 벌떡 일어나 필사한 책을 들춰보곤 하였다.

소금실로 옮긴 뒤에도 기창을 찾아 약초꾼과 심마니가 심심찮게 드나들었다. 지리산 인근 남원이며 구례에서도 오고 북으로는 덕유산 아래 금산과 진산에서도 찾아왔다. 병호는 물건을 받아주고 기창과 술잔을 나누면 수발을 들기도 하였기 때문에 찾아오는 사람들과 눈인사를 나누는 처지였다. 그날도 물건을 부리고 가는 진산의 약초꾼과 측간에서 나오다 눈이 마주쳤다.

"안녕히 가십시오. 진산까지는 오늘 중에 닿지 못하지요?"

"고산에 동무가 있어 오며 가며 묵어가지요."

"노고가 많으십니다."

사내가 손사래를 쳤다.

"노고랄 게 무어요. 글공부가 노고지. 다음 파수에 뵙시다.

진산 사내는 고개를 끄덕이며 싸리울을 나섰다. 그때 사내의 몸에서 작은 주머니가 떨어져 주워들고 보니 주둥이 밖으로 묵주가 비어져 나왔다. 불자들도 가지고 다니는 물건이라 처음엔 별생각이 없었지만 벽주목 사이에 박힌 십자가 형상만은 가벼이 볼 문제가 아니었다. 병호는 주머니 속의 나무 조각과 머리카락과 편경을 꺼내 손바닥에 놓았다. 편경은 구리로 만든 타원형으로 한 면은 반질반질하고 다른 면에는 산발한 머리에 수염이 덥수룩한 사내가 새겨져 있었다. 평소 서학쟁이들은 작은 주머니를 가지고 다니며 천주학을 하다가 사형당한 사람의 머리카락과 목이 잘릴 때 고였던 목침 조각을 넣어 다닌다더니 그 물건인 듯하였다. 진산이라면 서학에 참여한 선비가 신주를 불태우고 제사를 폐함으로써 박해 사건을 야기했던 바로 그 고장이 아닌가. 연전에 필상이 언급한 바우배기의 루갈다라는 동정녀도 실은 진산사건 뒤에 붙잡혀 참형을 당한 사람이었다. 약초꾼이 묵어간다는 고산만 해도 호남에서는 천주학이 일찌감치 뿌리내린 곳이 아닌가. 병호는 사내를 쫓아가 주머니를 전해줄까 하다가 그냥 가지고 돌아와 눈에 띄지 않는 곳에 간수하였다.

진달래가 망울을 터뜨리자 누워 지내는 일이 많던 할머니가 마루로 나왔고 백구는 토방에 엎드려 졸기 일쑤였다. 두더지가 흙을 들썩거리며 마당 귀퉁이를 지나간 후 색동저고리 한바탕 같은 꾀꼬리가 펄렁 허공을 질러가자 세상은 잠깐 출렁이고는 금세 단조로워졌다. 산에서 내려온 송충이가 곧추세운 몸을 뻗으면서 마당을 질러가고 뒷산 먼 데서 뻐꾸기가 느슨하게 울어도 창창한 해는 꼭지에서 꿈쩍을 하지 않았다. 책장을 넘기기는 하였으나 무슨 일이 좀 생겼으면 하던 병호는 삭신이 찌뿌둥하고 안달이 나서 자주 몸을 비틀었다. 극단의 고요와 무료가 도리어 저자의 소란보다 치열해져서 영기(靈氣)는 점차 높아가는 것이었으나 잠자는 독수리가 발아래 뭇 생령의 움직임을 낱낱이 꿰고 있듯이 경서에 눈을 두고도 그는 밖에서 벌어지는 일은 사소한 것 하나도 놓치지 않았다. 면벽 가부좌한 수도승의 처지가 예서 더하랴 싶어 절로 뜨거운 숨이 토해지는데 어느 순간 토방을 내려선 백구가 뒷발을 앙버티며 울바자 너머를 주시하였다. 꼬리를 세우고 서 있다가 이윽고 와랑와랑 짖는 바람에 졸던 장씨가 눈을 떴고 병호도 고개를 빼서 바깥을 보았다. 장씨는 울 밖에 나타난 스님에게 개가 사나우니 그대로 있으라고 당부했지만 주장자를 든 거한은 개의치 않고 안에 들어와 성큼 마당을 질러왔다. 병호가 뛰쳐나와 백구를 막아설 즈음 안방 문이 열렸다.

"뉘시오?"

경허는 보리쌀을 들고 온 장씨와 방안의 기창에게 합장하였다.

"동생 일로 뵈러 왔습니다."

기창이 손을 까부르자 방에 든 스님이 머물러 수행하는 곳이 동학사임을 밝히더니 피봉 하나를 꺼냈다. 피봉 겉면에 적힌 사주(四柱) 두 글자는 떨림이 뚜렷하나 격식을 넘어선 운필이었다.

"어린 나이에 불가에 들어 속가의 일은 잘 모릅니다. 격식에 어긋나더라도 책망하지 말아주십시오."

사주단자란 신랑 측에서 먼저 보내는 법인데 그를 알고 하는 말인지 모르면서 그러는지 알 길이 없었다. 피봉을 열어 생년월일을 훑어본 기창이 병호를 불렀다.

"스님과 아는 눈치이니 이 처자와도 아느냐?"

"스승님 밑에서 수학하는 동무의 조카이므로 알고 있습니다."

정신이 깜박깜박하지만 이때는 맑아진 장씨가 안방을 건너다보자 백구도 중요한 일로 알고 조용히 주목하였다.

"허면 달리 혼처를 찾지 않아도 되겠구나."

말이 궁색하여 병호가 입을 열지 못하자 장씨가 참견하였다.

"집안이 적적한데 새로 식구가 들어오면 얼마나 윤이 나겠는가. 손이 번창하는 것을 보고 싶구나."

기창이 내다보며 끄덕였다.

"서두르겠습니다."

"먼 걸음 하셨으니 진지를 하고 가시구려."

상을 차리겠다는 장씨의 말에 일을 마쳐 멀뚱하던 스님이,

"제가 짧은 짬을 내어 나왔습니다. 동생에게 소식을 알리고 급히 돌아갈까 합니다. 중도 바쁜 데가 있답니다."

하면서 털고 일어섰다. 불문에 있더라도 장차는 사돈이 될 사람이라 장씨는 토방에 내려와 인사를 차렸고 기창도 싸리문까지 따라 나왔다. 병호가 구절재로 난 길을 그와 나란히 걸어가자 백구가 뒤에서 따라왔다.

"지난여름 동무들 편에 전달한 글은 보셨지요?"

워낙에 키 차이가 나서 경허는 고개를 숙여 병호를 보았다.

"그이의 생각이며 문장이 놀라웠습니다. 밖에서 온 것들보다 입맛에 맞았지요. 그 글을 쓴 선비의 문장이 더 있을 것으로 보아 동무가 적조암으로 달려갔습니다."

"불교는 외방에서 들어온 지 천년이 넘었습니다. 그 사이 원효가 나고 의천이며 서산대사가 있었지요. 그들이 이룩한 일이 적지 않습니다. 그러니 불교는 이제 이 땅의 것입니다. 외래에서 온 것을 다 배척할 일은 아니지요."

"그렇습니다. 중국에서 들어온 유학 또한 훌륭하지요. 부모에게 효도하며 동무와 우애하라는 데 무에 문제가 있겠습니까. 그러나 말 가운데 다른 풍토에서 나온 것은 읽어 깨치기 어렵습니다. 저는 우리가 어디에서 왔는지 생각합니다. 어순이 다르니 중국에서 온 건 아니지요. 그러므로 중국은 우리를 가긍히 여기면서도 오랑캐라 백안시하지 않습니까? 반면에 여진과는 순서가 같으니 중국이 싸잡아 오랑캐령이라 말하는 저 북방에서 온 것이 분명합니다. 어찌됐든 우리라고 생각하고 말한 바가 없겠습니까? 서낭당이 있고 무가(巫家)의 사람들이 있고, 활을 쏘며 말을 타는 재주는 중원을 능가하지요. 헌데 어찌하여 선인의 생각과 말은 전해지지 않는 것입니까? 문자가 없으므로 입에서 입으로 전해지다 고작 호랑이 곰이 쑥 마늘 먹었다는 정도가 남았습니다. 남의 문자를 가져오고 덩달아 그 역사며 생각을 말하다가 우리 것은 천하게 여겨 배척했던 것입니다. 하지만 저들의 글은 격식이 달라 익히려면 공력이 드니 백성에게는 없는 말입니다. 공자만 해도 그렇습니다. 성인이 아니라고 감히 말하겠습니까만 알지도 못하는 주나라 예법을 왈가왈부할 때마다 종잡을 수가 없습니다. 저쪽의 문자를 안다는 자들은 그로 하여 백성을 따돌리고 군림하지요. 아무리 훌륭해도 대궐 같은 사당에 가둬놓으면 무슨 성현입니까? 문자는 중국 것이었으나 지난번 선비의 글은 우리의 생각이었습니다."

두 사람이 대화를 나누는 사이 구절재가 나타나자 백구가 작별 인사 건네듯 두어 번 컹컹 짖고 돌아섰다. 이 만남이 아쉬워 병호는 스님을 따라 태인 지경으로 걸음을 옮겼다.

"그 때문에 초야의 많은 이들이 새로운 궁리를 하고 있습니다. 화공은 진경을 그린 지 오래며 『주역』을 우리 눈으로 읽는 사람도 있습니다. 저 고창에서는 새 노래가 만들어지고 선비 중에는 서학을 차용하여 유학을 보완하려는 이도 있었습니다. 불교가 우리 것이라고 하였지요? 오늘날 그 피폐함과 타락은 말하기 민망할 지경입니다. 세상의 고를 어찌할 것이냐 물었지만 내부의 기둥부터 세워야지요. 모범을 세우지 못하면 또 하나의 우리 것은 사라질 것입니다. 그 기풍을 진작하는 일이 용무이니 동학사 강백 노릇도 오래는 못하겠지요."

 병호는 금산사에서 처음 만났을 때에 비해 훨씬 차분해져서 더는 내쏘지 않았고 경허도 마찬가지였다. 병호가 고개를 들어 경허를 보았다.

 "저 서양에서는 천지를 만든 것이 천주라 하고 곧 그가 세상의 주인이라 말합니다. 그러니 세상 사람은 모두 그의 말을 따라야 하는 것이지요. 또한 저 중원에서는 군군신신민민(君君臣臣民民)이라 하면서 각종 층위를 지은 다음 세상 사람 다수를 주인 자리에서 몰아냅니다. 허나 누가 세상을 만들었느니 어쨌느니 그런 째째한 소리 없이 무위이화한다는 말은 일체가 공이라는 불가의 뜻과도 비슷했습니다. 무위이화하는 하늘의 이치를 사람이 받아안고 있다는 생각은 쉬워 보이지만 단순한 말이 아닙니다. 반상도 없고 적서도 없고 남녀도 없으며 저 높은 곳과 복종해야 할 내가 있는 것도 아니니 동서고금을 넘어서는 말이며 천지를 뒤집어 바라보는 사태요, 실은 오래 전부터 우리 안에 있어왔던 정한수의 이치입니다. 큰 그릇이지요."

 "석가가 열반에 든 지 천년 뒤에나 불교가 들어왔습니다. 그러나 천축보다 먼 서양에서도 이젠 무엇이든 일 년이면 건너옵니다. 앞으로는 더 빨리, 더 많이 들어오겠지요. 우리의 종지가 없다면 저들은 이곳을 쓸어버릴 것입니다. 그게 내가 불가에 머무는 연고입니다. 허나 궁리는 급하게 하되 허방은 짚지 말아야 합니다. 너무 조급하면 탓하게 되고 몽둥이를 들게 됩니다."

 "무엇이든 만들어져 시간이 지나면 타락합니다. 성쇠가 만고의 진리요, 무상이 그렇다지 않습니까. 몽둥이를 들어서라도 세울 것은 세우고, 그 성함이 쇠하거든 뭔가가 다시금 세워지겠지요. 훗날이 아니라 지금 이곳이 간절합니다. 이곳의 쇠함은 바깥의 저 성함을 당치 못할 것입니다. 그렇다고 손 놓고 있으면 성함과 쇠함을 따라 조선은 흔적도 없이 사라지겠지요. 하지만 크게 역동하여 기운을 남기면 소멸하지 않을 것입니다."

말을 해놓고 보니 경주 선비가 지었다는 글에서 아쉽다고 여겨지던 대목들이 좌르륵 정리되는 듯하였다. 그러니 어찌할 것이냐 자문하던 일들이.

"처사께선 공부 그만하셔야겠습니다. 공부가 많으면 머리가 무거워 걷지를 못합니다. 자, 나는 베를 짜고 그대는 밭을 갈 시간이군요."

구절재를 내려와 병호는 경허와 헤어졌다. 경허는 종정마을을 거쳐 동학사로 올라가겠다 하였다.

사흘 후 기창은 숙영의 양부모에게 전하라면서 사주단자를 내밀었다. 전에 살던 지금실을 거쳐 상두재를 넘은 병호는 수류면 거야마을을 먼저 찾아갔다. 적조암에 들르겠다던 필상이 돌아왔다는 기별을 받았던 터라 얼굴이나 볼 심산이었다. 거야마을에 이르자 때마침 필상이 밖으로 나왔다.

"모처럼 집에 오셨는데 어딜 가십니까? 형수님에게 혼나시려구요."

"그렇잖아도 한 소리 듣고 나선 길일세. 숯막에 가는데 같이 가시려나?"

"전 종정마을에 갑니다."

"스승님도 안 계신 곳엔 왜 간단 말인가?"

병호가 어색하게 웃었다.

"스승님 댁이 아니라 사주단자를 가져갑니다."

"아우님도 장가를 드는구만. 그것이 형옥인 줄도 모르구 나이 차면 못 들어 안달이니 사내들이란 날파리 인생이지."

두 사람은 원평천으로 나와 푸른 물이 드는 둑길에 앉았다. 비가 드문 계절이라 개울은 바닥을 보였다.

"헌데 숯막엔 왜요? 덫을 놓아 토끼라도 잡았답니까?"

"틈날 때마다 다금발이에게 글을 가르치고 있네. 지난가을에 만났을 때 선비님을 만나면 신나는 일이 많을 줄 알았더니 좀 심드렁합니다 하더구먼."

그 말에 병호는 맥이 풀렸다.

"우리네 꼬락서니를 제대로 찔렀구려."

"그 말을 듣고 나니 생각이 많아지데그려. 그래 글이나 익힐라냐 물었더니 그러자더구먼. 틈나는 대로 일러주는데 언문은 깨쳤고 한자도 간단한 것은 읽고 쓴다네."

"글이야 깨치면 쓸모가 있겠지요."

"잠자리가 마땅찮거든 건너오시게. 눈먼 토끼라도 걸렸을지 모르지."

말을 마친 필상은 원평천을 따라서 올라가고 병호는 들판 건너 종정마을로 나왔다. 숙영이 사는 곳을 방문하여 장차 장인 장모 될 양부모에게 큰절로 인사를 올리자 사정을 들어서 이미 알고 있던 그네들은 귀한 손에게 저녁을 차려냈다. 특히나 숙영의 양부는 병호와 몇 마디 말을 나누더니 금세 죽이 맞아 거푸 잔을 권하였다. 이미 송진사를 찾아 글공부한다는 사실을 들어 알고 있었고, 태인과 전주의 백일장에서 성적을 낸 사실과 장차 대과를 할 사람이라던 송진사의 평가가 있었던 데다가 직접 대하고는 더욱 흐뭇하여 흠뻑 젖고 말았던 것이다. 결국 숙영의 양부가 술을 이기지 못하게 되어서야 병호는 별도로 마련된 별채의 숙소에 들었지만 술이 어중간해 따로 술상을 청할 작정이었다. 하지만 내외를 하는지 숙영은 치맛단 한 자락 보여주지 않았고, 그렇다고 엄재 숯막에 올라가는 일도 방정맞은 짓이라 혼자서 뒤척이며 잠을 청하는 중인데 발소리가 가까워졌다.

"서방님 주무십니까?"

문을 열자 초롱을 든 숙영이 보였다.

"언제는 동무님이라더니 빨리도 바뀝니다."

"밖에 동무님이 오셔서 보자 하십니다."

"찾을 사람이 없을 터인데……."

그는 꿍얼거리며 옷을 걸쳤다. 여기 있는 것을 아는 사람은 필상뿐인데 야심한 시각이라 안 좋은 소식인가 염려되었다.

"술이 좀 부족하니 술상 좀 봐주십시오. 같이 한잔하십시다그려."

"서방님은 제가 이 집에서 책잡히길 바라십니까?"

"잠자리가 낯설어 그렇습니다."

그렇게 둘러대고 밖에 나서자 짐작대로 필상이 소매를 끌었다.

"지금쯤 숯막에 있어야 하지 않습니까? 토끼가 안 잡혔답니까?"

"다금발이가 없어졌네."

"없어지다니요?"

"숯막에 그는 없었네."

다금발이는 숯막 주인에게 일을 배워 숯을 굽고 내는 일에 이골이 나 있었다. 눈썰미가 뛰어나 좋은 숯을 만들어 내다 파니 판로가 많아져 숯막 주인은 그를 친아들 이상으로 아꼈다. 일도 척척 해낼 뿐 아니라 약속 또한 어기는 법이 없어 주변 신뢰도 이만저만이 아니었다. 그런데 약조가 되었음에도 숯막은 온기 없이 썰렁할 뿐 아니라 술 먹고 들어온 남정네가 행패를 부린 것처럼 가재도구만 흩어져 있더라는 것이었다. 집안을 뒤진 흔적은 역력한데 행적이 모호하므로 필상은 먼저 병호에게 달려온 것이었다.

"작년 추석 때 달구경 나온 양반가의 여식을 어떤 파락호가 겁탈했다는 말이 돌았잖은가. 퍼뜩 그 생각이 들었네."

"그야 양반댁에 원한 있는 자의 소행이겠지요. 다금발이가 그렇게 뵙디까?"

"사람 속이야 알 수 없지만 다금발이는 아닐 테지. 허나 뒤집어씌우면 그만 아닌가? 그들 눈에 다금발이라면 아귀가 맞네."

"아닙니다. 일을 당한 양반가에서 말이 날까 쉬쉬했다지 않습니까? 사노와 짝을 지어 옥구 어디에 정착케 했다는 소문입니다. 소문은 부풀려질망정 지어내긴 어렵지요. 그 일로 새삼 관을 압박할 리 없습니다."

"다금발이가 만나는 사람이라야 우리네와 숯막 주인밖에 더 있는가. 달리 원한 살 사람은 없단 뜻이네. 모악산 자락에 적당이 있을 리도 없고 지나는 나그네라고 한둘을 당치 못할 아이가 아니네. 싸운 흔적은 없고 집뒤짐만 한 형상이니 결국……."

"관아에 끌려간 겁니다. 우리가 좀 잡스럽게 놀았어야지요. 도박판을 벌인 줄 알았거나 천주학쟁이의 소굴로 알았을 겝니다. 가만있자……."

병호가 둑 위를 서성이더니 돌아섰다.

"큰일 났구려."

"무엇 말인가?"

"도주 노비는 아니라도 다금발이가 호적대장(戶籍大帳)엔 없는 사람 아니우."

필상은 금세 알아들었다.

"큰일이 맞네그려."

조선에서는 삼 년마다 군현별로 호구총수(戶口摠數)를 집계하는데 나라의 재원을 마련하자면 꼭 필요한 일이었다. 군역자와 군보(軍保)를 확보하는 일은 중앙이나 지방이나 매번 중요하게 취급되었다. 호적대장에는 호별로 사람을 기재하며 부모를 중심으로 자식과 친인척, 노비와 고공(雇工)까지 등재하였다. 다금발이는 강화도 김진사댁에 호적이 올라야 하지만 신미년에 몰사했으니 세상에 없는 사람이었다. 만일 관에 끌려갔다면 도주 노비로 취급돼 어느 변방에 관노쯤으로 틀어박힐 일만 남은 셈이었다.

"집에 가거든 필사한 것들을 태우든지 하십시오. 다금발이가 형님에게 끈을 대 흘러왔음을 알아낼 테지요. 여차하면 나와 기범이까지 부를 겝니다."

"행여라도 불려가거든 억구지 이름은 나오지 않게 하세나. 백정의 자식이니 험하게 굴 테지."

"그럽시다. 기범이에게는 밝는 대로 연통하지요."

필상은 어둠 속으로 총총 떠나고 잠자리에 돌아와 보니 술상이 차려져 있었다. 숙영이 없는 것은 서운하였으나 보료방석에 언문 글월이 놓여 있었다. 몸만 가고 마음은 두었으니 달빛이 가득하지요. 달게 드시고 꿈으로 오소서……. 다금발이 일로 오소소 돋은 소름이 순식간에 가라앉으며 갑자기 흐뭇해져서 병호는 남김없이 술병을 비웠다. 이튿날 동이 트자마자 양모가 차려준 밥을 먹고 종일토록 걸어 그는 성밭마을로 김기범을 찾아갔다. 성질 급한 기범이가 간밤의 일을 듣고도 이때는 또 태연하게 굴었다.

"원정마을 장형님께 청해 관아 쪽 상황을 살피도록 하겠네. 하고 거야마을 성님은 당분간 피하는 편이 낫겠네."

"집을 비우면 더욱 수상쩍을 터인데?"

"그 양반이야 원래 팔도를 주유하는 사람인데 달리 혐의를 두겠는가? 강화도에서 외적과 싸운 일을 제깟놈들도 아는데 뭘 어쩔라구."

그러더니 그는 병호의 어깨를 슬쩍 밀쳤다.

"장가드니 좋니? 사주단자를 가져갔으면 손도 잡고 입맞춤도 했을 거 아녀?"

"훈장님이 돼가지구선……. 억구지나 잘 단속시켜. 우리보다야 게가 만만하지."

"세상은 흙담처럼 바스라지는데 반상은 무엇이고 귀천은 또 뭬이야. 힝!"

두 사람은 장씨네에서 저녁을 먹고 모처럼 같은 자리에 누워 밤을 보냈다. 필상에게는 병호가 의견을 전하기로 하고 관아의 형편이며 억구지를 단속하는 일은 기범이가 맡을 작정이었다. 이튿날 귀가한 병호로부터 종정마을 다녀온 이야기를 듣더니 기창은 보자기에 싸 놓은 물건을 내밀었다.

"기력을 보하는 약재와 체하거나 고뿔 들 때 쓸 약재를 넣었다. 혼인하기 전에 자은도에 다녀오거라. 그분은 집안에 은혜를 내린 분이다."

병호가 보따리를 간수하자 기창이 다시 일렀다.

"얼굴만 보고 올 게 아니라 며칠 묵어서 오너라. 스승님을 모시라는 게 아니라 머리를 비우고 오라는 뜻이다. 무엇을 하며 어떻게 할지 궁리하고 오너라."

얼굴은 부드러웠으나 병호는 어쩐지 그 말이 무서웠다.

"함께 스승님을 모신 동무와 다녀오겠습니다."

그는 모내기 마치고 조카를 보러 오는 희옥이와 함께 다녀올 작정이었다. 병호는 천주학 책이며 동학사에서 구한 문건과 진산 사내의 주머니를 마루 위 기둥에 걸린 소쿠리 속에 갈무리하였다. 그런 다음 고산으로 넘어간다는 약초꾼 편에 서신을 들려 희옥이에게 보내고 거야마을로 넘어가서 기범이의 의견을 필상에게 전하였다.

 농사일에 재미가 들려 희옥이는 전갈을 받고도 농번기 끝에야 소금실에 나타났다. 병호는 정읍에서 하루를 묵으며 다금발이에게 닥친 변고를 설명하였다. 예상대로 다금발이는 태인 관아에 붙들려갔지만 특별한 혐의 없이 훑어간 것이었다. 태인 관아에서는 곧장 필상의 집에 사람을 보냈으나 다시 적조암으로 떠난 뒤였고, 또한 금구 사람이라 어찌하지도 못할 형편이었다. 후속 조치로 거처를 주선한 기범이를 불러들였으나 역시 다른 혐의를 찾지 못할 뿐 아니라 장형이 손을 써서 까탈을 부릴 수도 없었다. 그러다 수령이 갈려 유야무야 넘어갔는데 다금발이의 행적만은 끝내 오리무중이었다.
 "그럼 다금발이가 죽었는지 살았는지 다들 손 놓고 있단 말여?"
 다금발이를 생각하며 희옥이는 눈물을 질금거렸다.
 "기범이가 백방으로 알아보고 있으니 기다릴밖에."
 "호방이나 병방에게 몇 푼 쥐어주면 금방 알아내겠구마는."
 "어쨌든 차후의 일일세. 죽지 않은 다음에야 찾아내겠지."
 "속에 얼음이 들었다더니 차가운 말만 하누만."
 그들은 장성에서 주막 신세를 지고 나주 영산포에서 자은도 들어가는 배편을 수소문하였다. 주막에 머문 지 사흘 만에 흑산도에서 홍어를 싣고 온 배가 잡곡을 싣고 떠난다 하여 가욋돈을 얹어주고 암태도에 내리기로 하였다. 이튿날 멀미 끝에 암태도에 도착한 두 사람은 자은도로 들어갈 배편을 알아보다가 천포로 가라는 말을 듣고 북상하였다. 천포의 어선은 모두 민어와 병어를 잡으러 가고 차라리 거룻배를 알아보라는 말에 목적지가 뻔히 보이건만 닷 냥을 내고 배를 얻어 탔다. 암태도에서 오리 남짓인데도 물살이 빠른 바닷길에 한참을 오르내린 끝이라 자은도에 닿았을 때 두 사람은 얼굴이 해쓱하였다.

"물질에 능하다는 다금발이 생각이 더 나누만. 도사공이 노자라도 털자고 들면 고기밥 되는 게여."

그 와중에도 희옥이는 농을 하였고 병호는 풍파를 제일 많이 겪은 척 타일렀다.

"목숨을 맡기려거든 믿는 게 최상일세."

몇 호 되지 않는 해촌을 기웃거렸지만 하얗게 걸린 민어껍데기 말고 사람 구경은 어려웠다. 마침 나뭇짐을 메고 내려오는 사람이 있어 희옥이가 물었다.

"두모동을 가려거든 어찌합니까?"

"어디서 오셨수?"

지게를 멘 이가 묻는데 목소리가 여인이었다.

"전주와 태인에서 왔습니다."

"귀양다리를 보러 왔구만."

귀양다리란 유배 온 사람을 낮춰 부르는 말 같았다. 여인이 손을 들어 오른편 산을 가리켰다.

"저 산이 마장산이오. 고 옆으로 열리열리 가면 꽃깔봉이 나옵니다. 게서 걸리 쭉 가면 두모산이 나오는데 더 가면 두모동이오."

처음 가리킨 산에서 손가락을 이리저리 옮기며 설명하는데 좌우간 안쪽으로 들어가라는 말 같았다. 그들은 여인이 일러준 마장산을 끼고 들어갔다.

"열리열리 가서 걸리 가라니 참 자상도 하시네."

"이곳은 남녀 구분이 없는 모양일세. 각박한 살림에 격식이 다 무엇인가."

병호는 갓을 벗고 망건도 푼 채 맨상투 머리를 하였다. 사람을 만날 때마다 길을 물어 그들은 노을이 들 무렵쯤 두모동에 당도하였다. 마을은 자잘한 산으로 싸인 채 툭 트인 서북 방면으로 논밭이 갖춰져 내륙의 한적한 고장 같았다. 그곳에서 구럭을 든 아낙을 만나 송진사의 거처를 묻자 부속채가 딸린 초가를 손가락으로 짚었다. 아낙이 일러준 집에 들어서자 곰방대를 들고 마루에 앉아 있는 중년 사내와 아궁이에 불을 지피는 아낙네, 구럭에서 낙지를 꺼내 항아리에 옮겨 담는 젊은이가 보였다. 젊은이 곁에는 무언가 얻어걸리기를 바라는 누렁이가 꼬리를 흔들며 아양을 부리는데 따로 수인사할 것도 없이 눈 마주친 중년 사내가 곰방대로 부속채를 가리켰다. 지고 온 부담롱을 내던진 두 사람은 엎어질 듯 뛰어들며 스승에게 큰절을 올렸다.

"먼 길을 왔구나."

송진사는 무심한 듯하였으나 고독의 그림자가 짙었다.

"진즉 찾아뵙지 못하였습니다. 강령하신지요."

"무탈하다. 학업에는 정진이 있느냐?"

"게으름이 깊어 제자리걸음을 하고 있습니다."

병호는 부담롱을 열어 약재 꾸러미를 꺼내놓았고 희옥이는 스승을 위해 준비한 지필묵을 윗목에 간수하였다.

"그렇지 않아도 귀한 물건이라 아껴 쓰고 있는데 큰 선물을 가져왔구나."

희옥이가 내놓은 지필묵을 보자 송진사의 얼굴에 화색이 돌았다. 병호는 할머니가 챙겨준 고사리며 산나물 말린 것을 부엌의 아낙에게 건네고 주인 사내와 아들에게도 늦은 인사를 올렸다. 곧 아낙이 저녁을 내오는데 젓갈 몇 가지에 꽁보리밥이 전부였다. 미리 준비한 죽력고를 한 병은 주인댁에 건네고 잔을 올리자 평소 술을 탐하지 않던 스승이 두어 잔을 마시고 둘에게도 권하였다. 병호는 몇 년째 송진사의 사랑을 드나들었지만 끼니는커녕 누른밥 한 그릇 얻어먹은 것이 없었다. 희옥이도 마찬가지인데 스승의 젓가락이 자주 어리굴젓에 머무는 걸 알고 희옥이는 밥숟가락에 얹어주며 곰살궂게 굴었다. 상을 물리자 주인댁 아들이 관솔을 가져와 불을 붙였다.

"리기불상리(理氣不相離)는 무엇이며 리기불상잡(理氣不相雜)은 무엇이냐? 어찌하여 리와 기는 떨어지지 않으면서 섞이지도 않는단 말이냐?"

스승의 난데없는 질문에 병호는 심드렁한 얼굴이 되었다.

"기가 치우쳐 결핍되면 리를 온전히 드러내지 못하므로 주자는 리기가 분리되지 않는다 하였습니다. 동시에 리는 그저 리이기 때문에 어떤 경우라도 결핍되지 않는다 하므로 앞말과 달랐습니다. 만일 그게 개똥이면서 말똥이란 말이면 다른 것을 같은 것이라 우기는 헛소리가 되므로 논할 것이 없으며, 물똥이면서 된똥이란 말이면 그냥 똥이니 우선순위를 다툴 필요가 없을 것입니다. 반 천년을 두고도 끝이 없는 것을 왜 다시 논하겠습니까."

이런 문제로 왈가왈부하지 말자 말한 셈이지만 평소답지 않게 말이 신랄하였다.

"종지를 바로잡지 않고 어떻게 위정을 논하며 척사를 논하겠느냐?"

"무위이화라는 말이 있으니 무언가의 함이 아니라 저 창창한 생명의 기운으로 절로 그리된다는 뜻입니다. 그러니 만물이 리로부터 비롯되는가 기를 통해 발현하는가 그런 논의를 넘어선다 할 것입니다. 늦봄과 초여름을 맞춰 자를 칼은 애초에 만들지 못하는데 큰 칼을 휘두른다고 봄바람을 쓸어내겠습니까. 어찌 리와 기로부터만 찾으며 천지창조만을 고집하겠습니까?"

"대체 그 무위이화란 어디에서 온 말이냐? 노자를 말하느냐?"

"조선의 어떤 선비가 한 말입니다."

"네 이제는 삿된 무리와 어울리느냐?"

병호의 버릇없는 말에도 그냥 넘어간 송진사가 역정을 냈다. 희옥이가 눈치껏 화제를 바꾸었다.

"이곳에 오신 지 반년이 지나는데 위에서는 소식이 없는지요?"

스승이 희옥이에게 시선을 옮겼다. 상에서 덜어둔 민어껍질 무친 것이 안주였다.

"선비의 직분을 하고서 어찌 해배를 바라겠느냐. 난 이곳에서 죽을 것이다."

"민씨척족과 박규수 이유원 대감이 전면에 등장하였으니 조만간 소식이 있을 것입니다."

"박규수는 대동강에 올라온 이양선을 격침했더라도 저들과 통호할 마음을 품은 지 오래다. 왜국은 양이에 굴복하여 왜양일편(倭洋一片)으로 불리지 않느냐? 그런 오랑캐들이 황(皇)이니 칙(勅)이니 대일본(大日本)이니 망발을 일삼는데 서계(書契)를 받아야 한단 말이냐? 어찌 그를 용인하자는 박규수 같은 자의 덕을 바라겠는가?"

"저들의 서계를 한사코 반대해온 이는 대원위였습니다. 그런데 이제 박규수 대감을 중용한 것은 외교에 변화를 주겠다는 뜻이 아니옵니까? 스승님 말씀대로 개화니 자강이니 하면서 양이를 받아들이자는 사람이 박규수입니다. 그가 우의정이 된 것은 임금의 눈이 그쪽을 향한다는 뜻입니다."

병호는 대원군의 섭정을 저지한 책임이 송진사에게도 있음을 상기시켰다.

"바깥일은 뒷일이고 내부의 기강을 세우는 일은 먼저인데 그게 잘못이란 말이냐? 아들이 깨치지 못하여 첩실만 끼고돌면 간언할 일이지 아비가 대신 며느리를 취할 노릇은 아니다. 당장은 현혹되더라도 임금이 짐승의 길로 가지는 않을 것이다. 양이들의 대포가 정묘

하고 배가 기이하다 해서 심법까지 우수하겠느냐. 그들은 북방의 오랑캐와 다름없는 자들이다. 어쩌다 대포와 이양선을 가졌다 하나 하는 짓마다 남을 침범해 살육하고 빼앗는 일이니 현혹되어서는 아니 될 것이다."

병호는 더 이상 대꾸하지 않았다. 양이들에게 현혹되지 말아야 한다는 결론에는 차이가 없었지만 경로까지 같을 수는 없었다. 그러나 아직은 경로를 확고히 세우지 못해 위정척사를 깨칠 논변도 없거니와 모호한 차이나 드러내자고 스승을 찾아온 게 아니었다. 병호가 함구하는 연유를 알고 희옥이가 응대하였다.

"저들의 침공을 추호도 옹호할 생각은 없으나 어차피 밀려올 것입니다. 그러니 알고 대응책을 강구하고자 합니다."

"범을 잡겠다고 범처럼 산다면 어리석은 짓이다."

관솔불이 꺼져 세상이 칠흑으로 변하자 병호가 달빛에 의지해 술병과 잔을 치웠다. 식후면 자리에 들던 이곳 생활에 스승이 적응한 것을 눈치채고 관솔불 꺼진 것을 빌미로 자리를 파할 작정이었다. 스승의 자리를 보아준 후 밖에 나왔으나 갈 곳이 없어 서성이는 참에 주인집 아들이 함께 자자고 손을 내밀었다. 그 말이 반가워 얼씨구나 방에 들어가 한둔을 면하고 나서 날 밝는 대로 그들은 마을 뒤편 등성이에 올랐다. 소로를 따라가자 작은 모래밭이 펼쳐지며 신돌해변이라 부르는 호리병 같은 바다가 나타났다. 사장 양끝 암벽이 짐승처럼 튀어나가 시야는 좁더라도 바다는 수평선까지 틔어 있었다. 병호가 수평선을 보며 중얼거렸다.

"암만해도 스승님과는 여기까지인가부다."

"너 그거 모르니?"

희옥이는 묻고서 스스로 답하였다.

"너 스승님과 결별한 지 오래됐다."

물떼새 한 마리가 바닥을 쪼며 걸음을 뗐다. 그들이 바닷가를 배회하다가 두모동에 돌아와 무엇을 할지 무료히 서성이던 중에 주인댁 아들이 낙지를 잡으러 갈 테냐 물었다. 송진사와 맞닥뜨릴까 걱정되던 터라 곧장 잠방이 차림이 되어 아들이 건넨 가래를 들고 따라나섰다. 부엉산을 돌자 드러난 갯벌에 맨발로 들어서는 주인집 아들을 따라가며 병호가 늦은 인사치레를 하였다.

"그나저나 스승님 편의를 보아주시니 고맙습니다."

"관에서 떠넘기니 끄리고 있지 받겠다 했겠수? 관아에서 쌀말이라도 내야 하지만 어디 그럽니까? 그나마 그 집 아들이 밥값을 대니 한 그릇 더 없는 거죠 뭐."

"생활은 잘하십니까?"

"생활이 뭐 있소. 허구한 날 책 읽고 대나무만 그리는데. 천주학쟁이들은 뭐라도 밥값을 합디다만 양반님네들은 맨날 한양만 쳐다봅니다. 오죽하면 귀양다리라 하겠소."

갯벌로 접어들자 발이 무릎까지 빠져 억센 손아귀가 붙잡고 놓아주지 않는 듯하였다. 힘을 줘 비틀 듯이 발길질을 해야 발을 빼치지만 주인댁 아들은 평지를 걷듯 날아다녔다. 사내가 한곳에 머물러 둘을 기다리더니 분화구처럼 뚫린 작은 구멍을 가리켰다.

"낙지란 놈들도 숨을 쉬어야 합니다. 반드시 숨구멍이 있는데 부릇입니다. 하나만 있는 게 아니라 맞창을 낸단 말이지요. 저기 하나 더 있죠?"

사내가 처음 찾아낸 부릇을 발로 밟자 반대편 숨구멍에서 흙탕물이 올라왔다.

"요 중간쯤에 있을 거요."

사내는 가래를 푹푹 찔러 갯벌을 떠냈다. 몇 차례 그러더니 두 사람 눈에는 띄지도 않는 작은 무더기를 갯벌에 뒤집어놓자 뻘흙에 범벅된 낙지가 고물거렸다. 그것을 고인 물에 휘휘 헹궈 구럭에 넣고 그는 다시 앞으로 나아갔다. 이어 다른 부릇을 발견했는지 꾹 밟아보고는 둘에게 파보라고 일렀다. 병호와 희옥이가 마주 서서 구슬땀 흘리며 가래질을 하는데 남이 할 때는 일도 아니더니 떡살 한 가지라 딸려오지를 않았다.

"그만 파슈."

사내가 중얼거리며 다른 곳으로 옮겨갔다. 희옥이가 따졌다.

"왜 관둔단 말요?"

"벌써 도망갔소. 그리 설렁설렁 파서 될 게 뭐요. 세상천지 그런 일도 있습디까?"

"일부러 헛구멍 파게 한 건 아뇨?"

어쩐지 사내가 밉지 않아 병호는 농이랍시고 한마디 했다.

"선빕네 하는 자들은 콩으로 메주를 쑨대도 안 믿지. 둘이서 잡아보슈."

그러며 성큼 나아가버리는 것이었다. 병호가 힘없이 말하였다.
"우린 선비 아니우."

사내는 또 다른 부룻을 발견했는지 가래질을 하고는 무언가 건져 구럭에 담았다. 두 사람은 발밑을 보며 함께 몰려다녔지만 부룻인지 쥐구멍인지 아무리 눈 씻고 봐도 찾을 수 없었다. 그들이 허탕을 치고 다니자 사내가 불러 부룻과 숨구멍을 보여주고 중간을 파라며 금을 그어주었다. 머루알 같은 땀을 흘리며 가래질을 하다 말고 희옥이가 희끗한 것을 주워들었다.

"와아! 낙지다, 낙지!"

그가 꿈틀대는 것을 흔들며 아이처럼 좋아할 제 사내가 쓱 보고서,
"이거 보슈. 다리가 잘렸잖수. 이런 건 내다 팔지도 못한단 말요."

하더니 낙지를 낚아 구럭에 넣었다.

"모처럼 성공했는데 그깟 칭찬을 아낀단 말이우?"

"선비가 스승한테 칭찬을 받아야지 갯것한테 듣는단 말요? 어제는 된통 당하더만."

"그냥반이야 칭찬을 꾸중으로 하시니까."

"나도 방금 칭찬한 게요."

희옥이와 사내의 하는 짓거리를 보자니 어느덧 동무가 돼버린 듯하였다. 물때가 되어 사내가 구럭을 반 넘어 채울 동안 희옥이가 건진 건 세 마리요, 병호는 두 마리였다. 그들은 사월포 우물에서 흙을 씻고 수확한 낙지 일부를 탁주와 바꿨다. 세 사람은 그날 밤 다리 잘린 것을 안주 삼아 날 새는 줄 모르고 마셨다.

"저 작자 일하는 것을 보니 우린 아모짝에도 쓸모가 없네그려. 초막을 달아낼 제도 그러더니."

소피보러 간 사내를 희옥이가 턱짓하였다.

"넌 농사일을 하느라구 까맣게 탔잖아. 우리에겐 우리의 일이 있겠지."

이튿날부터 두 사람은 스승을 피해 주인댁 아들과 낙지를 잡거나 뭍에 나가는 배에 흥정하는 모습을 구경하였다. 주인집 아들은 그들이 떠나올 때 눈물을 글썽이며 손을 흔들었다. 무안에 도착한 그들은 이태 전에 병호가 무장의 과장에서 만났다는 선비를 찾아갔다. 별시에 응했는지 묻자 사내는 같은 일이 반복되는데 어찌 관주를 받겠느냐 혀를 찼다. 돌아오는 길에 성밭마을에 들르자 기범이는 새로 알게 된 다금발이의 소식을 건넸다. 태인 현감이 바뀌고 관아 안팎이 정리된 후 변방 어느 고을의 관노로 박혔다는 소식을 들었다는 것이었다. 그러나 그곳이 어디인지는 알 수 없다고 하였다.

여름이 가고 가을이 오면, 1874

그해 늦여름에 병호는 숙영의 양부모 댁에서 혼례를 올렸다. 혼인을 하면 일 년 정도 처가 살림을 하게 되지만 숙영이 하루빨리 소금실에 가기를 원하므로 그는 한 달만 머무를 예정이었다. 병호뿐 아니라 동무들에게도 그즈음엔 경사가 생겼다. 김기범은 성밭마을 처자에게 장가를 들어 서당이 있는 장씨 집과 처가를 오가며 지냈고, 송희옥은 다시 태기가 있다 하여 제가 낳을 것도 아니면서 딸을 낳겠다 큰소리쳤다. 그들 또래들은 배필을 만나고 가정을 꾸리면서 전과 다른 문양을 체득하고 있었다.

그 무렵 필상은 경허스님이 말한 정선 적조암으로 철수좌를 찾아갔지만 몸져누운 그이가 정신까지 오락가락하여 소득 없이 귀향하였다. 그러다 다금발이의 일을 겪고서 허겁지겁 집에서 나와 다시 적조암을 찾아갔으나 철수좌가 입적한 직후였다. 하지만 그곳에서 사십구일 기도를 드렸다는 도인과 그를 따르는 사람들이 나타나 장례를 주관하므로 내처 기거하며 성심껏 일을 도왔다. 처음에는 필상이 누군지 몰라 경계하던 그쪽 사람들이 장례를 겪으며 사람이 근실한 것을 깨닫고, 더욱이 동학사 강백의 소개로 찾아왔다는 말을 듣더니 그제는 데데한 태도를 누그러뜨렸다. 봄바람이 불면 산간의 잔설이야 속절없이 녹아내리는 법이라 사람 간에도 경계가 허물어지자 피차에 살아온 내력을 터놓는 처지가 되었다. 이필제와 영해 관아에 함께 들었다는 도인은 머리가 휑하니 넘어가는 중이지만 수염이 짙고 풍신이 좋았으며 심한 경상도 사투리를 썼다. 전국을 주유한 필상으로서도 알아듣기 어려울 정도였으나 그를 모시는 인사들 못지않게 차츰 따르는 마음이 생겨 그이가 스승으로 섬겼다는 경주의 문건 작성자에 관해서도 말을 얻어들었다. 특히 그 문건을 썼다는 경주의 선비는 남원 덕밀암에도 머물렀다는 것이니 여차하면 미리 연이 생겼을 법도 하였다. 필상은 머물러 기도하고 간구하면서 더 높이 오르기보다는 훨훨 날아 세상사 낮은 곳에 끼어들려는 사람이라 영해의 일로 지목에 시달리는 그들의 잠행과 극진한 수행 방식을 수이 받아들이기 어려웠으나 큰 줄기에는 찬동하였다. 철수좌의 장례를 마친 후 그네들이 단양에 있는 도솔봉 밑으로 거처를 옮길 적에도 동행하면서 도에 관해 질문을 던지고 서학의 논의들로 슬며시 통겨주곤 했었던 것이다. 그편에서 먼저 논지를 꺼내지 않을 수 없게 풀무 돌리듯 바람을 불어넣었다고나 할까. 마침내 초여름이 되어 그 도인이 간직한 문건을 직접 열람하게 되었는데 원문을 보니 병호의 말대로 전에 것은 하나가 아니라 두 건이었다. 경주 선비의 글은 동학사에서 얻은 것 외에도 한자로 된 두 건이 더 있었으며 한시는 헤아리지도 못할 만큼이었고 내방에서 주로 작성되는 언문 가사가 다수 포함돼 있었으니 필상의 소득에 병호 일행은 환호성을 터뜨리지 않을 수 없었다.

한 달간 처가살이를 하게 된 병호는 기범이나 희옥이의 몫까지 새로 구한 문건을 필사하겠다 자청하였다. 그가 온종일 틀어박혀 무언가를 필사하자 한서는 어렵더라도 언문은 곧잘 쓰므로 양모에게 살림을 익히는 틈틈이 숙영이 일을 도왔다. 그녀는 필사를 하다가 궁금한 것을 묻곤 하였는데 말을 빠르게 알아들었으며 병호는 아는 것을 설명하고 의견을 밝히면서 어슴푸레하던 것들을 스스로 정돈하였다.

"서방님, 앞의 내용 중에 '개벽 후 오만년의 네가 또한 첨이로다' 하는 구절이 있습니다. 이때의 개벽이란 세상 만물이 생겼을 때와 사람이 처음 생겨난 경우 중 어느 쪽인지요?"

"어느 쪽이면 어떻습니까?"

"방금 이런 구절이 나와서 그럽니다. '십이제국 괴질운수 다시개벽 아닐런가'. 세상이 난리 속이니 한 차례 더 개벽이 되어야 한다는 말이겠지요. 그렇다면 세상천지야 기왕 있으므로 바위와 숲을 따로 만들자는 건 아닐 테지요. 사람이 생긴 후 만들어진 온갖 풍정이며 제도를 뿌리로부터 다시 세우자는 뜻 아닐까요?"

세필을 벼루에 받친 병호의 눈에서 갑자기 도깨비불이 일었다. 그의 눈이 깊고 뚜렷한 것을 아는 숙영인데도 이때는 안광이 무서웠다.

"그런 말이 있습니까?"

"있습니다. 한 번 개벽하여 오만 년을 지냈지만 이리 시끄러우니

다시개벽을 하자는 뜻인가 합니다. 그러면 이 다시개벽은 절로 이룩될까요, 누군가의 힘으로 이룩될까요?"

병호가 고민하던 일을 숙영은 단칼에 베고 들어왔다. 그가 바싹 다가앉았다.

"그 구절 좀 봅시다."

숙영이 필사하던 곳을 내밀자 그는 손가락으로 짚어가며 살폈다.

"처음 듣는 말이라 깊이 궁리하고 동무들과 의논해야겠습니다."

"고민을 하신 지 좀 된 것 같은데 동무들과 의논을 합니까?"

"그들과는 같은 길을 가는 사람입니다. 의논해야지요."

"그 길이 어느 길입니까?"

병호가 문서를 치우며 그녀를 보았다.

"아직 모릅니다."

"같은 길을 간다 하지 않았습니까?"

"같이 찾고 있다는 말이지요."

"처음 이야기를 꺼낼 때는 눈이 무서웠습니다. 번개가 쳤지요."

"이제는 달라졌습니까?"

"지금은 탐심으로 게슴츠레합니다."

"바로 보았습니다. 남보다 늦었으므로 벌충해야지요."

병호는 다짜고짜 달려들어 그녀를 안고 넘어갔다. 저고리 고름을 당기자 섶이 열리면서 속저고리가 드러나고 속고름을 풀자 속적삼이 나왔다. 상의를 벗기고 치마를 푸는데 너른바지가 나오고 단속곳을 해결하자 다시 바지와 속속곳이 나왔다. 평시라면 그렇게 차릴 까닭이 없으나 새색시라 양모가 차려주는 대로 끼어 입은 모양이었다.

"단단히도 차렸구려. 앞으로 한두 가지는 덜어냅시다."

"빤히 보지 마십시오. 부끄럽답니다."

"부끄럼이 어째서요. 저도 부끄럽습니다."

마지막으로 다리속곳을 벗겨내 알몸이 되자 병호도 허겁지겁 옷을 벗었다. 이불도 깔리지 않은 맨바닥에서 그러는데 한지가 발끝에 채여 구겨지며 찢어졌다. 초야를 치르고 합치기를 반복할수록 몸이 열리면서 숙영은 비로소 온전한 여인이 된 것 같았다. 여기에 아이가 태어나면 사고무친처럼 살다가 모든 것을 이루게 될 것으로 생각되었다. 양부모가 내놓고 구박은 안 하지만 그들과 한 몸이란 생각을 해본 적이 없었다. 같은 손길이라도 몸으로 낳은 자식과 제 몸에 닿는 체온이 다름을 느낄 뿐이었다. 하지만 병호와 살을 나눌 때 비워진 한곳이 가득 채워지면 온전한 따스함으로 허전한 자리가 훈훈해졌다. 돌출과 함몰이 딱 맞아 조여진 이런 순간이야말로 이 남자가 어떤 거리도 없는 내 것이란 실감에 숙영은 몸을 떨었다. 더욱이 소금실 신방은 안방과 바람벽 하나를 맞댄다 하니 이곳에서나마 병호가 원하면 언제든 몸을 열어줄 작정이었다. 어려서 어머니를 여읜 병호도 깊은 곳이 빈 것을 잘 아는지라 숙영은 더욱 힘주어 그를 안았다.

"어서 아이가 들어앉으면 좋겠습니다."

일을 마치고도 병호는 몸에서 나가지 않았다.

"잠깐 기억을 놓쳤습니다. 아까 그 말…… 다시개벽이었지요?"

병호가 딴 소리를 하자 숙영이 조금 뾰로통해졌다.

"서방님은 내내 그 생각을 하였습니까?"

"아닙니다. 몰두하였습니다. 끝나고 든 생각입니다."

"전 끝나지 않았습니다. 서방님이 나가고도 땀구멍이 다 오므라지기 전까지는요."

"또 혼나는군요."

"저를 말씀드리는 겁니다. 사내란 바깥에 눈을 주므로 아시라고 알려드립니다. 전 서방님을 더 빨리 알게 될 테지요."

그때 발자국소리가 가까워지다가 멀어졌다.

"들었지요? 저녁상 준비하자고 왔을 겝니다. 일어나십시오."

그녀가 가슴을 밀었지만 그는 떨어지지 않으려고 힘을 주며 속삭였다.

"조금만, 조금만 더……."

개다리소반에 경서를 두고 책장을 넘기는 것이었으나 병호의 신경은 아까부터 안방에 모아져 있었다. 종정마을을 떠나 소금실에 들어온 지 한 달쯤 지나면서 숙영은 이쪽 생활에 몸이 익어갔다. 기창은 집에 머물며 약초꾼과 심마니가 가져온 약초를 의원에게 방매하고 산삼 같은 귀한 물건은 대갓집에 주선한 뒤 원주인이 찾아오면 대금을 지불하였다. 숙영은 약초를 간수하는 기창을 돕고 물건을 가져오는 사람에게 술상과 밥상을 차려냈다. 지금도 진산에서 왔다는 약초꾼에게 밥상을 들여 주었는데 그가 나타나면서부터 병호의 신경은 온통 그쪽에 가 있었다.

"지금쯤 식사가 끝나가는 중일 겝니다."

약초꾼에게 용무가 있음을 알고 숙영이 일러주었다. 병호는 윗목에 쌓인 책을 들추더니 찾는 물건이 없자 죄 들썩여보는 것이었다.

"찾는 게 이것입니까?"

반짇고리에서 작은 복주머니를 찾아 내밀자 병호의 얼굴에 안도의 기색이 비쳤다. 숙영은 안방에 숭늉을 넣어주고 밥상을 들어 내왔다. 약초꾼이 밖에 나서자 병호가 부리나케 뛰어나와 배웅하는 척 따라붙더니 한참이 지나고도 돌아오지 않았다. 약탕기를 들어 물을 짜낸 후 숙영이 소반에 담아 안방에 들여가자 기창이 장씨를 일으켜 앉혔다. 약사발을 비운 장씨의 입에 감초를 넣어주자 우물거리다 뱉겠다는 시늉이라 손을 내밀어 받았다. 기창은 무뚝뚝하여 며느리를 보고도 좋은지 싫은지 말이 없었고 음식이 맞는지도 내색하지 않았다. 그러나 장씨는 실망하는 낯이 역력했으며 숙영의 키가 병호보다 컸기 때문이었다. 말수는 적지만 약초꾼을 대하는 기창의 태도를 통해 그녀는 시아버지의 성품을 보았고, 지아비와 며느리를 일찌감치 떠나보낸 채 하고 많은 외로움을 감내하고도 불우한 처지를 원망하지 않는 장씨에게서는 시가의 품격을 보았다. 미리 준비한 탱자 가시로 물집을 다스리고 감발을 치던 병호로부터 절로 기대하게 되던 집안의 모습 그대로였다. 다른 것은 없고 처음에는 조금씩 기동하던 장씨가 자리보전한 것만이 그녀는 아쉬웠다.

"할머님, 다리 주물러 드릴까요?"

그녀가 다가앉자 기창이 자리를 물렸다. 몸이 밭아 뼈만 도드라진 장씨가 특히 무릎 때문에 고생하는 것을 알고 그쪽을 어루만졌다.

"우리 애기는 손이 커서 어쩜 이리도 아프고 시원한지 모르겠구나."

"좀 살살할까요?"

"아니다. 딱 좋다. 내가 손을 보아야 눈을 감을 터인데."

"네 할마님, 밤낮으로 노력하겠습니다."

장씨가 검버섯 핀 얼굴에 미소를 머금었다.

"시할미도 있고 시아버지도 있는데 부끄러운 말을 편히도 하는구나."

그 말에 숙영이도 배시시 웃었다.

"앞으로는 숨겨서 말하겠습니다."

"아니다. 넌 그래서 시원하고 이쁘구나. 손이 귀한 집이다. 집안을 일으켜라."

"할마님만 털고 일어나시면 여럿을 낳아드릴게요."

장씨는 가는 코를 골며 잠이 들었다. 기창이 숙영을 따라 마루로 나서며 물었다.

"네 보기에 요즘 병호는 어떠하냐? 학업에 매진하느냐?"

소반을 든 숙영이 잠시 망설이다가,

"어쩌면 아버님…… 출사에 뜻이 없는지도 모르겠습니다."

하고 말하자 내색하지 않으려고 하는데도 기창의 낯이 어두워졌다.

"알았다. 일 보아라."

기창이 측간으로 향할 때 병호가 싸리문을 열고 들어섰다. 저녁을 준비하여 안방에서 기창과 병호가 겸상을 하고 죽을 쑤었으나 장씨는 두어 숟갈밖에 뜨지 못하였다. 가을인데다 산골이라 기명을 치우자 이내 어둠이 내려왔다. 장씨와 기창에게 저녁 문안을 한 병호는 등불에 기대어 필사한 문건을 읽고 있었다.

"아까 그 주머니는 그분 것이 맞지요?"

"그이가 흘리고 간 물건입니다. 지난봄에 챙겨두었는데 이제야 전해드렸습니다."

"그분은 천주학쟁이죠?"

"그런 듯합니다."

"한데 무슨 말을 그리 긴히 하셨습니까?"

병호가 시선을 들고 웃었다.

"제 일을 다 알고 싶으십니까?"

"말씀하지 않으면 모르지요. 하시만 천주학은 집안의 목숨 전부가 걸린 일이니 엄중하지요. 그런 사람과 긴한 이야기를 나누는데 어찌 몰라도 된다 하십니까?"

병호는 반박하지 못하고 오후에 있었던 일을 일러주었다. 묵주가 든 주머니를 건넸을 때 뒤가 켕겨 고심했던지 약초꾼의 얼굴에는 단박에 화색이 돌았다. 병호는 조선에 들어온 서양 신부가 있거든 대면케 해달라 청하였고, 사내는 병인년 이후 모두 물러갔다 들었지만 내막은 알기 어렵다 난색하였다. 서학에 관심을 두었던 터라 이치에 닿거든 무리에 들겠다며 한 차례 더 간곡하게 당부하자 기회가 되거든 연락하겠다며 사내는 돌아갔다는 것이었다.

"정말 천주학에 들 생각입니까?"

"옳은 길이면 그리 해야지요."

숙영은 반닫이에 개어놓은 이불을 꺼내 깔았다.

"할마님께선 속히 손을 보자 하십니다."

"그래도 좀 이르지 않습니까?"

그때 뒤안에서 급히 뛰어가는 짐승의 발자국 소리가 들리는데 백구가 분명하였다. 아까부터 장태 쪽에서 닭이 수런거리더니 무슨 낌새가 있는 모양이었다. 백구가 낮게 으르렁대는 소리를 낸 후 대숲 쓸리는 소리가 쏴아아 일어났다. 그러다 일시에 멈추므로 숙영이 다시 덮는 이불을 내오는데 백구의 성에 받친 소리가 들려왔다. 그저 위협이나 해보는 소리가 아니라 뭔가 사생결단할 때나 내는 소리였다. 안방 문 열리는 소리에 이어 밖으로 뛰쳐나간 병호가 짚단에 불을 붙여 뒤안에 달려가 보니 살점이 너덜거리는 백구의 등짝에서 피가 흘러 털에 배었다.

"아가, 된장을 가져오너라. 병호는 오징어 뼈를 빻아오구."

기창이 백구의 등짝을 손으로 막았고 숙영이 부엌으로 달려가는 사이 관솔을 밝힌 병호는 갈무리해둔 오징어 뼈를 돌확에 빻았다. 기창이 상처를 들춰 뼛가루를 뿌린 다음 된장을 두툼히 얹고서 동여맬 것을 가져오라 하자 숙영이 미리 마련해둔 어린애 기저귀를 가져왔다.

"산짐승도 배가 고팠던 게지. 삶이란 놈이다."

기창은 기저귀로 백구의 몸을 감아 마루 밑에 깔린 짚검불에 눕혔다. 처치를 하였으니 지혈이 되면 소생할 것이요, 그렇지 않으면 어려워진다는 말에 기창과 병호가 방에 들고도 숙영은 자리를 뜨지 못하였다.

"몇 마리 내주고 말지 어찌 목숨을 건단 말이냐?"

그녀가 중얼거리자 녀석은 꼬리를 흔들었으나 사람과 한가지로 앓는 소리를 냈다. 조각 이불을 덮어주고 방에 들자 병호가 일렀다.

"책임감이 강한 놈이오. 내 집을 침범하는데 누군들 목숨을 걸지 않겠소?"

백구의 앓는 소리에 그날은 식구들도 잠을 이룰 수 없었다. 그러나 지혈이 잘 되었을 뿐 아니라 먹성도 좋아 하루 이틀 시간이 지나자 백구의 상처는 탈 없이 아물어갔다. 반면에 선선한 기운이 돌면서부터 장씨의 환후가 심상치 않았는데 어쩌다 기운을 차려 이야기를 나누다가도 이튿날은 코에 바람이 드는지 살펴야 할 정도였다. 곡기를 넘기지 못해 몸피도 자꾸 오그라들었고 정신이 맑은 날도 목소리는 엥엥대기만 해서 무언가 빠져나가는 모습이 눈에 보이는 듯하였다. 외출을 삼간 기창은 밤낮으로 숙영이 달여 오는 약과 묽게 쑨 죽을 장씨의 입에 흘려주었다. 움직임이 자유로워진 백구는 털갈이를 하느라고 사방에 털을 날렸으나 장씨가 모습을 보이지 않아 그런지 힘이 없고 시무룩해진 날이 많았다. 닭 뼈 같은 건 으득으득 씹어 삼킬 만큼 식욕이 왕성했지만 남기는 양이 많아졌고 사람 먹는 것을 그대로 내줘도 식탐을 부리지 않았다.

"혈색이 안 좋구나. 어디 불편하냐?"

백구의 밥그릇을 살피는 숙영에게 하루는 측간을 나온 기창이 물었다.

"괜찮습니다."

그러자 기창이 마루에 앉으며,

"좀 앉아보거라."

하고는 옆자리를 가리켰다. 그녀가 엉덩이를 걸치자 손을 내미는데 진맥을 하자는 뜻이었다. 시아버지라고 내외할 숙영이 아닌지라 소매를 추켜 내밀자 맥을 고르는데 따뜻하였다.

"집안에 식구가 들었구나."

무언가 내려앉으며 가슴이 울렁거렸다.

"할머니께서 누워계시니 네게 신경 쓸 여력이 없다. 몸을 보하는 약을 처방할 테니 달여 먹도록 해라. 하고 할머니에게 무슨 일이 닥치더라도 크게 상심하지 말고 몸부터 챙기거라."

"네."

"병호랑 함께 들어오너라."

숙영이 병호를 찾아 안방에 들자 자주 갈아입히건만 옷에 밴 지린내와 내장 상하는 냄새가 진동했다. 장씨는 골격만 또렷할 뿐 검버섯이 무성하고 머리카락도 한 움큼씩 빠져 두피가 드러나 보였다. 그래도 소리는 알아듣는지 식구들이 대화를 나누면 주름살이 움직일 때도 있었다.

"어머님, 손자며느리가 할 말이 있다 합니다."

기창은 말을 해놓고 숙영을 보았다. 숙영의 성격이면 직접 밝히게 해도 상관없다고 여긴 모양이었다.

 "할머님, 아이가 태어난다고 합니다. 어서 털고 일어나세요."

 숙영의 말에 장씨의 얼굴이 움찔하더니 이불이 들썩였다. 숙영이 얼른 손을 감싸자 그녀는 드물게 평온한 얼굴이 되었다. 장씨가 잠든 후 기창이 나가보라고 하여 병호는 윗방에 건너가고 숙영은 잡곡에 고구마를 넣어 저녁을 지었다. 다른 날은 식구들 수발이 끝나야 부엌이든 어디서든 남은 음식으로 끼니를 채우지만 기창이 같이 먹자 하여 그날은 셋이 한 상에서 밥을 먹었다. 부엌일을 끝내자 병호가 미리감치 이불을 펴면서 누울 채비를 하였다.

 "너무 이르지 않습니까?"

 숙영이 지난번 병호의 말을 그대로 돌려주자,

 "당분간은 어두워지면 누울까 합니다."

 하고 그가 먼저 자리에 들었다. 숙영은 속속곳 차림으로 옆에 누웠다.

 "왜 아무 말도 안 하십니까? 맥을 짚던 아버님은 대번에 화색이 돌던 걸요."

 "모르겠습니다. 어리둥절합니다."

 "그게 다입니까?"

 "가슴에 돌덩이가 놓인 것 같고 세상이 좀 무서워졌습니다."

 그의 손이 속적삼 안에 들자 숙영이 몸을 틀어 젖꽃판을 내주었다. 그의 손길이 젖꼭지를 쓸더니 움직임을 멈췄다.

"무슨 생각을 하세요?"

"이야기했던가요? 동무가 옥에 갇혀 있다구."

"했었지요."

"부인께서 가슴을 내어줄 적에 생각났습니다. 필부필부가 세상사는 재미를 말하면서 남정네가 손을 내밀면 못이기는 척 가슴을 내준다 하였지요. 혼인도 안 한 처지로 그는 어찌 알았을까요?"

사이를 두다가 숙영이 한숨을 쉬었다.

"겪었으니 알겠지요."

안방은 고요하고 그들 젊은 부부가 나직이 속삭이는 동안 마을을 둘러싼 산중에서 맹금 우는 소리가 끊이지 않았다. 네발짐승 우는 소리도 들리고 바람에 밀려 일어서는 댓잎이 서걱거렸다. 바깥에서 들리는 가지각색 소리를 들으며 깜빡 잠에 떨어진 숙영이 새벽에 군불을 지피러 나설 때까지 안방에는 불빛이 남아 있었다. 그녀가 나서는 기척에 기창이 병호를 깨워 들어오라고 일렀다. 둘이 안방에 들었을 때 장씨의 숨은 더욱 가늘어져 이미 끊어진 것이나 진배없었다. 기창은 아버지와 아내의 임종을 곁에서 지킨 사람이라 누구보다도 상태를 뚫어보는 듯하였다.

"병호와 아기가 왔습니다."

기창이 장씨의 귀에 속삭인 후 병호가 무릎걸음으로 다가들며,

"할머니, 병호입니다. 어서 쾌차하셔야지요. 할머니······"

하면서 끝내 말을 잇지 못하였고 숙영이도 입을 열어 말하였다.

"할머님, 조금만 더 견디세요. 조금만 더요."

하지만 말한 보람도 없이 장씨는 긴 숨을 몇 번 쉬더니 동틀 무렵 움직임을 멈췄다. 기창이 코끝에 손가락을 대보고는 어머니를 외치며 곡을 하였고 병호와 숙영이도 있는 대로 울음을 울었다. 마을 굴뚝에 연기가 오르자 기창은 부음을 알리고 동리 총각 몇에게 먼 곳으로 소식을 전해 달라 당부하였다. 마을 사람들이 마당에 솥을 걸고 음식 장만에 손발을 맞출 무렵 한술 뜨고 가는 남원 약초꾼 편에 병호는 성밭마을에 기별을 넣었다. 해가 뉘엿해져 기범이가 나타나고 밤이 깊어 필상이 찾아왔으며, 이튿날 동틀 무렵엔 희옥이가 달려들어 한바탕 곡부터 풀어놓았다. 그날 해가 중천에 오르자 억구지까지 나타나 일을 돕고 심부름도 하더니 해질녘쯤 전주에 간다며 길을 나섰다. 그 무렵 억구지는 전주 남천교 앞에 기범이가 마련한 셋방에 살다시피 하면서 옥에 갇힌 박치수를 수발하였다. 원래 사죄는 세 번 계복(啓覆)하는데 관찰사가 차사원(差使員)을 정하여 수령과 조사하게 하고 두 번째는 차사원 두 명을 정하여 심리하고 마지막에는 관찰사가 직접 심문하였다. 전주영장의 도움으로 그 과정을 늦추긴 하였으나 나라에서 암행어사를 보내 대원군 세력을 축출할 적에 김시풍 역시 떨리게 되어 기범이네로서도 이제는 달리 방도가 없었다. 이미 관찰사가 옥안(獄案)을 작성하여 계문(啓聞)하였다 하므로 박치수는 벌써 저승에 발 하나를 얹어둔 꼴이었다. 더욱이 행형은 추분과 춘분 사이에 실행되기 때문에 추분 지나면서 기범이와 억구지의 신경은 통째 전주에 가 있었다.

이튿날 소식을 듣고 친척들이 조문을 왔으며 오후에는 송진사의 맏아들이 상가에 찾아왔다. 기창은 조문하는 사람들에게 예를 갖추고 송진사의 맏아들에게는 차일 아래까지 내려와 아버지의 안부를 물었다. 이미 이런 날이 있을 줄 알고 수의를 마련하는 일부터 조문객을 맞는 일, 그리고 장지에 이르기까지 어긋남 없이 준비했던 터여서 장례는 숙연한 가운데 순조롭게 진행되었다. 유족의 입장에서는 애간장이 녹아도 장씨는 명대로 살다 가는 편이니 사람들은 호상이라며 안도하였고 상가 곳곳에 윷판과 고누판이 벌어졌다. 병호의 동무들은 사람들 대접하는 일에 소홀함이 없었으며 술이 과해 큰 소리를 내거나 싸움이 벌어지면 뜯어말리고 윽박지르기도 하면서 질서를 잡았다. 장지는 집에서 멀지 않은 뒷산으로 정하였으며 이번에도 병호의 동무들이 상여를 멨다. 하관을 할 적에는 기창의 당부에도 숙영이 어찌나 애잔하게 곡을 하는지 눈시울을 붉히는 자가 많았다.

"집에 가거든 백구 좀 달래보십시오."

산에서 내려올 때 숙영이 부은 눈으로 병호에게 일렀다.

"먹을 게 그렇게나 많은데도 굶고 있습니다. 이러다 식구가 또 나가겠습니다."

병호와 기창은 조문객을 맞느라고 미처 알지 못하던 일을 숙영은 혼자 알고서 애를 태운 눈치였다. 친척 몇이 기창과 방에 들고 병호의 친구들은 멍석에 상을 차렸다. 숙영이 고깃국에 말아준 밥을 병호가 들고 가자 백구는 꼬리를 흔들더니 앞발에 얼굴을 묻었다. 병호가 밥그릇을 밀어주며 사정하였으나 눈만 끔벅이고는 미동도 하지 않았다. 그 실랑이하는 모습에 조문객들이 사람 못된 것보다 몇 곱절 낫다고 칭찬했지만 백구는 눈을 감아버렸고 병호는 밥그릇을 놓아둔 채 동무들 곁으로 물러났다. 지난여름 혼례를 치를 때 같이 만나 신명을 낸 후로 동무들이 다시 모이기는 이번이 처음이었다. 필상이 구해온 문건을 병호와 숙영이 필사해 나누어주었으나 그때도 따로 담론을 한 적은 없었다. 소원해졌기 때문이 아니라 이제는 새로운 생활 속에 제각기 들어가 있었기 때문이었다.

백구는 이튿날도 밥을 먹지 않았다. 기창이 사정해도 듣지 않고 병호가 타일러도 꼬리만 간신히 흔들었다. 밤늦은 시간이면 백구를 달래며 애원하는 숙영의 목소리가 안방과 작은방 문지방을 넘었지만 끝내 음식을 마다하더니 장씨의 장례를 치른 지 닷새 만에 녀석은 눈을 감았다. 가족들은 장씨의 무덤 곁에 백구를 묻었다.

병호네 식구는 각자의 생활로 돌아가 기창은 찾아오는 사람을 맞고 출타도 하면서 약재를 넘기거나 대갓집을 찾아 귀한 물건을 거래하였다. 병호는 다시금 방에 들어앉았으며 숙영은 살림하는 틈틈이 약재를 관리하고 손님을 맞았다. 다른 날과 다름없이 필사해온 것을 뒤적이던 병호가 싸리울 너머에서 건너다보는 사내를 보고 마루로 나섰다.

"뉘십니까?"

"원정마을 사는데 기범이 성님이 좀 나왔으면 한대서……."

무슨 말인지 알아듣고 병호는 기창에게 며칠 출타한다는 허락을 얻었다. 혼인한 뒤에 기창은 병호의 일에 별반 의견을 붙이지 않았다. 기창에게 허락받는 것을 토방에서 엿들은 숙영이 옷을 챙겼다.

"예를 차리는 길이 아닐 터이니 오래 입어 낡은 것을 꺼냈습니다."

"그간 어찌 살았는지 까마득합니다. 혼자만 너무 복되게 삽니다."

병호는 전주에 나왔으면 한다는 기범이의 소식을 듣고 감영에 회보(回報)가 도착한 것으로 추정하였다. 회보가 내려오면 대략 사흘 안에 형을 집행하므로 이제는 모든 것이 끝난 셈이었다. 구절재를 내려와서 원정마을 사내는 필상이라는 사람과 같이 왔으면 한다는 김기범의 말을 전한 뒤 매장할 자리를 마련한다며 엄재로 올라갔다. 박치수는 사죄를 범하고 죽는 판이라 일족의 반대로 선산에 들지 못하게 되자 기범이가 숯막 가까이 매장하자고 하여 논의를 매듭지었다는 것이었다. 거야마을에 당도한 병호가 전주에 가자는 뜻을 밝히자 말뜻을 알아들은 필상이 금방 낯을 흐렸다. 밤중에나 떨어지니 먼저 요기를 하자면서 그는 안채에 밥을 재촉하였다.

"노상 외지에 나가시고 집에 있을 젠 사냥을 하시더니 이번엔 어딜 가십니까?"

필상의 아내가 상을 내오는 행랑어멈을 따라와 물었다.

"일이 그렇게 되었습니다."

"사돈 서방님께선 언제나 진사에 오르시는지 궁금합니다."

불똥이 병호에게 튀었다.

"면목 없습니다."

"내 전주에 다녀오거든 부인 곁에 딱 붙어 있으렵니다. 모처럼 아우가 와서 밥을 먹는데 체하겠소."

"남정네들이 바깥에 관심을 두는 것이야 당연한 일이지마는 무엇을 보고 계신지 몰라 그럽니다. 뜬구름을 보시는지 허공을 보시는지. 하여튼 두 분 서방님, 잘 다녀오십시오."

그녀가 물러간 후 둘은 배를 채우고 길을 나섰다. 금구 현성을 지날 무렵 해가 넘어가더니 전주 남천교에 이르자 성 안팎이 조용하였다. 언제 출발했는지 희옥이는 먼저 와서 억구지까지 셋이서 탁주를 마시는 중이었다. 땀 흘리고 온 필상과 병호가 기갈을 면하고 나자 기범이는 회보가 도착했다는 소식을 전하면서 밝거든 마지막으로 박치수 얼굴이나 보자고 일렀다. 어차피 길게 술판을 벌일 기분도 아니어서 일찌감치 자리에 들었다가 이튿날 먹을거리를 들고 중진영을 찾아가니 초관은 수가 많다고 꿍얼거렸다. 김시풍이 물러난 뒤 분위기가 바뀐 것을 아는 기범이가 얼른 몇 닢 쥐어주자 그제야 입이 들어가는 것이었고 번을 서는 옥졸들도 그간 받아먹은 게 있어 순순히 문을 열었다. 송사에 말려 옥에 갇힌 경수들은 기범이와 억구지가 지나갈 적에 벌써 먹을 것이 들어온 줄 알고 뒤를 따르는 사람들이 과연 술통개며 보자기를 들고 있자 은인 만난 듯 눈을 번득거렸다. 박치수는 하옥된 지 일 년이 넘어 행수까지는 아니어도 고참인데다 기범이네가 정을 베풀어 칼과 차꼬를 풀고 지냈다. 그러나 옷을 갈아줘도 몸은 씻을 수 없고 마당 웅덩이에서 피부 질환까지 옮겨붙어 문둥병 환자처럼 흉측하였다. 기범이가 오늘은 다른 손님과 같이 왔다고 일행을 소개하였다.

"아우님, 잘 있었는가? 인사가 늦어서 송구하네."

필상이 나서서 안부를 전하자 박치수의 얼굴이 대번에 어두워졌다.

"성님과 동무들이 한꺼번에 온 걸 보니 이제는 이곳을 나갈랑갑소."

기범이와 억구지가 칸칸이 떡과 먹을거리를 넣어주는 사이 병호는 박치수에게 잔을 권하였다.

"쭈욱 드시게. 예 있는 줄 번히 알면서 이제야 왔네. 숯막을 달아낼 적에 함께 힘쓰고 놀던 일들을 요샌 떠올리곤 하지."

박치수가 흉한 얼굴에 이를 드러냈다.

"혼인했다는 말 들었네. 내가 있었으면 발바닥을 요정 내 첫날밤도 못 치렀을 게야."

"한 잔 더 하시게. 우리는…… 어찌할 방도가 없네."

"나 하나 어떻게 해주는 건 달갑지 않으이. 홧김에 벌인 일도 아니고 이리 될 걸 알고도 행한 일이라네. 다금발이나 찾아내시게."

"치수야, 치수야……."

그때 희옥이가 나서서 고개를 끄덕이며 울었다. 울음이 그치기를 기다려 박치수가 말하였다.

"필상이 성님이나 동무님들, 난 내가 한 일을 후회하진 않으나 뭔가 더 보람된 일을 했어야 하지 않나 생각하군 합니다. 이제 와서 다 무슨 소용이냐 싶다가도 자꾸 그런 생각이 든단 말입니다."

"그 일이 무언지 우리가 궁리함세."

필상이 치수를 위로하였고 병호가 덧붙였다.

"이보게 치수, 자네는 그토록 평범하게 살 사람이 무언가에 난도질당하자 가장 크게 분노한 사람이네. 난 혼인을 하고서야 평범한 사람살이의 귀함을 알게 됐지. 어찌 작은 일인가? 잊지 않겠네."

그때 옥졸이 다가와 사정하였다.

"자자, 그만 하십시다. 이젠 김시풍 영감도 자리에 안 계신단 말이우. 남은 술은 우리가 전할 게니 두고들 가시우."

전주영장 김시풍이 그 떠르르하다는 자리에서 잘려 나간 판이라 옥졸들은 괜히 눈치가 보이는 모양이었다. 생각 같아서는 한소리 빽 지르고 싶지만 하루라도 박치수의 신간이 편했으면 하는 마음에 기범이는 고분고분 물러서며 당부하였다.

"괜히 훌쩍거리고 그러지 말어."

그런 기범이에게 나졸이 한 차례 더 그만하자 채근하였다. 기범이가 내일 또 오겠다 이르면서도 아쉬워져 뒤를 돌아보고 다른 사람들도 걸음이 떨어지지 않아 못내 미적거리는데 박치수는 칸살을 잡고 형형한 눈으로 지켜보았다. 중영을 나와 남문밖시장 술집을 전전하는 그들에게선 누구 건들면 초상 치를 줄 알라는 무시무시한 분위기가 풍겼다. 점심나절에 시작된 술자리가 어둠이 내려 숙소까지 이어졌지만 아무리 마셔도 취기가 오르지 않아 그들은 꼴딱 새고 새벽녘에야 고꾸라졌다. 그러다 부르는 소리에 눈을 비비던 기범이가 문밖의 나졸을 보고 주저앉아 대성통곡을 하자 잠을 깬 억구지와 희옥이도 덩달아 목을 놓았다.

"나장들도 인정이 있는지라 시간 끌지 않고 쉬 끝냈습니다."

그들이 울음 그치기를 기다려 나졸이 쓴 입맛을 다셨다. 원래 대역죄가 아니면 아무리 살인죄를 범해도 교형에 처하는 법이지만 밧줄을 당기는 나졸도 사람 보아가며 빨리 끝내기도 하고 늦춰가며 고통을 주는 경우가 많았던 것이다.

"그는 지금 어디 있습니까?"

"시신 두는 칸에 있는데 세 번 검시한 후 숲정이로 내갑니다. 해 떨어지거든 후문에 와서 인수허시우."

"울지는 않았소?"

"다른 사람보다 잘 견딥디다."

이제는 박치수를 수발하느라고 일 년 남짓 몸 붙이던 방과도 이별이라 사람들은 챙길 것을 챙겨 손수레에 실었다. 오후부터는 중영 후문으로 가서 기다리는 동안 시신을 인수하러 온 다른 일행과 사연을 나누기도 하면서 문이 열리기를 기다렸다. 어둠이 내리고도 한참 후에야 박치수를 포함해 몇 구의 시신이 마차에 실려 나왔다. 시신을 인계받아 손수레에 싣고 거적을 덮은 후 한바탕 울고 나서 그들은 입을 꾹 다문 채 싸전다리를 건넜다. 가파른 흑석골 대신 꽃밭정이를 지나 구이동에 이르자 끌던 수레를 놓고 억구지가 백부자네에 불을 지르겠다며 난동을 부렸다. 기범이와 필상이까지 나서서 말리는 사이 이번에는 병호와 희옥이가 번갈아 수레를 끌었다. 오르막이 시작되자 억구지는 제가 하겠다며 다시 수레를 잡았고 나머지가 땀 흘리며 민 끝에 숯막에 도착하자 동이 텄다. 언제 마련했는지 숯막에는 관과 수의가 준비되어 있었다. 박치수의 집에 연락하면 부모는 몰라도 형제들이 올 것이므로 염은 그때 할 작정이지만 억구지와 기범이는 치수의 낡은 옷을 벗겨 얼굴이며 몸을 젖은 천으로 닦았다. 그 일을 마치자 원정마을 사내가 탁주를 내왔지만 먹은 것이 부실하여 다들 한두 잔에 얼굴이 불그데데해졌다. 억구지가 골짜기를 향해 비칠비칠 다가서더니 갑자기 외쳤다.

"박치수가 죽었다! 내 친구 치수가 죽었다아아!"

목소리가 메아리로 돌아올 즈음 그는 퍼질러 앉아 큰 소리로 울었다. 원정마을 사내도 곁에서 함께 우는데 황소 두 마리가 우짖는 것 같았다. 그 모습을 보며 물기 어린 눈으로 기범이가 말하였다.

"저 봐. 사랑이 얼마나 위험한지."

병호가 잔을 들고 말하였다.

"많은 사람을 사랑하는 건 더 위험하구."

"그렇지. 그렇다고 안 할 수가 있나."

기범이는 억구지와 원정마을 사내가 있는 곳으로 달려가 함께 울었다. 그 모습에 희옥이도 비칠비칠 울었고 필상과 병호는 괜히 잔을 들며 눈을 끔벅거렸다.

박치수를 매장한 지 사흘째 되는 날 낯선 사람이 소금실에 찾아와 기범이의 말을 전하였다. 연락받는 즉시 숯막으로 와달라는 것이었다. 무슨 일인지도 모르면서 병호가 한나절을 좋이 걸려 숯막에 갔더니 지난번 박치수의 관이 놓인 자리에 새로 관이 놓여 있었다. 관을 안고 중년의 아낙과 아들쯤의 남정네가 꺽꺽대며 곡을 하는데 미리 와서 기다리던 기범이가 다가왔다.

"치수가 죽은 다음 날 백부자네로 팔려간 여인이 친정에 와서 목을 맸다누만. 백부자네는 시신을 인수하지 않겠다 하고, 여인의 집에서도 난감하게 여긴다길래 또 나설밖에. 박치수 옆에 자리 하나를 더 만들자 했네. 깨 팔러 가서야 저것들은 부부가 되누먼."

박치수의 무덤 옆에는 억구지와 박치수의 동생이 파토를 해놓았다고 하였다. 얼마가 지나자 필상이 찾아오므로 병호는 들은 말을 그대로 전하였다. 봉상까지는 연락하기 힘들어 희옥이는 참석하지 못하였지만 박치수 때와 마찬가지로 이번에도 동무들끼리 관을 묘혈에 안치하였다. 여인의 어머니가 울다 실신하자 오라비가 숯막에 업고 가는 사이 남은 사람들이 흙을 붓고 떼를 입혔다. 어쨌거나 두 기의 무덤이 숯막 인근에 만들어졌는데 박치수 옆에 여인을 매장하고 나자 사람들은 돌덩이를 내려놓은 듯 홀가분해졌다.

봄아
왔다가 가려거든,
1875

봉상 송희옥의 집에는 필상을 위시한 네 사람이 그윽한 봄밤을 즐기고 있었다. 박치수를 보려고 전주 중영을 찾아간 이래로 이들이 다시 모인 것은 이때가 처음이었다. 물론 따로 스치거나 짬을 내 얼굴 맞댄 적도 있기는 하였다. 자은도에 유배된 송진사가 일 년 삼 개월 만에 해배되어 병호와 희옥이는 인사차 종정마을을 찾은 일이 있었고, 필상이 『영언여작(靈言蠡勺)』이라는 서양 선교사의 책을 구해와 기범이가 먼저 필사하고 기범이의 것을 병호가 필사하므로 제각각 대면도 하였던 것이다. 필상이 구해온 『영언여작』은 몇 년 전 토론까지 벌인 『천주실의』의 핵심 내용을 다루는데 저쪽 사람들이 아니마라 일컫는 영혼 문제를 통찰하였으며 정약용과 이익 등 당대의 석학들에게도 영감을 줬다는 책이었다. 특히 식물이나 짐승에게는 없는 영혼을 논하기 위해 명오(明悟)라는 개념을 동원해 정신작용과 천주의 존재를 설하는 내용이라 난해할 뿐 아니라 미심쩍은 대목도 적지 않았다. 하지만 네 사람이 따로 만나 그에 대하여 토론을 한 것은 아니었다. 함께 논하지 않아도 이제는 저쪽 논변을 어느 정도 알아듣게 된데다가 저마다 새로운 생활에 적응하느라고 말미를 내기 어려웠던 탓이었다.

병호의 혼례에 참석해 큰소리를 치더니 희옥이는 정말 딸을 낳았고, 기범이는 서당과 지금실의 살림집을 오가는 외에 남원의 산포수들과 연을 더하고 있었으며, 필상은 다금발이의 행적을 수소문하는 한편 단양의 도인들을 만나면서 시절을 나는 중이었다. 소금실로 옮겨간 병호는 꼼짝없이 박혀 지냈는데 『영언여작』이며 필사한 문건을 소처럼 새김질하더니 어느 날은 모조리 불태워 익은 참외 꼭지가 절로 떨어지는 형국으로 몸을 가벼이 한 뒤 불러오는 숙영의 배를 쓰다듬는 재미로 살았다. 그런 그들이 작정하고 모인 것은 서양 신부와 만날 기회가 생긴 탓이었다. 서양 신부 두 사람이 미사를 주관하고 세례 행사에 참석할 예정이라는 진산 약초꾼의 전갈에 병호가 서둘러 연통을 넣었던 것이다. 이들은 희옥이의 처가 차려낸 술상을 두고 근황을 확인한 뒤 갑자기 데면데면해져 지루한 술자리를 이어가고 있었다. 매일같이 몰려다닐 적에는 말들이 샘솟았지만 만남이 뜸해지자 이야기 한바탕이 끝나면 입들이 무거워졌다. 마침내 견디지 못한 기범이가 잔을 탁 놓으며,

"이거 뭐 사돈댁처럼 어색하구려. 늙는 게유?"

하는데 사람들이 조용히 웃었다.

"기범이 아우와 병호 아우는 자식도 못 봤는데 그새 늙으면 쓰나?"

"그런데 이 분위기가 뭐냔 말요?"

"그럼 공동으로 할 얘기를 하나 꺼내보시게."

"제기럴, 언제나 그건 내 몫이구려."

기범이는 남은 잔을 비웠다.

"서양 신부를 만나는 길이니 『영언여작』이야기나 해봅시다. 식물에겐 생혼이 있고 짐승에게는 각혼이 있고 사람에게 영혼이 있다는 말은 『천주실의』에도 나옵니다. 그런데 생혼과 각혼은 식물과 동물의 몸체에서 생겨 몸이 사라지면 사라지지만 사람에게 머무는 영혼은 천주가 창조한 것이므로 사라지지 않는다 하였지요. 그런데 이 책에서는 명오의 작용을 좀 더 논하였고, 이쪽의 리기논쟁과도 비슷했습니다. 그간 리가 우선이냐, 기가 우선이냐, 함께 가느냐 떠들었는데 그러고도 답을 얻지 못한 유자들이 명오며 생혼 각혼 관계에 눈이 휘둥그레졌다잖소. 정다산도 그랬답니다. 하지만 이들의 문제는 언제나 천주로 귀착되므로 무위이화와는 반대였습니다."

희옥이가 안주를 우물거리며 기범이의 말을 받았다.

"책을 읽을 제는 모르겠더니 기범이가 설명을 하니 뚝딱 이해가 되네그려. 말도 어렵고 이야기를 끄는 방식도 이쪽과 달라서 나는 영 읽기가 사납더구먼. 게다가 모든 논의가 천주로 귀착되니 이제는 무슨 이야기가 어떻게 마감될지 짐작이 돼버립디다. 그보다도 지난번 필상 성님이 단양에서 얻어온 문건에 관해 의견을 듣고 싶습니다. 경주 선비가 썼다는 문건 가운데 그 불연기연(不然基然) 말입니다. 알 것 같다가도 모르겠고, 모른다 싶으면 또 알 것 같더란 말이오. 그것이 그렇지 않다는 것과 그것이 그렇다는 것인데 작것, 누가 말 좀 해 주시구려."

"그 글은 쉬우면서도 어려웠지."

필상이 맞장구 치자 기범이가 설명하였다.

"그것이 그렇다는 기연은 경험이나 감각을 통해 확인할 수 있는 것들입니다. 내가 아버지 어머니의 아들이란 건 틀림없는 사실이잖소. 아버지가 할아버지와 할머니 아들이란 것도 물론 알지요. 그러니 이건 기연입니다. 그런데 끝까지 거슬러 가면 도통 모르게 된단 말입니다. 불연이지요. 서학에서는 불연의 자리에 천주를 두지 않습니까? 하지만 천주를 운위할 게 아니라 불연도 기연을 통해 상고할 수 있다는 것입니다. 기연으로부터 헤아려 근본을 탐구할 수 있으니 만물이 만물되고 근본이 근본되는 이치를 어찌 불가하다 하겠는가 (於是 而揣其末 究其本 則物爲物 理爲理之大業 幾遠矣哉) 하는 구절이 그것이지요. 그러니 저쪽 서학의 논변을 뒤집는 말이 아니고 무엇입니까."

"훈장님이라 그런가 기범이의 설명은 어찌 이리 쏙쏙 박히는지 모르겠네."

희옥이는 농을 하더니 말을 이어갔다.

"헌데 난 이런 뜻도 있는 거 같더란 말이우. 기연은 우리가 겪어 아는 것이니 그렇다 치고 불연은 지식의 한계로 미처 알 수 없는 것들이니 바득바득 알겠다고 끙끙대지 말고, 천주가 만들었느니 어쨌느니 그런 헛소리도 하지 말자고 말입니다. 알 수 없는 것을 아는 척하다 보면 혹세무민하게 되니 허황하고 허황하다, 이렇게 말입니다."

필상이 웃으며 고개를 끄덕였다.

"그 말도 맞다고 보네."

"이봐, 병호. 자넨 왜 꿀 먹은 벙어리여? 요새 까마귀 고기를 삶아 먹었나?"

아까부터 웃기만 하는 병호에게 희옥이가 퉁바리를 하였다. 병호가 술잔을 들다 말고 입을 열었다.

"우리가 언제부터 이렇게 진지해졌는지 모르겠구려. 이러다 어느 순간 나라 엎을 궁리로 넘어가는 건 아닌지 모르겠소."

자리가 어색해지자 기범이가 손을 휘휘 저었다.

"사내 넷이 모였는데 나라 엎을 궁린들 못하겠는가? 하지만 우선은 자네 의견이나 말해보란 말일세."

병호가 다시 웃었다. 그새 코밑수염이 짙어지고 턱에 난 수염도 가시처럼 굵었다.

"난 동무님들 의견이 다 맞는 것 같소. 그런데 경주 선비의 글 중에 언문으로 쓴 것은 그 취지가 놀라웠소. 이쪽이든 저쪽이든 마땅찮은 구석이 있으면 우리 손으로 해결하자는 뚝심 말이외다. 그래 언문을 쓰지 않았겠소? 헌데 말이오, 남의 글이나 읽는 일에 요즘에는 좀 싫증이 납디다. 글이란 세상에 관한 것인데 세상을 코앞에 두고 언제까지 글줄만 바라본단 말이오? 새벽길 나서기 전이니 눈이나 좀 붙입시다."

"이 자가 장갈 들더니 역모 소릴 하질 않나, 자자 하질 않나……. 날을 새도 부족할 판에 잠이라니. 집에선 안자고 무얼 한단 말인가?"

"무얼 하긴 이 사람아, 마누라 엉덩이 두드리지."

"늦게 배운 도둑놈 날 새는 꼴 아닌가. 한심한 일이로세."

진지한 논의를 주고받다가 병호를 안주 삼으니 금세 분위기가 화기애애해졌다. 농을 건네고 핏대를 세우다가 술이 떨어지자 다시 눕자는 소리가 나오는데 코골이가 심한 희옥이는 마누라 곁으로 가라고 기범이가 등을 밀었다. 새벽녘에야 잠이 들었지만 누군가 길 떠나자 보채는 바람에 눈을 떠보니 동창이 희읍스름하였다. 희옥이의 처가 챙겨준 떡과 마실거리를 챙겨 그들은 고산 현내면을 돌아 불명산에 올랐다. 개떡과 소주로 요기한 뒤 천등산 탄치를 넘고 대둔산을 우회하여 진산 지경에 접어들자 땅금이 내려왔다. 뫼골을 질러 약초꾼이 일러준 돌매기마을 초가에 들어서며 사람을 부르자 집주인이 나와 어디에서 왔느냐, 누구를 보러 왔느냐 경계하면서 물었다. 병호가 약초꾼 이름을 대면서 태인에서 왔다고 이르자 그제야 주인은 오항골을 찾아가라 일렀다.

"그놈 겁은 되우 많구려. 오항골을 찾아가면 또 어느 골짜기로 가라고 뺑뺑이 돌릴지 어찌 알겠수? 썩을 놈들!"

종일 걸어 피곤한 기범이가 마을을 돌아보며 씨부렁거렸다. 길은 어둠에 묻히고 그믐께라 별만 한가득인데 대둔산 쪽에서 낮게 우릉대는 범의 포효가 들려왔다.

"어매, 저것은 귀신인가 도채비인가?"

희옥이가 왔던 길을 가리켰다. 다들 돌아보매 짐승의 눈빛 같은 것이 아래위로 꺼떡거렸다.

"뭬야? 범인가?"

"허위대는 멀쩡해가지고 무슨 겁이 그리 많누. 저건 초롱이 아닌가?"

짐승이라면 두 개인데 필상의 말마따나 불빛은 하나였고 위아래로 흔들리는 것은 사람이 걸을 때마다 그리 되는 일이었다. 가까이 왔을 때 보니 초롱을 든 사람은 오항골을 찾아가라 일러주던 돌매기 마을 사내였다. 기범이가 볼멘소리로 물었다.

"우리가 기찰포교 끄나풀인지 감시하러 오슈?"

"아무래도 오항골을 못 찾을 것 같아 나왔습니다. 따라오십시오."

사내를 따라 골짜기를 돌고 났을 때 초롱이 샛길로 내려섰다. 모퉁이를 돌자 산이 열리면서 십여 호 남짓한 초가가 나타났다. 마을은 칠흑에 잠겨 있었으나 딱 한 군데 불빛이 깜박이는 곳으로 사내가 길 안내를 하였다. 그들이 마당에 들어서자 방문이 열리고 소금실에 드나들던 약초꾼 얼굴이 나타났다. 그가 맨발로 뛰쳐나와 일행을 맞고는 아내를 재촉해 찐 감자를 내오게 했다. 네 사람이 허기를 면하자 밝거든 그때나 신부를 보자고 약초꾼이 제안하였다. 신부들은 인근 마을 신자에게 세례를 하고 공동체마을에서 미사를 드리느라고 지쳐 있다는 것이었다.

날이 밝자 약초꾼이 길안내를 하는데 마을에는 통기가 되도록 골조만 세운 헛간이 여러 동 늘어서고 연초 잎이 매달려 있었다. 그중 안쪽 초가로 그들을 인도한 약초꾼이 기다리던 주인 사내와 눈인사를 건네더니 헛간 문을 열었다. 다른 헛간과 달리 기둥 사이가 수숫대로 채워지고 멍석이 깔린 것으로 보아 회합을 하기 위해 따로 마련해둔 장소인 듯하였다. 어둠에 눈이 익자 헛간 중간에 서 있는 갈색 머리와 금발의 색목인이 보였다. 길을 나설 때는 상복 차림에 삿갓을 쓴다지만 두루마기를 걸쳤는데도 입어본 가락이 있는지 복색이 몸에 잘 맞았다. 약초꾼이 양편을 소개하였다.

"인사들 나누시지요. 이쪽은 전주와 태인에서 온 선비들입니다."

필상과 병호와 기범이는 선 채 허리를 굽혔고 희옥이만 손을 모아 합장하였다.

"이쪽은 마르땡꼬 신부님, 이쪽은 리샤르 신부님!"

소개를 받은 금발의 마르땡꼬 신부가 조선말로 인사를 건넸다.

"안녕하십니까? 반갑습니다."

"허허, 조선말을 잘 하십니다."

김기범의 말에 리샤르 신부가 잔잔히 웃었다.

"전 조선에 온 지 사년 됐고 마르땡꼬 신부님은 벌써 오 년째입니다. 조선의 말뿐 아니라 글도 읽을 수 있지요."

수인사를 통해 필상이네는 마르땡꼬 신부가 서른다섯이요, 리샤르 신부는 서른넷이란 사실을 알았다. 타국에서 풍상을 겪은 탓인지 이마의 주름은 밭고랑 같고 머리도 반백에 가까웠다.

"저희는 형제님들께서 천주학에 관심을 둔다 들었습니다. 질문하면 답변 드리겠습니다."

자리에 앉은 금발의 마르땡꼬 신부가 말문을 트자 이쪽에서는 연장자인 필상이 나섰다.

"이렇게 뵙기를 허락해주시니 몸 둘 바를 모르겠습니다. 신부님들께서는 불란서라는 나라에서 왔다고 들었는데 이 먼 곳까지 나와 어찌 죽음을 불사하는지 오래 전부터 궁금하였습니다."

마르땡꼬 신부가 알아들었다는 듯 고개를 끄덕였다.

"최고선이야말로 완전한 만족이기 때문입니다. 최고선은 오로지 은총을 통해서만 얻을 수 있습니다. 이 최고선을 얻으면 천사와 비슷해지고 천주와도 비슷해집니다. 지상의 유일한 복음을 알지 못해 비참한 지경에 처한 사람들에게 복음을 전하는 일이 어찌 참삶이 아니겠습니까? 최고선을 찾으면 만복을 만날 것이요, 설령 그를 위해 죽더라도 영생을 얻을 것입니다. 그래서 천주를 받들어 섬길 것을 전교하는 것입니다."

마르땡꼬 신부는 흡족스러운 미소를 지었다. 마르땡꼬 신부와 구레나룻이 유사한 송희옥이 입을 여는데 둘은 체구며 얼굴까지도 닮은 듯하였다.

"불교는 바깥에서 만들어졌지만 들어와서 비판받고 검토되었으며 조선의 다른 것과 합쳐지고 백성과 고락을 함께하면서 우리 것이 되었습니다. 유학도 들어온 지 천년이 넘었고 조선에서는 국시로 여겨지고 있습니다. 하지만 여항의 백성들은 논의에 참여하지 못하므로 어떤 것은 억압으로 느껴지기도 합니다. 그러니 시간이 더 필요할지도 모르겠습니다만 그렇더라도 이것들은 상고로부터 내려온 우리 것을 바깥으로 밀어낸 측면이 일견 있었다 봅니다. 그런데 신부님들은 또 하나의 학을 심어 이제 다른 모든 것들을 똥 친 작대기 취급하게 할 작정입니까?"

"물론 조선에는 불교와 유교와 도교도 있다고 들었습니다. 그러나 국가에서 금지함에도 많은 백성이 어찌 천주학에 들겠습니까? 천주학은 천주님 한 분이 있을 뿐 그분 아래서는 누구든 평등하기 때문입니다. 길 가던 양민은 양반을 만나면 꿇어 엎드립니다. 불교와 유교와 도교가 있지만 어찌하여 그런 귀천을 두는지요. 백성들 사이에서 천주학이 번져가는 것은 그런 이치가 있는 것입니다."

마르땡꼬 신부는 진중하였으며 목소리가 묵직하였다. 이번에도 미소를 지었는데 진지하게 듣던 필상이 입을 열었다.

"하면 이양선을 타고 와 대포와 총을 쏘면서 약한 나라를 위협하는 것은 신부님들 뜻과 상관없는 일인지요? 반상과 신분을 따지는 고루함보다 총포를 쏘아 약한 나라를 굴복시키는 일이 더 훌륭한 일인지 저는 모르겠습니다. 신부님 나라의 이양선이 강화도를 침략할 적에 그곳에 있었습니다. 그때 이양선에 동승하여 길 안내를 맡은 사람이 불란서에서 건너온 신부와 조선의 신자였습니다."

"조선이 교인을 핍박하고 신부를 사형시켰기 때문에 그를 응징한 것입니다. 신부는 천주를 대신해 하늘의 질서를 전파하는 신의 대리인입니다. 그런 신부를 사형시킨 것은 하느님을 모독한 일이기 때문에 그리 된 것입니다."

그 말에 곰방대를 어루만지던 기범이가 나섰다.

"기왕에 천주 얘기가 나왔으니 묻겠습니다. 천주는 창조의 주인이고 모든 것을 주재한다는데 그가 있다는 것은 어떻게 알 수 있습니까?"

이는 기범이가 집요하리만치 관심을 두었던 문제 아닌가. 기범이의 질문에 답변을 하고 나선 것은 리샤르 신부였다.

"자, 모닥불을 피운다고 가정해봅시다. 모닥불이 피어나기 위해서는 장작이 있어야 되겠지요. 그러나 장작은 스스로 자신을 태우는 물건이 아니라 불에 탈 수 있는 가능태일 뿐입니다. 이 가능태가 현실태로 바뀌기 위해서는 그것을 가능하게 하는 다른 현실태가 있어야 합니다. 무언가 활활 타는 불쏘시개가 있어야 하지요. 하지만 불쏘시개라고 해서 스스로 타오를 수는 없습니다. 역시 어떤 가능태로부터 현실태가 된 것이라야죠. 그렇기 때문에 그 가능태와 현실태 사이엔 다른 현실태가 있어야 하고, 그것은 또 어떤 가능태로부터 시작되어야 합니다. 이렇게 끝없이 소급하면 무엇이 남겠습니까? 어디선가는 무엇으로부턴가 시작돼야 하지 않겠습니까?"

리샤르 신부의 푸른 동공이 기범이를 주시하였다. 이는 엊그제 그들이 언급한 불연기연과도 연관된 말이므로 무슨 뜻인지 알면서도 기범이는 궁금한 척 물었다.

"그게 무엇입니까?"

"사람들은 그것을 신이나 천주라 부르지요. 전지전능한 하느님이 있어야겠지요."

"그렇습니까? 그렇다면 그건 누가 보고 와서 일러주었습니까?"

"그건 누가 보고 온 것이 아닙니다. 인간의 이성을 통하여, 이성을 명오라고도 하지요? 바로 그 이성을 통한 추상능력으로 추론할 수 있지요."

"우리도 『영언여작』을 읽었습니다. 그 책에서도 명오를 통한 그런 능력을 아니마라 하여 소중히 언급하였더군요. 그러나 변설이 훌륭하고 말에 빈틈이 없어 보여도 절대자라는 하느님이 실상 속에는 없으면서 이야기 속에만 살아있다면 말짱 도루묵입니다. 신부님이 방금 하신 담론은 말의 결과로 신이 있다는 것이지 그 말의 결과와 상관없이도 신이 있다는 뜻은 아니잖습니까? 변설과 상관없이도 하느님이 있으려면 이 세상 모든 실상의 결과로도 하느님은 있어야 합니다. 저 새싹과 꽃눈 틔우는 하느님을 수많은 사람이 보아야 하지만 그런 일은 없지 않습니까. 현실에서는 모습을 드러내지 않은 채 말의 결과로만 있을 뿐이니 신은 사람의 말 속에만 있는 것입니다."

"그렇지 않습니다. 현실의 결과가 예수 그리스도입니다."

"거기까지 가면 나도 할 말이 있으니 끝이 없을 겝니다. 남녀의 교접 없이 태어났다는 문제에 대해서도 의문은 많으니까요. 믿으라고 하시겠지만 우린 믿을 수 없습니다. 그러니 이는 끝이 없는 문제입니다. 끝이 없으니 결론이 날 일도 아니요, 믿거나 안 믿거나 할 뿐이지요. 쉬 끄덕거려지지 않는 일을 굳이 믿으라고 이곳까지 와서 고생을 하시니 신부님들이라면 믿게 할 무언가를 내놓을까 하여 달려온 것입니다. 하지만 여전히 미진한 문제로 남을 듯합니다."

괄괄하던 기범이가 이때는 예를 갖춰 휴전하자고 제안한 셈이었다. 그러는 사이 약초꾼이 꿀물을 가져와 갈증 나던 사람들이 달게 들이켰다. 대화가 중단되자 짝을 부르는 새들의 지저귐이 멀리서 들려왔다. 안에서는 사내들 열기가 후끈하지만 바깥의 소리는 나른하고 그윽했다. 필상이 한 마디 하라고 눈짓해서 병호로서도 나서지 않을 수 없었다.

"아까 이양선과 총포 이야기가 나왔습니다만 그밖에도 서양에는 신기한 기물이 많다고 들었습니다. 그런데 그 기물을 만든 학문이 천주학인지 다른 학문인지 궁금합니다."

지금까지와는 다소 다른 질문에 마르땡꼬 신부가 입을 여는데 머리카락뿐 아니라 눈썹과 손등에 난 털 역시 노란빛이었다.

"서양에는 천주학만 있는 게 아닙니다."

"무엇이 더 있는지요?"

"사물을 궁구하여 이치를 깨닫고 기물을 발전시키는 학문이 있는데 과학이라고 번역하더군요."

고개를 끄덕이며 병호가 물었다.

"그러면 그 과학이라는 학문은 천주학과 관련 없는 별개의 학문인지요?"

생각을 가다듬는지 마르땡꼬 신부가 미간에 주름을 모았다.

"관련이 없다고 할 수는 없지요. 과학의 기저에는 천주학과 상통하는 맥락이 있으니까요. 우리가 살고 있는 세계는 불안정하고 따라서 불완전합니다. 나쁜 사람도 있고 죄악을 범하는 사람이 있는 것만 봐도 알 수 있습니다. 하지만 하느님에 의해 축조된 위쪽 세계는 완전무결하며 어떤 상황에서도 흔들리지 않는 불변일 뿐 아니라 영원무궁합니다. 그걸 천국이라 해도 되고 이데아라고 한 학자도 있지요. 천상에 그와 같은 세계가 있다면 사물에 관하여도 완전하고 불변인 체계가 있다 믿어 서양에서는 오래도록 추구하였습니다. 그리하여 수리학 같은 걸 발전시켰답니다. 수리학이야말로 완전하고 불변한 것이니까요. 바로 그 완전하고 불변한 세계에 대한 열망이 탐구로 이어지고 그를 과학이라고 말하는 것입니다. 과학이 서양의 저 기물들을 만든 원동력입니다."

"알겠습니다. 필요하다면 우리는 과학이라는 학문을 또 궁구해야 겠군요. 그런데 완전과 불변을 추구한다는 학문으로 저 서양은 무엇을 하고 있습니까? 이양선에 군사와 대포를 싣고 와 총포를 쏘며 남의 것을 빼앗고 생명을 도륙하니 결국엔 해적질을 위한 학문이 아닙니까? 해적질에 사용되는 학문을 완전하고 불변한 것이라 한다면 하늘에 있다는 저 하느님 나라는 해적의 나라가 아니고 무엇입니까? 지금은 해적질을 일삼는 서양의 기물과 학문이 높아 보이므로 성쇠(盛衰) 가운데 성함을 얻은 듯하지만 그 목적이 이웃을 파괴하고 남을 약탈하는 일이면 궁극에 가서는 인간마저 멸살하려 들 것입니다. 어찌 그런 학문과 체계를 완전하고 불변한 것으로 칭송만 하겠습니까? 이는 재앙이 될 것이요, 저와 여기 있는 동무들은 아무리 사람 사는 편리를 도모한다 할지라도 무작정 찬동하긴 어렵습니다."

"그것은 그 체계를 사용하는 사람의 문제지 체계 자체의 문제는 아닙니다. 그러니 더욱 천주의 뜻을 받들어 완전한 세계를 추구해야지요."

"신부님! 조선에는 전지전능한 하느님에 의해 천지가 창조된 게 아니라 무위이화를 주장한 선비도 있었습니다. 노자께서도 무위무

불위(無爲無不爲)라 하였으니 크게 다르지 않겠지요. 우주에 가득한 생명의 기운으로 뭇 생령이 절로 생성되고 변화하며 소멸한다는 뜻입니다. 아까의 그 모닥불 얘기만 해도 그렇습니다. 벼락이 나무에 떨어져 불이 붙는 이치는 신의 움직임이 아니라 천기에 의해 절로 이룩되는 일입니다. 이 우주의 그러한 법칙과 생명의 기운을 그러므로 하느님이라고 할 수도 있겠지요. 이는 천주학에서 말하는 하느님과는 다릅니다. 이쪽의 하느님은 우주의 순환원리와 하늘과 땅이며, 저 숲이나 강과도 같은 것, 그것들이 생성되고 변화하며 순환하는 이치입니다. 따라서 사람은 그 속에 살아가는 한 부류로 역시 변화하고 순환하는 하늘의 이치를 담고 있으니 곧 하늘이며 다른 무수한 것들과 세상을 나눠 쓰는 종자입니다. 아까 신부님께서 천주학은 천주님 한 분이 계시며 그분 아래에서 모두가 평등하다 하였습니다. 그러나 천지를 만들어낸 천주가 따로 있는 게 아니라 무위이화한다면 천하의 만생령은 모두 동등합니다. 천주님과 아래의 층하가 별도로 있는 게 아니라 완전히 동등한 것입니다. 그러니 우리는 사람이 아니라고 해서 내 마음대로 할 수 있다는 오만한 생각을 하지 않습니다. 어찌 생김새가 다르다고, 나와 생각이 다르다고, 앞선 기물을 조금 덜 가졌다고 도륙하고 핍박하겠습니까? 하지만 서양의 하느님은 무엇이든 쥐락펴락할 수 있는 자라서 인간의 생명이나 저 숲과 강도 쥐락펴락할 수 있다고 볼 뿐 아니라 나 아닌 것은 무작정 배척하여 적으로 돌려버리는 것입니다. 말로는 하느님을 말하지만 실상 하늘의 이치는 없고 오로지 무한의 힘과 권능을 가졌을 뿐입니다. 오직 그것을 믿고 세상을 도륙하는데 이게 단지 기물을 운용하는 사람의 문제일까요? 조선의 식자들 중에는 개화라 칭하면서 서양의 기물에 현혹되어 무엇이든 그게 옳다고 믿는다지만 우린 꼭 그런가 의심하고 있습니다."

약초꾼이 땅벌 집을 헐었는지 기름 둘러 볶은 오빠시 애벌레를 담아왔다. 희옥이네는 젓가락질이 분주하였지만 엄두가 나지 않는지 노랑머리 마르땡꼬 신부는 눈살을 찌푸리고 리샤르 신부는 고개를 틀었다. 주전부리를 집어먹던 필상이 젓가락을 놓았다.

"불란서 군대가 강화도를 침범한 까닭은 죄 없는 신부를 사형시켰기 때문이라고 하셨지요? 그들은 응징이 아니라 수레에 조선의 재산을 바리바리 싣고 떠났습니다. 그 군사의 길안내를 맡은 게 서양의 신부요, 조선인 신자였습니다. 성경이라 일컫는 책에는 주옥같은 말씀이 수록돼 복음이라 한다지요? 그런데 신부님과 서양 사람들은 그 책을 백성에게 나눠준 후 조선을 통째 빼앗을 속셈은 아닌가 묻고 싶습니다. 이 나라와 그 책을 바꾸자고 말입니다. 우린 그게 두렵습니다."

리샤르 신부가 정색하며 손을 흔들었다.

"우리도 과학의 결과에 대해서는 우려하고 있습니다. 조국 프랑스에서 그를 신봉하는 이들이 혁명을 일으켰을 때 많은 신앙인들이 반대한 이유가 그것입니다. 그러니 아까 선비님이 말씀하신 우려와 상통하는 면도 있다 하겠지요. 우리는 복음을 조선과 바꾸자고 온 게 아닙니다. 그건 하느님의 뜻이 아닙니다."

그 말을 듣고 희옥이가 리샤르 신부 쪽으로 몸을 기울였다.

"말씀은 그리 하시지만 실로 그런 일이 벌어지면 신부님께선 어찌 하시렵니까?"

희옥이와 눈을 마주친 리샤르 신부는 망설이다가 입을 열었다.

"그렇게 된다면 아마도 저는…… 천국에 못 가겠지요."

그러자 연초를 태우다말고 기범이가 익살스레 말하였다.

"에구구, 있는지 없는지도 모르는 천국에 가고 못가는 일로 책임을 진다면 우리로선 답답한 노릇입니다."

"천주께서는 인자하십니다. 천주께서는 사랑을 가장 귀하게 여기십니다. 그런 일은 결코 생기지 않습니다."

말이 끊어졌다. 길은 합쳐질 기미를 보이지 않았고 그를 확인한 끝이라 필상이네는 더 이상 질문하지 않았다. 이것은 설득의 문제가 아니라 뼛속까지 채워진 관습과 믿음이며, 물러서면 삶의 근거가 허물어지는 벼랑 끝 같은 것이었다. 어색한 침묵이 흐른 후 마르땡꼬 신부가 입을 열었다.

"오늘 조선의 훌륭한 선비님들을 보았습니다. 처음 조선에 왔을 때 저는 이 나라를 비웃었습니다. 미개하다고 얕잡아보았지요. 하지만 죽음도 두려워하지 않는 참 신앙인을 많이 만났습니다. 그리고 오늘 젊은 선비님을 보면서 이 말을 꼭 해야겠다 생각했습니다. 조선에 대해 품었던 제 오만한 생각을 용서해주십시오."

그는 앉은 자리에서 허리를 숙였다. 답례로 이편에서는 필상이 응대하였다.

"저희 이야기가 듣기 거북하기도 하였겠지요. 말을 하다 보니 그리 되었습니다. 모쪼록 반가운 사람들이 있는 고향에 속히 돌아가시길 빕니다만 조선에 계시는 동안이라도 무탈하십시오."

필상과 동무들이 자리에서 일어나자 신부들도 털고 일어섰다. 밖으로 나온 기범이네를 보고 약초꾼이 점심을 하고 가라고 청하였다. 하지만 해 안에 돌아가려면 서둘러야 한다며 일행은 오항골을 빠져나왔다.

"생각은 달라도 저 신부라는 자들의 의연함만은 놀랍네그려. 죽음도 초탈해버린 힘이 어디서 나오는지 궁금하면서도 두렵구먼."

괴목동천을 건널 무렵 필상이 말하였고 기범이가 피식거렸다.

"그래도 그렇지, 제 나라에서나 믿으라면 되지 궁상맞게 저게 뭡니까? 다 꿍꿍이가 있단 말입니다. 저들은 아니라고 손사래 치지만 정말 그렇게 믿는다면 저들도 속구 있는 겁니다."

봉우리 하나를 돌고 나서 병호가 탄식하였다.

"그나저나 과학이라는 더 무서운 괴물이 나타난 모양입니다. 이러다 그것이 또 다른 서학이 되어 세상을 억압하는 건 아닌지 모르겠습니다."

"그러니 이양선까지 넘어설 세상을 만들자 했던 게라구."

"그를 보국안민이며 다시개벽이라 하지 않았나?"

"글을 쓴 선비도 보국안민과 다시개벽을 말만 하지 정확한 실상은 말하지 못하는데 어찌 알고 만든단 말인가."

"남녀 교접을 누가 써놓아서 아는가? 까짓것, 우리가 쓰지."

그들은 갑자기 헤퍼져서 수다를 떨어가며 남으로 내려왔다.

물때에 맞춰 큰 배는 하구로 가고 지금은 수위가 낮아져 나루에는 광양 땅을 오가는 거룻배만 행객을 기다리고 있었다. 오백 리를 흐르며 추령천 보성강 등을 끌어들여 강은 폭이 넓고 건너편 산천이 아득하였다. 구례를 지나 하동에 이르면 모래가 고와져 섬진강은 모래내로 불렸으며 두치강이라고도 하였다. 그곳 두치진 나루에서 조금 떨어진 모래밭에 필상을 위시한 네 사내가 아까부터 엉덩이를 붙이고 앉아 있었다. 그들은 기범이가 훈장으로 있는 임실 성밭마을을 출발해 화개에서 머문 뒤 두치진에 이른 것이었다.

진산 오항골에서 봉상으로 내려올 제 네 사람은 이필제의 행적을 더듬기로 말을 맞췄다. 불란서 신부를 만나고도 후련한 기분이 들지 않던 차에 마침 필상이 단양에 머문다는 도인을 한 번 만나봄이 어떠냐 물었다. 그때 기범이가 도를 닦아 신선이 되려는 것도 아닌데 만나 무엇하느냐 따지면서 그들이 이필제에게 넘어가 영해 관아를 들이쳤으니 차라리 그 사내의 행적을 찾아보자 제안하였다. 병호나 희옥이도 이필제가 사내답다고 응원하여 농번기 끝에 길을 나선 참이었다.

충청도 홍주에서 태어난 이필제는 상체가 크고 몸이 털로 덮여 표호(豹虎) 같았으며 흐르는 유성처럼 눈이 빛났다고 하였다. 『정감록』에 심취한 그는 조선을 떨어뜨린 후 정씨에게 나라를 다스리게 하고 본인은 중원에 들어가 천자가 되겠다며 사람들을 설득하였다.

그리하여 진천에서 도당을 모은 후 정소국이라는 사람의 아들을 중심으로 변란을 모의했지만 사전에 발각되어 다른 사람은 피체되고 혼자 지리산에 숨어들었다. 그가 도피처로 지리산을 택한 것은 『정감록』의 예언대로 승지를 찾아 떠도는 무리가 많기 때문이었다. 이필제는 거창 등지에서 변란을 모의하던 사람들과 만나 물산이 풍부한 진주를 치기 전에 남해의 병창을 먼저 털자 설득하였다. 의기투합한 이들은 사람을 모아 곤양에 이르렀으나 품삯을 받고 따라나선 자들이 하나씩 자취를 감추자 다음을 기약하고 하동 두치진 나루터에 다시 모였다. 그러나 두치진에서도 사람들이 이탈하여 배에 오른 자는 여덟에 지나지 않았다. 그나마 배에 장교 한 사람이 올라타자 걸음아 날 살려라 꽁무니를 빼고 말았던 것이다.

"세상 천지에 그리 무모한 자가 어디 있단 말이오?"

기범이가 콧구멍으로 연기를 날리며 중얼거렸다. 애써 찾아온 곳이건만 큰 사태가 휩쓴 자리의 귀기가 전혀 느껴지지 않아 맥이 풀린 모양이었다.

"무슨 결사를 한 것도 아니고 짐 날라주면 돈냥이나 준다고 초모를 했다지 않는가. 빠끔살이를 할 생각이었던 게지."

희옥이도 허허 웃었다. 필상이 강심으로 가는 거룻배에서 시선을 거두었다.

"그래도 들리는 소문은 얼마나 대단했었나. 진천에서 작당하고 예 와서 진주를 치겠다 모의하고 종당엔 영해 관아를 습격해 떨어트렸단 말이지. 그러고도 새재의 병기창을 또 습격하려 했다니 투지만은 알아줘야겠네."

"그 도인이란 사람들은 어찌 이필제 같은 사람의 변설에 넘어갔는지 모르겠구려."

희옥이가 볼멘소리를 하였고 기범이가 이어갔다.

"이런 식으로는 안 된다 싶어 조직을 갖춘 이에게 접근했겠지. 조직 없이 허풍이나 떨어선 될 일이 아니었던 게야."

자리에서 일어난 병호가 엉덩이에 묻은 모래를 털었다.

"그래도 직향경성(直向京城)을 주장했다니 기왕의 민요와는 차이가 있는 듯합니다. 향촌 내의 소요로 끝낼 게 아니라 서울로 쳐들어가겠단 생각을 했으니 배포가 있는 잡니다. 그만들 움직입시다. 장교라도 만나면 줄행랑을 놓아야 하니까."

기범이가 따라 일어나며 소리쳤다.

"까짓 놈을 물에 처박고 말아야지, 등신들!"

그들은 이순신장군이 백의종군 시설 북어갔다는 두치마을을 넘어 남으로 내려왔다. 곤양에서 하루를 묵고 이튿날 진주에 도착해 수곡의 한적한 주막에 짐을 풀었다. 다들 원행에 지쳐 국밥에 탁주를 곁들이고 일찌감치 몸을 뉘었는데 하필이면 그때부터 어디선가 여인의 곡성이 들려왔다. 처음에는 가냘프게 시작되더니 갈수록 낭자해져서 아이가 아프다 죽기라도 했는가 걱정될 지경이었다. 새벽녘쯤 잦아들었지만 자다 깨다 우는 소리에 시달린 일행은 흠씬 두들겨 맞은 것처럼 삭신이 뻐근하였다.

"아따, 꿈자리가 사납구먼. 꿈에 어떤 여인이 밤새 곡을 하지 뭡니까?"

다른 사람들 뒤척일 제 코만 잘 골던 희옥이가 아침이 되자 푸념하였다.

"우린 곡성에다 자네 코고는 소리가 더해져 한잠도 못 잤네."

기범이가 타박하자 희옥이의 눈이 커졌다.

"그럼 자네 꿈에도 나타났단 말인가?"

모두들 쓴웃음을 짖지 않을 수 없었다. 해장을 하고 촉석루에 올라 논개가 투신했다는 아래를 내려다보고 그들은 우병영이며 중영을 싸돌아다녔다. 그러나 이필제의 행적은 눈을 씻는대도 찾을 수 없고 사연을 안다는 사람도 만나기 어려웠다. 모의 중에 고변이 터져 애꿎은 모가지만 모래밭에 흩어졌다 하니 당연한 노릇이었다. 하지만 그보다 팔 년 앞서 일어난 임술년 민요에 대해서는 밥집이거나 주막집이거나 간에 사람만 모이면 여태도 회자되고 있었다. 불탄 부호가의 집터도 곳곳에 남아서 뜨거웠던 지난날을 일깨우고 있었다. 전임 수령과 이서들이 마지막 한 톨까지 착복한 환곡을 다시 걷기로 함으로써 불붙기 시작한 임술년 민요는 유계춘이라는 몰락양반이 주도했다고 하였다. 유계춘은 각 읍리의 농민과 초군을 불러 회의를 주동하고 몽둥이를 쥔 채 난입하여 부호가의 집을 불사르는 한편 철시(撤市)를 주도했다는 것이었다. 이때에 우병영 병사 백낙신은 병영 앞까지 백성이 몰려오자 포흠(逋欠) 서리 김희순을 그들 앞에서 처형하였다 하니 난민이 얼마나 사나웠는지 알 노릇이었다. 목사 홍경원과 병사 백낙신을 병영에 구금할 정도로 난민은 자신감에 차 있었으며, 열흘 넘게 진주를 점령한 채 마지막까지 버티며 싸운 것을 부민들은 말 나올 때마다 기세등등해 떠벌였다. 유계춘을 포함해 주동자만도 셋이 효수되고 원악도로 정배된 사람은 수를 헤아리지 못할 지경이므로 가히 조선을 들썩 들었다 놓아버렸던 것이다. 필상 일행은 얻어들은 이야기를 토대로 난민이 취회했다는 객사 앞 장터를 둘러보고 부서진 이방과 호방의 집터를 찾아다녔다. 그러며 불에 그슬린 기와 조각이라도 발견하면 출토된 보물인 양 신기하게 쳐다보며 머리를 끄덕였다. 그들은 덕천 장시까지 나아가 훼가를 하고도 분이 풀리지 않자 불을 질렀다는 훈장 이윤서의 집터까지 구석구석 쑤석이고 다녔다. 그들이 묵는 주막집 옆 수곡장터가 처음 모의를 시작하고 취회한 장소임을 알 게 된 일도 격전지를 돌며 확인한 사실이었다.

"영웅담으로야 이필제가 적격이지만 임술년 민요에 비할 바는 아니구먼."

주막을 찾아 저녁을 먹으며 필상이 낮에 보고 들은 이야기를 환기시켰다. 기범이가 고개를 주억거렸다.

"조직 때문입니다. 농민들이야 두레가 있으니 일사불란할 뿐 아니라 죽기 아니면 살기지요. 거기에 초군 또한 세력이 막강합니다. 하지만 이필제는 기껏 품삯을 주겠다며 사람들을 유혹했다지 않습니까. 조직이 중요합니다."

그날따라 행인이 뜸해져 일행은 초여름 저녁을 오로지하고서 즐겼다.

"언젠가 병호와 자은도 스승님을 찾아간 일이 있었소. 그때 스승님이 묵는 집 아들놈과 낙지를 잡는데 그자가 구럭에 반 넘어 채울 동안 난 세 마리를 잡았소. 병호는 두 마리였던가? 하여튼 우리네야말로 아무 쓸모가 없다고 말한 적이 있습니다. 헌데 말이오, 오늘 보니 유계춘이라는 자가 잔반이라지 뭡니까? 여기 필상 성님을 포함해 따지고 보면 죄다 잔반 아닙니까?"

그러자 필상이 희옥이를 건너보았다.

"우리더러 민요를 일으키란 말인가? 그럼 자넨 무얼 할텐가?"

"우리네야 이서 집안인데 민요를 일으킬 게 무어요?"

"이 사람아, 그럼 자넨 모가지여."

기범이가 손으로 쓱 목을 그었고 필상과 병호가 웃었다.

"설마 성님이 나를 잡아 죽일라고?"

"암, 죽이고말고. 포흠의 주모자를 그냥 둔단 말인가? 단칼에 뎅강이지."

"난민들은 훈장질하던 이윤서도 함께 죽였다는데 그럼 기범이도 죽어 마땅하지 않수? 어째 나만 죽는단 말이우."

기범이가 발끈하였다.

"사연을 같이 듣고도 웬 흰소린가? 이윤서는 도결(都結)을 정하는 자리에서 농군에 해가 되는 결정을 했다잖나. 내야 그런 데 나갈 까닭이 없으니 자네만 조용히 죽으면 되겠네그려.

"에구, 인정머리도 없소. 그나저나 오늘밤엔 꿈을 꾸지 말아야 할텐데."

희옥이의 말에 사람들은 다시 껄껄 웃었다. 이튿날 길을 나서야 하므로 있는 동이만 비우고 자리에 누웠는데 희옥이의 바람과 달리 또다시 여인이 꿈에 찾아와 곡성을 터뜨렸다. 전날과 마찬가지로 가느다랗게 시작되어 점점 처절해지더니 닭이 홰를 친 다음에야 소리는 사그라들었다. 아침을 먹던 기범이가 주인을 불러 옆집에 우환이 있는데 어째 방치하느냐 머퉁이를 주었다.

"거 모르시는 말씀이우. 저 아낙 남편이 임술년에 주모자로 찍혀 곤장 맞고 죽었습니다. 하나 있던 아들놈마저 마마로 잃고 서방 죽은 초여름만 되면 저리 울어쌓는 바람에 우리도 한 철 장사는 땡 치는 형편입죠. 미친 것을 어찌 돕는단 말이오? 마을에서야 쌀이 떨어지지 않게 자루나 부려줄 밖에."

주인 사내의 말에 일행은 입맛이 떨어져 다들 숟가락을 놓아버렸다. 병호까지 혼인하여 모두 처자가 있었고, 사내의 말을 듣고 나자 도통 남 일 같지가 않았던 것이다. 당일로 출발하여 함안에서 묵은 일행은 이튿날 우부에서 밤을 나고 그 이튿날에는 달당나리 나루에서 낙동강을 건넜다. 처음에는 왜관(倭館)이 있는 초량으로 갈까 하였으나 날이 저물어 하는 수 없이 사직단을 지나 동래 읍내로 들어갔다. 읍내 중앙에는 북쪽 산록에 의지해 관아며 객사가 들어서 있었고 객사 앞은 길이 사방으로 뚫려 사람들 왕래가 잦았다. 그곳 관문 앞에 간짓대를 세우고 사람 머리카락을 묶어 효시했는데 목에 피가 말라붙은 남자는 반쯤 눈이 감겼고 여자는 부릅뜬 채였다. 여자는 왜관 담장을 넘어 왜인에게 몸을 팔았다는 것이며 일을 주선한 사람이 함께 효수된 남자라고 팻말에는 적혀 있었다.

"사람이 저리 되려고 태어난 것은 아닐 터인데."

필상이 혀를 차자 기범이가 물었다.

"그럼 여인과 상간한 왜놈은 어찌 된다는 게여?"

"뉘 알겠는가?"

"젠장맞을, 먹고 살자고 몸 좀 판 것이 죽을 노릇인가 말이여."

일행은 감만포 주막에 들어가 해물 안주에 탁주를 시켰다. 음식을 내온 중노미에게 효시된 여인과 상간한 왜인은 어찌 되었느냐 물었지만 주막집 심부름꾼이 알 리 없었다. 옆에서 국밥에 탁주를 곁들이던 사람이 소식을 들려주었다.

"원래는 묶어서 대마도로 끌고 가지만 알게 뭡니까? 전에는 조선에서 따지기도 하고 사후 처리를 감시하였지만 근자에는 왜놈들 기세가 등등합니다."

같은 상에서 탁주를 들이켜던 맨상투머리도 말을 보탰다.

"이제 왜구들은 조선을 제 집 강아지 다루듯 한답니다. 제 나라 임금을 천자라 칭하면서 방자하기가 이를 데 없지요. 그래서 대원위 대감 시절엔 서계를 받지 않았던 겁니다. 그 일로 왜국 사신이 뻔질나게 드나드는데 여기 이 사람이 왜국에 다녀왔으니 물어보시우."

사내는 동달이 차림을 가리켰다. 기범이가 탁주를 건네며 청하였다.

"왜국에 다녀오셨다니 귀동냥 좀 합시다."

동달이 차림이 잔을 비우고 일행을 건너보았다.

"왜국이 작년에 대만을 정벌한 사실은 알고들 있수?"

"그야 소문이 파다하였지요."

"유구나 대만을 칠 때 왜구들이 탔던 배가 무엇인지 아시오? 우리가 이양선이라 부르는 바로 그 흑선입니다. 왜국에는 그런 배가 여러 척입니다. 혹시 기차라는 것은 들어보셨수? 철마라고 부르는데."

그 물음에는 필상이 답변하였다.

"북쪽 변방에서 청국에 있단 말을 들었습니다. 그런데 왜국에도 있단 말이오?"

"있습니다. 있고말고요. 대체 그 철마라는 게 뭐냐? 길에 무쇠를 깔고 쇠바퀴 달린 마차가 달리는데 칸 하나가 기와집만이나 합디다. 그런 기와집 대여섯 채가 한데 묶여 달린다 생각해보시오. 왜국은 광산에서 광석을 캐 쇠를 만드는데 우리네 풀무간을 생각하면 큰 오산입니다. 그 제철소라는 곳에서 끝도 없이 무쇠를 뽑아 이양선과 철마를 만들어냅니다. 저들은 이제 왜구가 아니라 양이올시다."

사내의 이야기를 듣고 기범이네는 말없이 잔만 기울였다. 밤새 곡을 하던 아낙네와 왜인에게 몸을 팔다 효수된 여인, 오랑캐라 비웃던 왜국이 어느덧 양이가 되었다는 이야기까지 보고 듣는 모든 일이 음울한 상상을 불러왔다. 조용히 듣던 병호가 물었다.

"대원위 대감이 물러난 뒤에도 세계 문제로 신경이 날카로운데 왜국은 어찌 하고 있습니까?"

"왜국 안에서는 대만처럼 조선을 치자는 말도 쏟아지지요. 지금도 왜국 이양선이 이곳에 와 있습니다."

"이양선이 동래에 와 있단 말이오?"

"어디서 오셨는지 감감무소식이구려. 요 앞 감만포에 두 척이 떠 있습니다. 운양(雲揚)과 제이정묘(第二丁卯)인데 수심을 재고 바다를 측량한다지 뭐요. 내일 신선대에 올라가 보시구려."

말끝에 사내는 평상 아래에 침을 뱉었다. 왜국의 운양이라는 배가 감만포에 나타난 것은 지난달 중순인데 조선에서는 왜국 공관에 훈도를 보내 항의했다고 하였다. 그런데 이번 달에 제이정묘가 또다시 입항하므로 이번에는 훈도가 군함 내부를 시찰하겠다 해서 허락을 받았다는 것이었다. 거기까지 왜국에 관한 물정을 설명한 사내들은 밥그릇이 비자 자리에서 일어나 편히 쉬라는 인사를 남겼다. 필상 일행은 우두커니 앉아 술을 비우다가 이튿날 느지막이 사내들이 일러준 신선대를 찾아 올랐다. 신선대 아래 오륙도부터 절영도까지 바다는 옥빛이었으며 멀리 봉래산 자락에 막혀 초량이 삽날에 찍힌 뱀처럼 토막 나 있었다. 감만포와 절영도 사이에 닻을 내린 이양선은 기범(汽帆) 양용으로 돛대가 두 개였고 점으로 보이는 포구의 조선 어선들과 크기가 대비되었다. 그중 한 척은 선교의 굴뚝에서 시커먼 연기를 뿜었다.

"저것은 배가 아니라 섬이로구먼."

기범이가 침통하게 중얼거렸다.

"왜국은 언제 저런 걸 갖게 됐단 말인가. 왜양일체(倭洋一體)라는 말이 빈말이 아니로세그려."

필상 역시 신음하듯 말하였다. 희옥이가 연기를 뿜는 이양선을 손가락질하였다.

"가만있자. 배가 다가가는데?"

이양선을 향해 작은 배 한 척이 다가가자 군함 갑판에서 사다리가 풀려 내려왔다.

"훈도가 방문한다더니 그로구먼. 한 사람 더 있는데?"

두 조선인이 늘어진 사다리를 타고 갑판에 올라서자 선교 굴뚝에서 오르던 연기가 굵어진 뒤에 운양이 서서히 신선대 앞으로 미끄러졌다. 그때부터 속도를 높여 거대한 포말을 일으키면서 만을 빠져나온 운양은 필상 일행이 서 있는 신선대 발치를 무서운 기세로 지나갔다. 운양의 꼬리에 매달린 포말이 옆으로 퍼지자 포구의 조선 어선들이 뒤집힐 듯 오르내렸다. 마침내 좁은 만을 빠져 외양에 나간 운양이 원양에 대고 갑자기 쾅! 쾅! 쾅! 함포사격을 실시하였다. 이양선 너머에서 폭포수 같은 물기둥이 솟고 포성은 또 어찌나 큰지 그들이 선 정자 기둥이 웅웅 울었다. 이양선이 다시금 쾅! 쾅! 쾅! 쾅! 포를 발사하자 소나무가 휘청이면서 땅이 들썩이고는 스멀스멀 포연이 밀려왔다. 그때쯤 포성을 듣고 감만포 해변으로 동래 부민이 쏟아져 나왔다. 운양은 곧 수를 헤아릴 수 없을 지경으로 좌현 우현에서 포를 발사하는데 다다다다 연발총 소리까지 세상을 쪼갤 듯 울려 퍼졌다.

"저들은 조선 관원을 태우고 무력시위를 하는 것 아닙니까?"

병호가 소리치자 필상이 고개를 끄덕였다.

"그런가보네."

감만포는 어느덧 동래 부민들로 하얗게 덮이고 신선대를 향해서도 주민이 밀려왔다. 그러는 사이에도 함포사격은 계속되어 바다에서는 크고 작은 물기둥이 연이어 솟구치며 세상천지가 쪼개질 듯 시끄러웠다. 뒤늦게 신선대에 오른 사람들은 발을 구르고 저주의 말을 퍼부었으나 이미 돌이켜질 사태가 아니었다. 얼마간 더 포를 쏘더니 이양선은 뱃머리를 돌려 본래의 자리로 돌아갔다. 주민들이 자리를 뜨기 시작해 신선대에는 다시 네 사람만 우두커니 남겨졌다. 한참 뒤 허공을 가린 연기가 흩어지며 하늘이 드러났다.

"조선은 이제 망하겠구나!"

희옥이가 악문 이빨 새로 말을 흘려보내자 병호도 낮게 으르렁댔다.

"어제의 해적은 뭍에 올라 노략질을 일삼더니 이제는 쪽지에 서명하라고 포를 쏘는구려. 만국공법(萬國公法)을 따라 노략질을 일삼으니 더욱 간악하지 않습니까? 거기에 현혹돼 개화니 뭐니 하는데 우리도 저들을 본받아 약한 나라를 치자는 뜻 아닙니까? 더 높은 데로 가야지 어찌 저 각자위심을 배운단 말이오?"

"양이에게 망하기 전에 조선은 백성 손에 먼저 망해야 해. 한바탕 크게 진작해야 다시 일어나지 않겠는가."

기범이였고 필상이 내려가자는 듯 몸을 돌렸다.

"돌아가세나. 이필제가 다 뭔가."

"그럽시다. 가서 뭐라도 합시다."

원래는 동래를 거쳐 이필제와 도인들의 행적을 따라 영해까지 올라갈 심산이었으나 이제 그런 한가한 감상은 사치스럽게 변해버린 것이었다. 허청거리는 걸음으로 신선대를 내려올 즈음 그들 중 누군가가 문득 중얼거렸다.

"서학인지 과학인지 원…… 쳐 죽일 것들!"

백설만
펄펄 휘날려,
1875

소쩍새 소리가 처마에 치던 날 창호지에 달이 비쳐 젖을 물린 숙영의 모습이 또렷하였다. 방금 전까지 젖꼭지를 빨며 큰 숨을 쉬던 어린것은 잠이 든 모양이었다. 백일을 넘어서자 아이는 방긋거리기도 하고 손가락을 쥐어주면 꼭 틀어쥐곤 해서 병호는 숨이 멎는 듯하였다. 아이의 입에서 젖꼭지를 뺀 숙영이 돌아눕다가 병호와 눈이 마주쳤다.

"어찌 그러십니까? 아이에게 빼앗겨 서운하십니까?"

병호는 그녀 곁에 누웠다.

"그럴 리가요. 너무 뿌듯하여 겁이 나지요."

"무슨 걱정이 있습니까?"

"아무 걱정도 없습니다."

숙영이 손을 들어 병호의 턱에 난 수염을 쓸었다. 먼 데서 부엉이가 울고 뒤안에는 쥐들이 부산스러운데 밤벌레 소리까지 더해져 밤이 낮보다 소란스러웠다.

"사람 사는 곳으로 이사를 하면 어떻겠습니까?"

"이 산골은 답답하겠지요. 하지만 이는 아버님 뜻이 아닌가요?"

"동무들과 한 바퀴 돌면서 결심이 깊어졌습니다. 담을 쌓는 대신 사람들 속에 묻히기로요. 내일은 스승님께 뜻을 전하고 아버님께도 말씀드려야지요."

귓불을 만지던 숙영의 손길이 멎었다. 저희끼리 싸움이 났는지 쥐들이 사나운 소리를 냈다.

"전 괜찮습니다. 일 년 넘게 몸 붙이고 살면서 서방님을 조금 더 알게 되었습니다. 봉상 아재를 포함해 동무님들이 뜻하는 바도 짐작하게 되었습니다."

그녀는 거기까지 말을 잇더니 돌아누웠다.

"혹여 서방님께서 무슨 변고를 당하면 저는 돌아보지 않고 재가하겠습니다. 저 어린것을 어찌 먹이며 살겠습니까?"

그것은 뜻밖이면서도 야속한 말이었다. 청상과부의 혼인은 옛적부터 금지되어 온 일이요, 어기면 손가락질하는 것으로 알아 모두 경원시하였다. 양반이라도 재가녀의 자식은 문과 시험을 볼 수 없었다. 병호네가 어렵사리 구해 숙독한 문건의 지은이도 그런 연고로 천하를 주유하다가 깨달은 바를 문서로 남겼다지만 그게 빌미가 되어 목이 잘렸다고 하였다. 그러나 그보다 서운한 점은 닥치지도 않은 일을 두고 숙영이 그토록 험한 처신을 발설한 데에 있었다. 남자 품을 못 잊는다는 말이 아님을 알아들었고, 속을 감추는 사람이 아닌 것도 알지만 철렁 소리 나도록 섭섭한 소리였다. 세상 살 결심이 분명치 않아 누구에게도 앞날을 말하지 못하였는데 어찌 그런 일을 염두에 둔단 말인가. 가장 가까운 사람은 미리서 상대의 행로를 아는 것인가. 숙영의 말을 듣는 순간 막연하기만 했던 일들이 너무 생생해져 병호는 오한에 사로잡혔다.

"혹여 그런 일이 생기면 그리하시구려!"

허위허위 쫓기며 수렁에 빠져 허우적대는 꿈을 꾸다가 그는 숙영이 몸을 흔들어 잠을 깼다. 동은 트지 않았지만 병호는 슬금슬금 피하는 숙영의 눈두덩이 발갛게 부은 것을 보았다. 고구마로 요기를 한 후 안방에 대고 다녀오겠다 말하였으나 기척이 없었다. 그는 종정마을을 찾아 스승을 뵙고 필상의 집에 들를 예정이었다. 동래에서 돌아올 적에 동무들과 주기를 정해 만나기로 약조했는데 오늘이 그날이기도 하였다. 송진사를 만나는 자리엔 송희옥이 동석해야 맞지만 따로 전할 말이 있으니 참례하지 말라고 언질을 해둔 터였다. 구절재를 내려와 벼이삭을 훑어 앞니로 껍질을 벗겨 내뱉었다. 해가 중천에 이르러 종정마을에 도착한 그가 큰절을 올릴 때까지 스승은 몸을 옹크린 채 그 하는 양을 지켜보았다. 유배를 갔다 온 송진사의 머리에는 서리가 앉고 수염도 희끗하였으며 눈 그늘이 짙었다.

"네 요즘 무슨 글을 읽느냐?"

지난달에 부(賦)를 지어오라 하였으나 스승은 다른 것을 물었다.

"천성이 게을러 읽는 일은 못하고 궁리만 하였습니다."

"네가 한다는 궁리는 그렇다면 무엇이냐?"

"두서가 없는 일들이라 말씀드릴 것이 못됩니다."

나이 들어 헐거워진 콧날 때문에 내려앉은 돋보기 위로 스승이 눈을 치떴다.

"강화도를 침범한 왜구들이 수호조약을 맺자고 떠든다는 건 알고 있으렷다?"

얼마 전부터 이양선에 관한 흉흉한 소문이 들려왔었다. 북상하는 이양선에 조선 포대가 경고사격을 하자 강화도를 초토한 다음 영종도에 나타나 살육과 방화를 일삼았다는 것이었다. 그 배의 이름은 운양으로 수교를 하자며 무력을 행사하자 백성들은 임진년이 떠오른다고 수군거렸지만 개화파는 수교 쪽으로 가닥을 잡는 중이었다. 이때부터 송진사는 호서나 경기 일원의 인사들과 서신을 주고받으며 다시금 회합도 하는 모양이었다.

"나는 도끼를 들고 광화문에 달려갈 것이다. 헌데 국가의 존망이 걸린 이때에 너는 구들을 깔고 누워 궁리만 한단 말이냐? 너를 받아들여 몸소 선비의 길을 가르쳤거늘 경서를 의심하고 삿된 무리의 언설에 귀를 기울이더니 이제는 한다는 소리가 뭐? 궁리를 한다? 네 이놈! 대체 네가 하려는 일이 무엇이란 말이냐?"

송진사는 노기 띤 얼굴이었으나 끗발 좋은 패를 쥔 사람처럼 자신만만하였다.

"스승님께선 그리하실 것이나 제가 나선들 자리나 있겠나이까. 스승님께서 닦아 오신 선비의 길은 높고 멀지마는 저는 준비된 것이 없습니다. 하니 스승님께서는 광화문으로 가시고 저는 저대로 준비를 하겠습니다. 저 왜구며 양이들은 완전히 새로운 종자들입니다. 그러니 저 또한 새로운 일을 모색할 것입니다."

"그것은 답이 아니다. 그 새로운 것이 대체 무엇이란 말이냐?"

스승의 독촉에 병호는 아직 어슴푸레한 갈피를 풀어헤쳤다.

"스승님께서는 위정척사의 길을 말씀하시지만 그것은 무엇인지요? 사악한 것을 쳐 없애자는(斥邪) 말은 바른 것을 지키자는(衛正) 뜻이므로 위정이 본체입니다. 헌데 그때의 정(正)이란 저 중원의 말과 글이며 습속을 일컬으니 그 밖의 것은 배척하자는 뜻이 아닙니까. 저희만 빼고 나머지는 모두 없애자 하니 그것이 저 양이들의 짓거리와 무엇이 다르며 온 세상을 적으로 돌린대서야 어찌 참된 세상이 있겠나이까? 중원에 비록 향기로운 언행이 있으나 하고 많은 꽃 중에 모란만 향기를 뿜진 않을 것입니다. 한때는 여진을 사악하다 하고 이제는 떠받들자 하니 위정이며 척사란 모였다 흩어지는 뜬구름 같은 것이 아닙니까? 너무 편협하여 으깨어지는 세상의 본체를 보지 못하는 말입니다."

"네 이놈! 그러니 어쨌자는 것인지 말하라지 않느냐?"

"중원을 보지하자는 우물 안의 편벽을 벗어나야 합니다. 우리가 넘어야 할 것은 세상을 지우자고 덤비는 저 새로운 무리들입니다. 이제는 척양(斥洋)을 말하고 왜가 그들과 한 패이니 척왜(斥倭)를 외쳐야 합니다. 중원이 아니라 숨 쉬는 모든 생령이 정(正)이요, 우리가 지켜야 할 것들입니다. 위정척사가 아니라 척양척왜입니다."

이곳에 드나든 지 십 년인데 송진사의 눈에 병호는 무엇이었을까. 고집이 세고 주장을 세울 땐 주저하지 않지만 곤경을 면하고자 거짓을 고하는 아이가 아니었다. 학문의 길을 좇아 지극한 즐거움을 누릴 뿐 동몽을 모아 가르친 바 없는 송진사에게 병호는 유일한 제자였다. 그 제자가 대과에 들 것을 의심하지 않았고 그로 인해 마지막 쾌락이 완성될 것을 확신하였다. 세상이 얼어붙고 날새가 끊긴 날에도 재를 넘어와 큰절을 올리면 받았던 물기가 출렁거려 몇 번을 쿵쿵거렸던가. 바람이 잦아들면 일렁이던 보리밭도 바로 서리라 믿었건만 이제 제자는 다른 길로 가겠다 말하는 중이었다.

"네 이제 과거를 그만둘 작정이로구나!"

병호가 떨구었던 고개를 들었다.

"저는 오늘의 등용 방식은 없어져야 한다고 믿게 되었습니다. 이제부터는 그 일을 할 생각이니 스승님의 바람을 져버리게 되었습니다. 저는 반상과 같은 신분의 나눔을 없앨 것이요, 작금의 조세방식도 부숴버릴 것입니다. 남녀 간의 구별도 시세에 맞지 않는 것은 거부할 것이요, 양이들의 저 각자위심이 세상을 도륙하도록 두고만 보진 않겠습니다. 그 준비를 하겠나이다."

"그렇거든 임금도 아예 없애면 좋겠구나."

"필요하면 그리할 것이며 조선을 망가뜨리는 일도 마다치 않겠습니다."

눈을 감은 송진사의 손등에서 맥을 따라 힘줄이 놀았다. 송진사가 눈을 뜨자 활시위 같던 팽팽함이 깨졌다.

"매를 가져와라!"

병호는 시렁에 얹힌 주머니를 내리고 바지를 걷으며 섰다. 종아리를 감던 매가 부러지자 스승은 다른 매를 꺼냈다. 그날따라 매질은 한없이 모질어서 송곳으로 후비듯 장딴지가 뜨거웠고 회초리는 번

번이 바스러졌다. 주머니 속의 매를 다 분지른 스승이 손에 남은 잔가지를 내던졌다. 흩어진 매를 수습해 주머니에 넣고 병호는 다시 꿇어앉았다.

"너를 처음 보았을 때 항차 크게 되거나 무섭게 될 재목임을 단박에 알았다. 나는 너를 다듬어 큰 인물로 만들고 싶었다. 그뿐이었다."

이 관계가 오래전에 끝났음을 스승이라고 모를 턱이 없었다. 그러나 이것은 사람됨이나 인연의 문제가 아니라 세계의 문제이니 어쩔 수 없는 일이었다. 병호는 바닥에 가슴을 대면서 자세를 낮추었다.

"은혜에 보답하지 못한 죄 죽는 날까지 안고 살겠습니다."

스승은 가래 걸린 듯 낮게 말하였다.

"앞으로 두 번 다시는 나를 찾지 말거라. 내가 죽은 자리에도 걸음하지 말 것이며, 네 입에 다시는 나를 담지 말거라. 너는 나에게 없는 사람이요, 나 또한 너에게는 없는 사람이다."

병호는 자리에서 일어나 큰절을 올렸다. 그런 모습을 보는 것도 아니요, 외면하는 것도 아닌 스승을 두고 뒷걸음으로 나와 원평천 둑길에 올랐다. 학업을 마치면 이모할머니 댁을 찾거나 필상을 찾아가던 길이었고 희옥이와 긴 이야기를 나눈 곳이었다. 숙영과도 첫발을 디딘 곳인데 흐르는 개울물을 바라보던 그는 자리에 쭈그려 앉아 오래도록 울었다.

그가 거야마을에 도착했을 때 필상과 기범이와 희옥이는 술이 올라 벌써 불그죽죽하였다. 동무들은 후래삼배라며 다투어 잔을 내밀었다. 급히 마시는 바람에 얼마 안 돼 취기가 오르는데 억구지가 덫을 놓아 고라니를 잡았으니 숯막으로 옮기자는 말이 나왔다. 우르르 몰려나와 헐벗기 시작하는 상두산과 국사봉 사이로 접어들 때에 희옥이가 병호에게 다가왔다.

"스승님께는 말씀드렸어?"

병호가 끄덕이자 그가 재차 물었다.

"뭐라시던가?"

"뭐라시긴. 서운하셨을 테지."

어둑해져서야 엄재에 도착하고 보니 숯막 앞에 장작더미가 높다랗게 쌓여 있었다. 숯불에 고기를 굽고 잔이 돌자 기범이가 병호에게 말을 시켰다.

"그래 앞으로는 어떡할 셈인가?"

"자네가 한사의 길을 겪어보고 일러준다지 않았나?"

"흐흐흐, 별 걸 다 기억하누만. 내야 잘 지내지. 마누라 얻어 아들도 보았겠다, 지리산 중놈과 산적 포수들도 사귀겠다…… 이만하면 영웅호걸이 아닌가? 자네야말로 무엇을 할 게냐 말이야."

사람들이 쳐다보자 병호는 딴전을 부렸다.

"그나저나 억구지는 언제 장가를 든단 말인가?"

그 말에 희옥이가 나서서 대신 설명하였다.

"억구지는 날을 잡아서 싱글벙글이라네."

"어허, 도둑장가를 들 셈이었구먼."

"그 무슨 허튼 소리. 장가든 놈치고 도둑 아닌 자가 어디 있는가? 예 있는 사람이 모두 도적이네."

"허면 기범이는 도적질을 두 번 했으니 큰 도적일세."

말들이 중구난방인데 혼사 문제로 쑥스러워진 억구지가 흰소리를 질렀다.

"장가들기 전에 나는 박치수 웬수부터 갚고 볼 것이여!"

"떽! 그런 건 혼자 하면 못써!"

기범이의 나무라는 소리에 사람들이 호탕하게 웃었다. 어둠이 깊어가면서 몸이 으슬으슬해지자 억구지가 장작더미 밑에 섶을 넣고 부시를 쳤다. 그가 큰절하듯 엎드려 공기를 불자 불땀이 일면서 밑동에 불이 붙었다. 병호가 오줌을 누고 와서 다시 대오에 끼었다.

"하늘은 어김없이 봄을 이루고 또 여름과 가을을 이루므로 성(誠)이라 하였습니다. 세상만사 어느 것을 하늘의 정성과 성실에 비하겠습니까. 제 보매 하늘의 이러한 이치를 닮은 자들은 찔레꽃 피면 볍씨를 뿌리고 밤꽃 필 때 모내기하는 자들입니다. 나는 골짜기에서 나와 사람들이 있는 곳으로 가렵니다. 밖에서 세상을 보았으니 안에서 봐야지요. 만백성이 크게 떨치면 후가 도모될 것입니다."

장작더미에서 불이 일어 대낮처럼 밝아지면서 열기가 넘실거렸다. 필상의 집에서 전작까지 하고 온 희옥이가 몸이 달아 윗도리를 벗어 던졌다. 가슴에도 시커먼 것이 굼실거려 그는 한 마리 틀림없는 짐승이었다.

"이리 좋은 날 노래가 없을쏘냐. 잘은 못하지만 읊어보겠소."

희옥이는 일어나서 투가리 깨지는 소리를 냈다.

도끼자루 나무는 어떻게 베나
이 도끼 아니면 베지를 못하네
아내를 얻으려면 어떻게 하나
중매가 아니면 얻지를 못하네
도끼자루를 베자 도끼자루를 베자
도끼자루의 본보기는 멀지 않구나
이 시악시를 이제야 만나보니
음식 솜씨가 그만이구나

『시경(詩經)』「빈풍(豳風)」편의 벌가(伐柯)였다. 희옥이가 노래를 마치자 억구지는 박수를 치면서 춤도 추라고 부추겼다. 합장하듯 손을 모은 희옥이가 두루미처럼 고개를 넣었다 뺐다 하면서 장작불을 돌았다. 그 모습에 억구지가 위통을 벗고 합세하며 끼악끼악 괴성을 질렀고 기범이가 뒤에 붙어 같은 짓거리를 반복하였다. 목젖을 움찔대며 한 사발 비운 병호가 스승을 만나느라고 차렸던 복장을 벗어던졌다. 그때쯤 희옥이는 바지까지 홀러덩 벗어던져 살 사이로 시커먼 덩어리가 덜렁거렸다. 병호가 일행 속에 끼어들자 허허허 웃던 필상이 마침내 거추장스러운 것을 벗어던졌다. 마치 탑돌이를 하는 것 같았는데 처음에는 위통만 드러낸 사내들이 한 바퀴 두 바퀴 돌아오자 꾀를 홀딱 벗은 몸뚱이로 변하였다. 그들은 반쯤 미쳐서 알아들을 수 없는 괴성을 쏟아내고 몸으로는 해괴한 동작을 반복하며 날뛰었다. 그러다 자리에 돌아와 한 사발씩 비우고 다시 합류하는데 그들뿐 아니라 그곳에는 박치수와 다금발이도 함께 있는 것 같았으며 다른 자리에서 만났던 사람과 앞으로 만나게 될 모든 사람이 다 같이 덩실거리는 것 같았다. 달이 떠오르자 사위는 더욱 밝아졌는데 시커먼 놈 희멀건 놈 노리끼리한 몸뚱아리가 기광이 나서 물커덩물커덩 덩실거렸고, 그때마다 살 가운데 불거진 것들이 사정없이 흔들거렸다. 가을밤이 깊어가고 찬 이슬은 내리는데 장작불을 도는 무리는 땀에 젖어 번들거리고 어찌나 대가리를 흔드는지 형장에 끌려가는 놈처럼 산발이 된 자도 있었다.

어느 날 병호는 고부 진선마을의 일가붙이를 만나고 천태산을 우회하다가 풍치 좋은 마을을 지나게 되었다. 조는 듯한 천태산 자락 좌우로 구릉이 나지막하고 들판 가운데엔 달천천이 흐르고 있었다. 그 달천천에 다리 두 개가 놓였다 하여 옛적부터 그곳은 양간다리로 불렸다. 본래 살던 고창에서 나와 병호네가 처음 터를 잡은 곳은 고부 두승산 서쪽 진선마을이요, 그 후 태인 황새마을과 지금실이며 소금실까지 거처를 옮겨다닌 것은 다 아들의 글공부를 위하여 기창이 택한 일이었다. 그런데 어쩌다 들른 양간다리 들판이야말로 새 삶을 원하던 병호에게는 딱 맞는 배필로 보였다. 마침 빈집이 있어 동리 주비(注比)에게 물었더니 들어오려거든 쌀 두 섬을 내라고 일렀다.

닷새 후에 병호네는 소금실을 떠나 양간다리를 찾아들었다. 병호가 수레를 끌고 아이 업은 숙영이 보따리를 이었으며 기창은 수레를 밀다가 평지에서는 손을 놓았다. 송진사를 만나고 돌아온 병호가 과거시험에 매이지 않겠다고 하자 기창은 약초를 거간하는 일 따위 하지 않을 터이니 집안을 건사하라고 일렀다. 그러마고 답한 병호는 사람 사는 곳에 이사하겠다는 뜻을 비쳤고, 기창은 모아둔 것을 내밀며 찾아들자 하였다.

그들 네 식구의 행렬이 양간다리 빈집에 이르자 주비가 청년들과 나타나 짐 부리는 일을 도왔다. 병호가 이사를 간다고 하자 살림 안돈하는 데 쓰라며 필상이 쌀가마를 보내와 떡을 해서 이웃에게 돌리고 청년들은 따로 불러 탁주를 대접하였다. 주비가 푸성귀라도 갈아먹으려거든 소작 부칠 데를 알아주겠다 하여 숙영에게 물으니 농군 사는 곳에 왔으므로 상추 고추는 갈아먹겠다고 야무진 속내를 비쳤다. 집이 정리되자 병호는 경서 대신 기창이 뒤적이던 의서를 꺼내 읽는데 도리어 기창은 의서를 물리고 경서를 가까이 하더니 사람들과 교류하고 출타도 하면서 한가롭게 지냈다. 의서를 읽는 틈틈이 마을 청년과 술추렴도 하고 방담도 하면서 병호는 사람들과 섞이려고 노력하였다.

"쌀을 보내고 찾아주시기까지……."

그날도 의서를 읽는데 숙영의 목소리가 들리더니 필상이 들어섰다. 병호가 버선발로 뛰어내렸다.

"날도 차워지는데 웬일이오?"

"허면 이사를 핑계로 절연할 생각인가?"

"섭섭한 말씀을 하시는구려. 드십시다."

"웬 의서인가?"

병호가 개다리소반을 한쪽에 물렸다.

"의술은 요긴하게 쓰이지 않습니까? 마을 사람과 섞이기도 쉽겠지요."

"사람 사는 곳에 가겠다더니 농사를 할 생각은 아닌 게로군."

병호가 필상의 눈앞에 손을 내밀었다.

"곡괭이 자루 한번 안 잡아본 손입니다. 형님이나 희옥이나 밭에 나간다지만 그것이 농사일은 아니지요. 밭에 거름 내는 일이야 닥치면 하겠지만 오로지하고 할 일은 아닌 듯합니다. 사람 농사를 지으렵니다. 우리가 할 일 아니던가요?"

숙영이 안주거리와 탁주가 놓인 소반을 들여왔다. 한 잔 비운 필상이 도포자락을 들춰 무언가 꺼냈다.

"무엇입니까?"

"펴보게."

필상이 내민 것은 손때 묻고 접힌 자리가 너덜너덜한 한지였다. 그것을 펴자 서툰 글씨가 나왔다.

咸境道 慶興府 官衙 官奴 多金渤

"다금발이가 경흥 땅에 끌려갔구려."

고개를 드는 병호의 눈동자에 번쩍 불빛이 그었다.

"다금발이에게 글을 가르치지 않았나? 이건 그 아이의 글씨가 분명하네. 몇 사람을 거쳤든지 우리 손에 들어왔으니 하늘의 뜻이 아닌가. 기범이에게 말해 지리산 포수들 틈에 넣든지 경허 스님에게 맡기든지……. 엄재 숯막 주인이 경비 일부를 댄다니 나머지는 나와 희옥이가 부담하려네. 그 아이를 데려오지 못한대서야 무슨 사람 농사를 하겠는가?"

병호는 술사발을 비웠다.

"이참에 강 건너 아라사 땅과 야인 땅도 둘러봅시다. 조선인들도 많다지 않습니까?"

"모레 저녁에 봉상에서 보기로 했네. 억구지도 간다는구먼."

"거야마을로 갈 게니 함께 출발합시다."

저녁이 되어 병호는 숙영에게 필상의 말을 전하고 기창에게는 동무들과 한양 구경을 할란다고 둘러대었다. 떠나기로 한 날 거야마을에서 필상을 만나 봉상에 도착하고 보니 기범이와 억구지는 벌써 와서 기다리고 있었다. 이튿날 아침 길 떠날 준비를 할 제 기범이가 봇짐을 뒤져 팔뚝 마디나 되는 칼을 꺼내 병호에게 건넸다. 그러고 보니 필상은 둘둘 만 수발총을 들었고 희옥이는 여의봉 닮은 쇳덩이를 봇짐에 간수하는데 길만 서둘렀지 병호는 챙겨온 물건이 없었다.

동학사에 들러 경허스님을 만나느라고 이레 만에 한양 땅을 밟은 그들은 사흘 후 북관으로 출발하였다. 아흐레 만에 함흥에 이르렀고 바닷가를 따라 보름만에 경흥 땅에 도착했을 때는 눈이 치고 갈기처럼 바람이 사나웠다. 남봉 아래에 머물면서 편을 나누어 일대는 관아의 동정을 살피고 일대는 서쪽으로 나가 아오지로 빠지는 길을 답사하였다. 경흥에 이르기로는 바닷길을 거슬러 해창이 있는 웅이에서 회동을 거쳐왔지만 누구라도 상상할 수 있는 뻔한 길이었다. 그러니 다금발이를 빼내면 광양평을 질러 아오지를 비낀 다음 백악산을 타면서 회령으로 가거나 월경하여 야인 땅으로 튈 작정이었다. 그 계획을 실행하기 위해 그들은 관아의 동정을 살피는 한편 다금발이에게 연통할 구실을 궁리하기 시작하였다. 소식을 전하겠다고 함부로 인정전을 쓰는 것도 객지에서는 위험한 노릇이라 관문에서 떨어져 반가운 얼굴이 나타나는지 우선 망을 보기로 하였다. 그러나 아무리 입김을 불며 서성거려도 기다리는 얼굴은 나타나지 않고 날이 추워 그런지 행인마저 발길이 뜸해져 허탕을 치기 예사였다. 차츰 초조해지는데 밤이 길어 눈을 뜨고도 어둑신할 즈음에 억구지가 꽁꽁 언 몰골로 뛰어들었다.

"양이들이 강을 건너왔답니다. 부사를 포함해 관아 사람들이 두만강으로 달려가는 것을 이 두 눈으로 똑똑히 보았습니다."

그리면서 손가락을 들어 제 눈을 가리켰다. 게으름을 피우던 기범이가 이불을 차며 물었다.

"자세히 좀 말해봐. 다금발이를 봤어?"

"양이들이 짐바리를 싣고 얼어붙은 두만강을 건너 통상을 하자고 했대여. 그래 총창을 꺼내 들고 죄 몰려갔단 말일세. 그렇게 몰려간 사람이 기백인데 다금발이를 어찌 보겠는가?"

"병졸들이 몰려갔다고 관노까지 따라나설 리 있나? 관아엔 관노와 관비만 남았겠구먼. 까짓것, 담을 넘읍시다."

송희옥이었다. 병호가 손을 저었다.

"아닐세. 옷을 입히면 관노와 사령이 구분된다든가? 양이가 나타난 일은 국가의 중대사이니 다 몰려갔을 걸세. 우리도 게로 가야 하네."

병호는 짐을 꾸리더니 기범이가 건넨 짧은 칼을 고이춤에 찔렀다. 그를 따라 오늘 중에는 경흥 땅을 뜨리라 하면서 다들 짐을 챙겼다. 필상이 일렀다.

"만일 양이들과 싸움이 붙거든 우리도 싸우는 걸세. 허나 말로 마무리되면 다금발이만 찾아내 서쪽으로 튀는 게야. 희옥이 자넨 다금발이를 발견하더라도 이름을 부르거나 울거나 해서는 아니 되네. 봐도 못 본 척이야. 알겠는가?"

"성님은 내가 것두 모를 줄 아시우?"

필상이 이번엔 기범이와 억구지를 보았다.

"두 사람, 싸움이든 뭐든 먼저 뛰어들진 말게."

"아따 사설이 깁니다그려."

"병호 아우는 상황을 살피고 바른 판단을 해야 하네. 우린 자네를 따를 게야."

병호가 밖으로 나서며 외쳤다.

"어서들 갑시다!"

사람들이 그를 따라 신을 신고 들메끈을 감았다. 이것은 모두의 목숨이 걸린 일이지만 실패하리란 생각은 들지 않았고 누군가가 상할지 모르지만 두려워하는 기색이 없었다. 양이가 왔다고 구경나선 사람들 사이로 그들은 강안을 향해 뛰기 시작했다. 북관의 눈은 켜가

두터웠고 입김을 불며 내달리는 폐부를 찬바람이 찔렀다. 심장이 펄떡펄떡 풀무질하자 땀이 솟았다. 두만강까지는 오 리 남짓인데 도열한 군사들과 마른 풀에 덮인 강변의 나대지가 멀리서 보였다. 그들은 달리면서 제각각 큰 숨을 들이켰다. 이것은 나라의 일에 반기를 드는 행위였고, 격랑을 타고 밀려드는 기괴한 것들에 꼿꼿이 쳐든 머리를 들이미는 일이었다. 저도 모르게 바람 끝에 저를 맡긴 자들, 그들은 뛰었다.

해설

작가의 말

해설

민심民心과 조화造化의 이치를 깨치는 성장소설
— 이광재의 소설 『청년 녹두』가 지닌 '다시 개벽'의 뜻

임우기(문학평론가)

　이광재의 소설 『청년 녹두』는 1894년에 일어난 동학농민봉기의 지도자 전봉준(1855~1895) 장군의 청소년기를 다룬 이야기다. 소설의 시간은 전봉준의 족보명族譜名 병호炳鎬의 열두 살 때인 1866년부터 스물한 살 되던 해인 1875년까지 십 년간을 다루고 있다. 소설의 시간을 이루는 십 년 세월은 조선의 안으로는 체제의 모순이 심화되고 밖으로는 서구 제국주의 열강들이 수시로 이양선을 앞세워 무력 침범을 일삼던 때이다. 전근대적 왕조가 붕괴되기 시작하고 바야흐로 근대 사회가 열리던 이 역사적 시기에 조선은 내우외환에 속수무책이고 민심과 민생은 악화일로다.

　조선 내부에선 사회모순과 가렴주구가 극심해지는 중에 1860년 음력 4월 5일 경상도 경주 인근서 수운 최제우가 하느님(上帝)의 강신降神 체험을 하고 득도한 후, 동학東學이 창도된다. 1860년대는 동학이 기층인민들 속에서 요원의 불길처럼 크게 번지는 한편, 조선의 개

항을 요구하는 서구 열강들의 무력 침범이 점점 잦아지던 시기였다. 동학혁명의 지도자인 녹두장군의 청소년기를 서술하는 작가로서는 이 소설의 시공간에 1866년 병인양요丙寅洋擾를 비롯하여 1871년 신미양요辛未洋擾 등을 거쳐 1876년 일제와 강화도조약(丙子修好條約)이 체결되기 전까지 당시 정치사적 격변을 다루는 것은 불가피했을 것이다. 그럼에도 소설『청년 녹두』에서 다루어진 당대의 주요 양요들은 단지 정치사적 사건으로 서술되기에 그치지 않고 근대 이후 오늘에까지 이 땅이 겪고 있는 '양이洋夷'의 문제를 성찰하게 한다. 구한말 수차례 겪은 양요는 이 땅의 근세사가 겪은 과거사의 문제가 아니라 지금도 지속해서 한국인의 삶에서 작용하는 현실의 문제라는 작가의식이 반영되어 있다. 소설에서 '청년 녹두'와 그의 일행들이 양요洋擾와 양이를 대하는 시선은 비판적이고 심대하다.

소설『청년 녹두』의 첫 장「봄은 찾아왔건마는, 1866」과 둘째 장「한로삭풍 요란해도, 1866」의 시대 배경은 공히 1866년이다. 첫 장에선 고부 출신의 소년 병호가 아버지 기창을 따라 낙향한 양반네의 회갑 잔치에 갔다가 양반과 한바탕 소란이 있고 나서 금구 종정마을에 사는 진사 송문규를 만나 스승 관계를 맺게 되는 이야기가, 그리고 둘째 장에선 금구 출신의 김필상이 1866년 강화도에서 발발한 양요를 몸소 겪고 후에 녹두 일행이 되는 다금발이와 만나는 이야기가 주요 내용이다. 이와 같이 소설의 첫 장과 둘째 장에서 구한말의 위정척사衛正斥邪派에 해당하는 잔반殘班 송진사가 소년 녹두의 스승이 되는 이야기, 이어서 필상이 강화도 병인양요에 몸소 참여해 싸우는 이야기를 차례로 함께 보여주는 것은 당시 조선이 처한 내부모순과 외부모순을 동시에 드러내려는 작가 의도와 관련이 있다. '위정척사'와 '척양척왜'가 이야깃거리로 제시된 셈이다.

소설의 서두에서 병인양요(1866)가 실감 나게 서술될 뿐 아니라 소설의 말미에서도 감만포 바다에 왜제倭帝의 군함 운양雲揚과 제이정묘第二丁卯가 침범하는 사건(1875)이 서사되는 것의 속내는 단순히 구한말 일어난 양요들에 대한 역사적 객관적 서술 차원이 아니라, 이 소설이 양이와 왜제에 대한 근원적인 성찰의 뜻을 품고 있음을 암시한다. 후에 김개남金開南으로 불리게 되는 기범이 왜제의 군함을 보고서, "왜국은 언제 저런 걸 갖게 됐단 말인가. 왜양일체倭洋一體라는 말이 빈말이 아니로세그려."라고 중얼거리는 말에는 이미 청년 녹두와 그의 무리가 겪을 불길한 앞날과 함께, 이 땅의 산하를 피로 물들인 처절한 동학혁명의 역사가 기다리고 있다. 기범이 왜국과 양이가 일체이며 이들의 가공할 무력을 통한 제국주의의 침략은 머잖아 현실화된다. 그럼에도 기범의 말은 다름 아닌 작가의 말이기도 한 점을 이해하는 것이 필요하다. 다시 말해, 구한말 왜제와 양이가 일체라는 깨침은 제국주의의 침략적 본성이 은밀하게 이어지고 있는 오늘날에도 여전히 유효하다는 것이다. 그러하기에 이 양이와 왜제의 문제는 바로 지금도 한국인의 정신적 주체성을 찾는 문제의식과 결부

된 중요한 숙제로 남아 있는 것이다.

소설『청년 녹두』에서 동학혁명이 내세운 대의 중 보국안민輔國安民보다 척양척왜斥洋斥倭에 방점을 두는 것도, 실제 동학농민혁명의 역사에서 남접南接의 접주 전봉준이 고부에서 척왜양창의斥倭洋倡義를 앞세워 봉기한 것과 부합한다. 당시 조선 안팎의 사정을 보면, 척왜양斥倭洋 없는 보국안민은 허망한 구호에 지나지 않는다. 거센 제국주의 외세의 무력 침략이 눈 앞에 벌어지고 있는 풍전등화의 상황을 벗어나는 일이 선결적이다.

서세동점의 세계사적 관점에서 보나 수운水雲 동학東學의 관점에서 보나, 척왜양을 실천하려면 서학西學 비판은 필수적이다. 기독교는 서양 문명의 근간이자 서구 제국주의가 수많은 침략 속에서 타국을 식민지로 삼고 이민족을 식민화하는 데에 종교적 문화적 첨병 역을 톡톡히 해왔기 때문이다.

강화도 전등사傳燈寺 경내에서 양요를 진압하는 천총千摠 양헌수에게 김필상이 전하는 말에서도 당시 이 땅에 침입한 양요와 밀접한 관계에 있는 '서학의 무리'에 대한 역사적 문제의식이 전해진다.

"양이들은 오륙백에 달하며 성능 좋은 총과 대포로 무장하였습니다. 훈련 상태가 양호하고 용감하여 다루기 어렵습니다. 오전엔 조선 군사가 들어온 것을 알지 못하였으나 서학의 무리가 일러바쳤을 것이므로 지금은 눈치챘을 것입니다."
(32쪽. 인용문 굵은 서체는 해설자의 강조임. 이하 같음)

'양이'와 '서학'은 뗄 수 없는 짝이다. 척왜양은 서학 비판이 필수적이다. 여기에 소설 『청년 녹두』가 안고 있는 근본적 문제의식이 있다. 소설에서 척왜양 또는 반제의식은 곳곳에서 심도 있는 서학 비판과 함께 드러난다.

●

위난에 처한 조선을 구하려는 청년 녹두와 일행은 대체로 '성장' 중인 나이이므로 소설 서사의 사실성 차원에서 본격적인 서학 비판과 반제국주의 논리를 펼치기에는 아직 역부족이다. 하지만 양이와 서학에 대한 비판에 비해 당시 몰락하는 조선왕조의 지배이념인 성리학 비판은 구체적인 데다 단호하고 날카롭다.

병호의 스승이 된 송진사는, "금구의 송진사라면 경서를 읽거나 과거를 준비하는 인근 서생들로서는 모르는 이가 없을 정도"고, "퇴계退溪를 읽어 뜻을 세운 후 한 번 대과에 낙방하고는 한사코 한사寒士로 머물며 학문에 전념한다는 인물"이다. 송진사는 열두 살 된 제자 병호에게, "양이들이 청국의 수부首府에 난입하여 원명원을 불사르고 또 다른 양이는 우리와 국경을 맞대게 되었다. 왜국도 양이에 굴복하였다 하니 저들은 어찌 이다지도 횡포하단 말이냐? 그럴수록 위정척사의 정기를 굳게 세워야 하거늘 모범답안 따위로 나를 속이고 시관을 속이고 성상을 욕보이겠느냐? 젊고 강직한 선비가 쏟아져야 사직은 유지될 것이다."(16쪽)라고 가르친다. 후에 병호가 송진사와 결별하는 사연이 이 말 안에 있다. 병호의 스승 송진사는 면암 최익현을 따라 종묘사직을 유지하는 위정척사론을 주장하는 반면, 훗날 스무 살 청년이 된 병호는 '성상(임금)과 사직'을 옹위하는 면암이나 송진사류의 위정척사론을 배척한다. 청년 녹두가 송진사와 결별하는 자리에서 남긴 대화 한 토막을 잠시 들어보자.

"스승님께서는 위정척사의 길을 말씀하시지만 그것은 무엇인지요? 사악한 것을 쳐 없애자는(斥邪) 말은 바른 것을 지키자는(衛正) 뜻이므로 위정이 본체입니다. 헌데 그때의 정正이란 저 중원의 말과 글이며 습속을 일컬으니 그 밖의 것은 배척하자는 뜻이 아닙니까. 저희만 빼고 나머지는 모두 없애자 하니 그것이 저 양이들의 짓거리와 무엇이 다르며 온 세상을 적으로 돌린대서야 어찌 참된 세상이 있겠나이까? 중원에 비록 향기로운 언행이 있으나 하고많은 꽃 중에 모란만 향기를 뿜진 않을 것입니다. 한때는 여진을 사악하다 하고 이제는 떠받들자 하니 위정이며 척사란 모였다 흩어지는 뜬구름 같은 것이 아닙니까? 너무 편협하여 으깨어지는 세상의 본체를 보지 못하게 하는 말입니다."

"네 이놈! 그러니 어쩌자는 것인지 말하라지 않느냐?"

"중원을 보지하자는 우물 안의 편벽을 벗어나야 합니다. 우리가 넘어야 할 것은 세상을 지우자고 덤비는 저 새로운 무리들입니다. 이제는 척양斥洋을 말하고 왜가 그들과 한패이니 척왜斥倭를 외쳐야 합니다. 중원이 아니라 숨 쉬는 모든 생령이

정正이요, 우리가 지켜야 할 것들입니다. 위정척사가 아니라 척양척왜입니다."

 이곳에 드나든 지 십 년인데 송진사의 눈에 병호는 무엇이었을까. 고집이 세고 주장을 세울 땐 주저하지 않지만 곤경을 면하고자 거짓을 고하는 아이가 아니었다. 학문의 길을 좇아 지극한 즐거움을 누릴 뿐 동몽을 모아 가르친 바 없는 송진사에게 병호는 유일한 제자였다. (中略)
 바람이 잦아들면 일렁이던 보리밭도 바로 서리라 믿었건만 이제 제자는 다른 길로 가겠다 말하는 중이었다.
 "네 이제 과거를 그만둘 작정이구나!"
 병호가 떨구었던 고개를 들었다.
 "저는 오늘의 등용 방식은 없어져야 한다고 믿게 되었습니다. 이제부터는 그 일을 할 생각이니 스승님의 바람을 저버리게 되었습니다. 저는 반상과 같은 신분의 나눔을 없앨 것이요, 작금의 조세방식도 부숴버릴 것입니다. 남녀 간의 구별도 시세에 맞지 않는 것은 거부할 것이요, 양이들의 저 각자위심이 세상을 도륙하도록 두고만 보진 않겠습니다. 그 준비를 하겠나이다."
 "그렇거든 임금도 아예 없애면 좋겠구나."
 "필요하면 그리할 것이며 조선을 망가뜨리는 일도 마다치 않겠습니다."
 눈을 감은 송진사의 손등에서 맥을 따라 힘줄이 뛰었다. 송진사가 눈을 뜨자 활시위 같던 팽팽함이 깨졌다.
 "매를 가져와라!"
 (299쪽, 굵은 서체의 문장은 의미 강조)

사실 위정척사를 운위하는 송진사나 면암 같은 하고많은 한사^{寒士}들이 인의예지를 신조로 삼아 절개와 지조를 지키며 생활하는 것이야 공경할 일이지 비판할 일은 아니다. 그렇다 하더라도, 조선의 멸망기에 잔반^{殘班}들이 여전히 중원을 사대^{事大}하는 모화사상을 벗어나지 못하는 것은 나라와 인민의 앞날엔 심각한 문제이다. 공자나 주자 사상이 문제가 될 수는 없지만, 조선 성리학이 생기를 잃고 시운이 다함을 깨닫지 못하는 것이다. 왕조의 지배 이데올로기인 유학이 명운을 다하고 그 민심의 운화^{運化}가 더 이상은 가망이 없어진 터. 그러므로 송진사나 면암 같은 한사들이 내세우는 위정척사란 중원과 사직^{社稷}을 지키는 선비의 고지식한 명분에 지나지 않는다.

송진사나 면암 같은 한사들은 양이와 왜제의 무력 침략에 대해 아무 대응 논리를 내놓지 못할 뿐 아니라 오히려 기존 왕조체제를 유지하고 민생을 억압하는 수구 이데올로그들로 민심을 거스를 수밖에 없다. 인의예지가 문제가 아니라 조선이 망하는 원인이 저 자신에게 있음을 송진사는 아직 깨닫지 못하는 것이다.

청년 녹두가 스승 송진사와 결별하며 '위정^{衛正}'의 뜻을 비판하는 중에, 주목할 대목이 있다. "그때의 정^{正}이란 저 중원의 말과 글이며 습속을 일컬으니 그 밖의 것은 배척하자는 뜻이 아닙니까. 저희만 빼고 나머지는 모두 없애자 하니 그것이 저 양이들의 짓거리와 무엇이 다르며 온 세상을 적으로 돌린대서야 어찌 참된 세상이 있겠나이까? 중원에 비록 향기로운 언행이 있으나 하고많은 꽃 중에 모란만 향기를 뽐진 않을 것입니다. 한때는 여진을 사악하다 하고 이제는 떠받들자 하니 위정이며 척사란 모였다 흩어지는 뜬구름 같은 것이 아닙니까? 너무 편협하여 으깨어지는 세상의 본체를 보지 못하게 하는 말입니다."

청년 녹두가 송진사에게 '중원中原'을 비판하고 '여진女眞'을 거론하는 것은 조선의 오래된 고질인 '중원 사대주의'를 비판하는 중에 나온다. 청년 녹두가 여진의 존재를 언급한 말을 조화造化의 이치로서 해석하면, 조선과 중원과 여진이 각자대로 상생하는 관점이 필요함을 역설한 것이다. 이 말은 기본적으로 각 민족 각 종족이 저마다 일군 습속들을 기꺼이 존중하는 것을 전제한다. 제국주의가 '강자가 가진 힘'의 숭배인 반면 사대주의는 '약자가 가진 힘'의 숭배 논리이다. 제국주의든 사대주의든 민심의 퇴적물인 이 땅의 습속을 억압하고 부정한다.

조선 사회 속에 뿌리 깊은 중원 사대주의를 비판하는 청년 녹두의 마음은 이미 무위이화(無爲而化, 造化)의 이치와 그 기운과 통하고 있다. "중원이 아니라 숨 쉬는 모든 생령이 정正이요, 우리가 지켜야 할 것들입니다. 위정척사가 아니라 척양척왜입니다."라는 말은 시천주侍天主의 조화 곧 '무위이화가 척양척왜의 근본정신'이라는 의미가 포함된 것이다. 이 청년 녹두의 말이 품고 있는 지극한 생명철학은 역사의 비극적 아이러니로서 동학혁명 전쟁을 통해서 현실화되니, 왜제국주의 정규군과 사대주의에 빠진 조선 관군의 가공할 무력에 의해 지극한 생명애를 실천하는 수십만 동학군들이 집단 학살을 당하는 근대사의 일대 참극이 벌어진 사실은 모두 다 아는 바대로이다.

정치든 문학이든 민심을 바로 알고 따르는 것이 천심을 따르고 '조화'를 따르는 것이다. 민심 속에 조화의 이치가 있고 조화의 정치가 나오므로. 민심은 근본적으로 특정한 계급의식에 따로 존재하는 것은 아니다. 농민과 선비를 따로 여겨 차별하는 것은 근본적인 오류이다.

> "논밭일을 한다고 농군이 되는 것은 아니요, 농군을 아는 것도 아니우. 내 친구 박치수는 농군이라도 스님이나 무당 같을 때가 많습디다. 경서를 읽지만 농군보다 더 농군다운 선비도 있단 말요. 그래 다산 같은 사람을 칭송하는 거 아니우? 임술년에 진주에서 일어났다는 민란을 생각해보슈. 몽둥이는 농군들이 들었지만 등장^{等狀}을 하고 꾸민 건 잔반^{殘班}이라잖소. 먹물이 그리 우스운 게 아닌 거유."(176쪽)

위 인용문이 숨긴 깊은 뜻을 찾자면, 가난한 선비를 가리키는 '한사^{寒士}'들의 공통된 의식(집단의식)은 그 자체가 '민심'에 속하는 것이다. 정치경제적 관점에서 계급성을 소인^{素因}으로 삼는 인민의식과는 다른 작가의식이 엿보인다. 양반도 승려도 천민도 민심과 통하면 하나가 될 수 있다는 것. 거꾸로 민심은 다수의 삶과 마음(多)이 서로 통하고 연결되어 '하나[一]'가 된다. 결과적으로 작가는 소설『청년 녹두』에서 동학혁명의 대의인 '보국안민' '척양척왜'를 실행하는 근본 동력은 구한말의 한사 무리와 승려 무리 등이 농민 계층과의 결속 관계에서 나오고 있음을 에둘러 보여준다.

그러므로 한사 또는 잔반, 승려(당취)들의 의식이 민심과 서로 소통하고 연합하여 기층민중의 거대한 에너지를 이루는 일이야말로 천지조화의 이치와 기운과 능히 통하는 것이다. 두레 전통이나 '유무상자有無相資'의 실천이 동학혁명의 실질적 동력이 되었듯이. 서구 근대의 전체주의적 계급론이 극복되어야 하는 것이다. 한사 무리의 의식을 서구 근대의 전체주의 이념으로 환원할 수 없다. 평민 한사 승려 천민 계층을 두루 아우르는 연대와 결속에서 작가 이광재는 '청년 녹두'의 '성장'의 깊은 의미 그 일단一端을 찾는 것이다.

소설『청년 녹두』의 서술자narrator가 전라우도 지리와 함께 전래의 습속을 풍부하게 살리고 있는 것은 이 소설이 지닌 특장이며 미덕이다. 조선왕조가 무너지던 정치적 혼란의 시기에 전라우도의 옛 지리를 일일이 답사하며 지역의 풍속을 수습하는 데에 작가가 성실한 노력을 기울인 자취가 뚜렷하다. 이점은 이 소설이 지닌 생명력의 원천으로서 높이 평가할 만하다.

지리도 그 지역 주민의 오랜 습속이 남긴 자취라 할 수 있다. 전라도 유역의 지리를 세심하게 밝히는 작가 정신은 정치적 사건들에 머물지 않고 자연히 지역 주민들의 생활 속에 남아 있는 풍속을 채록하고 독자적인 서사敍事와 문체 속에 살려낸다. 기층민중의 삶을 이야기하는 서사문학에서 정치사 일변도의 민중 서사는 이념소설형으로 흐르기 십상이다. 이념에 치우친 정치사보다 기층민중들의 삶 속에 전해오는 풍속(혹은 민담)의 창조적 재생이 외려 '조화造化에 합하는 민중 소설'의 본령에 속한다고 할 수 있다.

　소설 『청년 녹두』에 생기를 불어넣는 주요 동기 중 하나는, 고부 금구 유역의 민심에 남은 옛 지리와 습속의 재생이다. 비근한 예를 들면, 고부 소금실에서 병호의 할머니 장씨가 노환으로 돌아가자 장례 치르는 풍경을 세세히 설명하거나 삵에 물린 백구를 한 식구로 여겨 정성껏 치료하는 장면, 부친 기창의 약재 전 이야기나 병호와 숙영의 혼례와 신혼살림 등이 소소하나 정답게 다뤄지는 장면 등도 작가의 실사구시 정신과 함께 민중의 생활과 풍속의 시야에서 서사의 기운을 가만히 드러낸다. 지역 습속은 주민들의 집단적 심성의 표현으로 지역 고유의 지령과 지기地氣를 품고 있다.

　소설 『청년 녹두』는 뒤로 가면서, 남도 쪽으로 광양 구례 하동이 이어지다가 이내 충청도 내륙지역인 공주 동학사 진산 단양으로 올라가기도 한다. 또 경상남도 영해 부산으로 연결되다가 저 멀리 북관의 두만강 인근으로 올라간다. 이는 이 소설 속의 지리의식과 공간 감각이 한반도 전역은 물론 북방 여진의 땅에 이르기까지 드넓은 광역을 아우르고 있음을 암시한다. 소설의 심연에 큰 선각들이 '이 땅의 혼'을 체득하려 주유천하周遊天下하였듯이 고유한 지령地靈의 존재가 은밀하게 느껴지기도 한다. 이 소설이 안고 있는 광활한 지리의식과 특이한 공간 감각은 외세의 끊임없는 침략과 내우외환 속에서도 지켜온 겨레의 터전인 한반도의 강역을 의식적으로나 무의식적으로 확인하는 작가 정신과 무관하지 않다.

특히 후일 동학군의 지도자가 될 청년 녹두 김필상 김기범 등 일행이 함경도 경흥 땅에 관노로 끌려간 다금발이를 구출하기 위해 북관행北關行을 감행하는 마지막 장은 이 소설이 지니는 여러 상징성 중에서 주목된다.

　

서구 근대문학에서 '성장소설Bildungsroman'은 시민계급혁명의 이념과 '시민'의 정신적 이상을 보여주는 한편, 시민적 이상의 역사적 좌절, 그리고 '체념諦念'을 문학적 진형典型으로서 보여준다. 하지만 지금 중요한 것은 이 땅에서 우리에게 과연 '성장소설'의 의미와 그 가능성이 무엇인가를 스스로 묻는 일이다. 서양 근대 시민사회가 안고 있는 모순과 부조리가 인류의 생존에 심각한 문제를 드러내는 오늘날, 소위 서구 근대적 이성 혹은 과학적 이성의 한계를 바로 보고 대안적 정신을 모색해야 하는 것이다. 서구 자본주의가 낳은 '시민적 이성'의 한계도 극복의 대상이다. 이러한 서구 근대가 쌓고 세운 사회적 문화적 유산들을 해체하고 극복하는 새로운 정신과 사상을 모색하는 일은 우리 시대가 안고 있는 당위의 과제라 할 수 있다. 이 과제에서 한국문학도 피할 수 없음은 물론이다. 문학은 본질적으로 모든 정신적 모색과 도전의 최전위이며 고유하고 주체적 정신의 파수꾼이다.

서구 근대 이후 문학은 흥미로운 '사건' 위주로 대중의 관심을 자극하는 시장주의^{市場主義} 소설^{novel}류, 뿌리 없는 의식과 감각이 지배하는 탐미주의 소설류, 사생활에 침잠하는 개인주의 소설류 그리고 서구 근대가 낳은 낡은 이념형 소설류에 의해 지배되어 온 터이다.

작가가 직접 『청년 녹두』를 '성장소설' 유형을 염두에 두고 창작하였음을 밝힌 점을 고려하면, 서구 제국주의가 강력한 무력을 앞세워 마구 날뛰던 구한말에 '청년 녹두'가 '척왜양'의 정당성에 눈뜨면서 자기 주체성을 찾고 수운 동학을 통해 세계관을 바로 세우는 과정을 보여주는 것은 지당하다.

그러므로 소설 『청년 녹두』가 품고 있는 성장의 뜻은, 서구 근대문학의 성장소설류와 다를뿐더러, 한국 근현대문학에서 간간이 나타난 성장소설들과도 사뭇 다르다. 타락한 세계와 갈등하는 '문제적 주인공$^{Das\ problematische\ Mensche}$이 세속적 방법으로 진실한 세계를 추구한다'는 성장소설의 도식과는 근본적인 차이가 있는 것이다. 간단히 말해, 『청년 녹두』가 품은 '성장'의 의미는, 주인공이 민생 속에서 민심의 본성인 조화(無爲而化)의 이치를 깨치고 조화의 기운에 따라 타락한 세계의 변화를 꾀하는 것이다. 민심과 조화를 따르는 성장소설은 서구의 성장소설 이념과는 근본적으로 다를 수밖에 없고 그 내용과 형식 또한 다를 수밖에 없다.

　이 땅의 반만년 정신사를 오롯이 잇고 있는 수운 동학의 관점에서 '성장소설'의 의미를 찾을 수도 있다. 소설의 주인공인 청년 녹두에게 영향을 주는 귀감은 그의 일행 중에 필상이라는 인물인데 그를 주목할 필요가 있다.
　주인공 병호는 훗날 '녹두장군'이라 불리는 전봉준이고, 김필상은 동학농민혁명 당시 원평대접주로 활약한 역사적 인물이다. 특히 필상은 병호에게 중요한 의미를 지닌 인물이다. 필상은 1866년경 "십 년간 읽던 경서를 내던지고 스무 살이 되자 십 년간 주유하리라 하면서 조선 팔도를 떠돌았고 병인년에는 북관을 주유하였는데 황주 동선령을 넘어 남으로 내려올 적에 한양 사는 한서방과 길동무를 하게 되었"(18쪽)고, 강화도에 동행하게 되어 병인양요를 체험하게 되며, 강화도 김진사댁 소년 노비 다금발이와 인연을 맺게 된다. 필상이 강화도에서 체험한 양요는 소설 『청년 녹두』의 이야기 구성에서 중요하지만, 소년 노비 다금발이와 만남 이후 둘 사이의 깊은 우애는 인상적이고 감동적이다. 병호보다 열 살가량 손위인 필상은 성심과 공경심과 신의가 깊은 행동가로서 동학사상의 요체인 이른바 '성경신(誠敬信)'의 화신과 같이 '청년 녹두 병호'와 그 일행에게는 더없이 모범적인 인물이다. 병호와 필상의 관계 속에서 이 땅의 고유한 성장소설이 보여주는 전형적 인간상(像)의 가능성을 찾을 수도 있다.

아울러 동학을 통한 성장소설의 미학을 모색하는 일과 관련하여 지나칠 수 없는 대목이 있다.

소설 『청년 녹두』의 곳곳에서 조화의 이치와 연관되는 문학적 통찰을 엿볼 수 있다. 그중 한예를 보자.

병호의 요청에 희옥이는 고개를 끄덕였고 기범이는 곰방대를 갈무리하였다.

"문인화를 상기해봅시다. 먹으로 농담을 자아내 산과 물을 짓고 낚시하는 노옹을 그려냅니다. 그리고 여백이 있는데 그 안에 무엇이 있습니까. 풀이며 나무며 사람과 하늘이 있지요. 세상이 사람만을 위해서 있는 건 아니란 뜻입니다. 되레 그들 중 하나요, 달리 특별할 게 없는 종자지요. 천명이란 말이 있고 하늘 무서운 줄 알라고 합니다. 그 천이니 하늘이 바로 여백에 있는 것들입니다. 그런데 저 서학에서는 모든 것이 천주의 뜻이라 하니 여백은 없지요. 천주와 소통하고 느끼는 사람만 주인이라면서 다른 쪽을 침략하는 이치가 서학의 요체인지 궁금합니다. 제가 알고 싶었던 것은 이양선을 포함해 양이들의 기물이 천주학에 바탕을 두었는가 하는 점입니다. 단서를 찾을 수 없었지요. 하지만 그에 기초를 두었든 말든 양이들은 저 기물을 이용해 약한 나라를 침범하지 않습니까. 남의 것을 빼앗는 이치가 즐거움 때문이랄 순 없으니 즈이끼리 살 찌우려는 수작입니다. 아무리 사람 사는 편리가 도모된다 해도 그 기물이 나만 배 불리는 일에 쓰인다면 우린 물어야 합니다. 그건 정말 대단한 일인가 하고 말입니다."

"서방님."

> 필상을 부르는 행랑아범 아들 녀석의 목소리가 들렸다. 올해 열다섯인 녀석은 필상이 서당까지 주선하였으나 간신히 문자를 깨치고는 부모를 도와 농사일을 거들었다. (141쪽)

과거 문인화의 전통에서 '여백'의 미학이란 무엇일까. 저 기범의 말 속에는 작가 이광재가 넌지시 이 질문에 대해 고민하고 나름의 답을 내고 있음이 감지된다. 알다시피, 여백은 없음(無, 空)이 아니다. 동학의 시각에서 보면, 무위이화의 작용이 없는 여백은 여백이 아니다. 특히, 예술 작품에서 여백은 무위이화가 작용하는 마음속의 처소處所이다. 소설 『청년 녹두』가 품은 여백의 훌륭한 예를 하나 들면, 소설의 전체적 구성plot에서 찾아진다. 총 열두 이야기 토막들로 이루어진 소설의 전체 구성은 '큰 사건'의 시작과 결말이 따로 두어지지 않는다. 이야기의 중심을 이루는 큰 사건의 시작과 결말이 없으니, '소소한 사건'들이 서로 보이지 않는 가는 실로 연결되어있는 듯하다. 겉보기엔 녹두의 청소년기를 연대기적 흐름을 통해 보여주고 있음에도, 소설의 구성과 전개는 인과론적 시간을 따르지 않는다. 합리적 시간성은 표면적 흐름일 뿐 소설의 이면에서는 무궁한 조화의 시간성이 흐르는 것이다. 소설을 구성하는 각각 독립적인 이야기 장들은 마치 열두 폭 병풍屛風의 펼침과도 같이 각 장의 이야기들이 청소년기 녹두의 연대기 형식 속에서 나열될 뿐이다.

소설에서 합리적 시간을 따르는 큰 사건의 처음과 결말이 없으니 사건(이야기)의 이전과 이후는 무궁한 조화(無爲而化)의 기운 속으로 열린 상태에 놓인다. 여기서 생기를 머금은 은밀한 조화의 여백이 생성된다. 따라서 '소설의 여백'은 무궁한 조화가 은밀하게 작용하는 마음(修心 守心)의 시간이요 지기至氣의 시간(今至)이다. 그러므로 소설의 은폐된 여백은 '독자의 마음(誠心)' 여하에 따라 반응하고 드러난다. 이 여백이 지닌 무위이화의 기운이 독자들의 마음을 움직이는 것이다.

앞서 잠시 말했듯이 『청년 녹두』에서 전라우도의 습속들이 이야기 흐름 속에서 필연적인 이유 또는 인과론적 논리와 별로 관계 없이 서술되는 것도, '여백'의 형식에서 해석될 수 있다. 습속은 민심의 퇴적으로서 소설의 안팎을 통하게 하는 '보이지 않는 조화의 기운'이기 때문이다. 여백의 조화는 작가의 수심정기修心正氣, 절차탁마 여하에 달린 한편, 독자도 이 조화의 기운 속에 들기 위해서는 스스로 수심 혹은 성심을 갖추는 것이 필요하다.

이광재의 소설 『청년 녹두』는 민심과 조화의 뜻을 깨치고 터득하면서 마침내 탈근대의 '개벽소설'을 향한 큰 걸음을 내디딘 뜻깊은 소설작품이라 할 수 있다. ◎

작가의 말

　동학농민혁명을 다룬 소설 『나라 없는 나라』를 2015년 펴냈다. 그 몇 해 전에는 전봉준 평전 『봉준이, 온다』를 출간했는데 그러한 누적들로부터 내가 다룬 인물의 증손으로 추정되는 이를 『전봉준 장군과 그의 가족 이야기』를 발간한 송정수 선생의 소개로 만났다. 광주의 한 미술관에서 만나 안면을 익히고 얼마 뒤에는 장흥에서 이틀 밤을 지내며 허리띠 풀고 그야말로 끝장을 보고 말았던 것이다. 그곳에는 환쟁이와 석수쟁이가 동석했으며 유전자 검사니 뭐니 따질 것도 없이 두 그림쟁이는 눈빛과 생김만으로 그가 한 세기 전의 키 작고 눈 커다란 사내와 핏줄임을 뚫어보았다. 이틀에 걸쳐 그이가 술회한 이야기는 송정수 선생이 저서에서 밝힌 내용들과 대동소이했지만 학자들이 고증했거나 민간에서 구전된 이야기 사이의 여백을 지어서는 메울 수 없는 서사로 가득 채우고 있었다. 그 뒤 진주에서 한 번 더 그이를 만나고 돌아와 오래전부터 쓰려고 했던 작품을 집필하기 위해 칩거에 들어갔다.

　하지만 새로운 소설을 쓰는 도중에 그이와 세 차례에 걸쳐 나눈 이야기들이 자꾸 끼어 들어와 작업을 방해했다. 특히 동학농민혁명의 그 지도자가 십 대 초반에 과거시험을 보려고 김제 봉남의 선비를 찾아 글공부하다가 십 년 후 작파하고 스승과 결별했다는 이야기는 끈질기게 옷소매를 잡아당겼다. 십 대 초반에서 이십 대 초반으로 넘어가는 그 십 년 동안 과연 무슨 일이 있었단 말인가. 전봉준은 심문 기록 『공초供招』에서 집강소 시절 행정 총책인 도집강 송희옥을 처족 칠촌이라고 말하였는데 학자들의 설명이나 세간의 평가와 달리 동학농민혁명의 지도자 가운데 그 두 사람의 인연이 연대기적으로 가장 앞선다는 이야기는 그야말로 금시초문이었다. 또한 총관령을 역임한 대접주 김덕명이 전봉준의 외가 쪽 인사였을 거라는 추측과 달리 실은 사돈간임을 설명한 대목도 꽤나 흥미로웠다. 거기에 아직 지도자로 발돋움하기 전의 김개남까지 더해져 이 청년들이 날마다 찾아와 놀자고 보채는 바람에 더는 소설 작업에 매진할 수 없었다. 결국 두 손 다 들고 그들의 젊은 시절 행적을 따라 호남은 물론 공주의 동학사와 서산의 천장암, 이필제가 변란을 일으킨 경상도 영해 땅에 이르기까지 답사길에 나서지 않을 수 없었다.

사상계 일각에서 최근 동학을 천착하게 된 것은 시류를 따라서가 아니라 인류의 미래에 관한 한 담론으로 우리 내부에 이러한 사상이 일찍부터 내장돼 있었기 때문이다. 서구의 합리적 이성 대신 내유신령內有神靈을 강조했던 선각들의 사유가 이 근대의 노을 속에서 아닌 게 아니라 거대한 구원의 손길로 여겨지기도 한다. 이 소설의 주인공들이 물밀듯 밀어닥치는 서구의 근대 이성을 뛰어넘어 새로운 길로 나아가려 한 점은 지금 보아도 등골 서늘한 통쾌가 아닐 수 없다. 그들은 보국안민輔國安民이라는 보편적 세계상을 넘어서서 이를 척양척왜斥洋斥倭라는 구호로 정식화했다. 하지만 그런 문제의식이 비단 우리에게만 있었다는 이른바 '국뽕'을 말하고 싶은 생각은 없다. 아메리카 대륙의 인디언과 서구 제국주의에 맞서 뛰어다닌 아프리카 대륙의 싱싱한 영혼 속에도 동학은 싹트고 있었을 것이다.

훗날 동학농민혁명의 지도자가 된 네 사람의 이야기 외에도 이 소설에는 또 다른 한 실존 인물이 등장하며 그는 스님으로 법명은 경허鏡虛다. 학자들은 실증을 중시하기 때문에 언급하기 꺼리지만 한국 현대불교의 초석을 다진 십구 세기의 저 경허선사가 동학농민혁명의 총대장이었던 전봉준과 처남 매부 사이라는 방증은 매우 강력하다. 1926년에 장도빈張道斌이『갑오동학란과 전봉준』에서 말한 내용들과 김태흡金泰洽이 일제시대에 쓴『인간 경허-경허대사 일대평전』을 살필 때 한 거대한 인물은 자연스럽게 교직되어 떠오른다. 김태흡이 그 글에서 밝힌 경허 송동욱의 아버지가 송두옥宋斗玉인 점은 천안전씨 족보 가운데 병술보丙戌譜에서 언급한 전봉준의 장인 이름과도 정확히 일치한다. 그러니까 이것은 전봉준의 부인 송씨와 경허가 남매간이라는 말인데 광주와 장흥과 진주에서 만난 그 증손이 전봉준의 장녀 전옥례全玉禮를 살아생전 진안으로 찾아가 들었다는 전봉준의 두 처남이 승려였더라는 말도 경허와 그의 형 태허太虛스님의 경우를 대입해보면 딱 아귀가 맞는다. 김태흡은 경허가 전주 우동마을에서 태어났다고 말하는데 사람들은 '우동마을'을 이러쿵저러쿵 이야기하지만 조선시대 전주 북쪽의 '우동면'이 분명해 보이며 당시의 '봉상면'과 합해져 오늘날 '봉동'으로 개칭된 지역 아닌가. 역사학자 김상기$_{金庠基}$를 포함해 많은 사람들이 한때 전봉준 일가가 봉동에 살았음을 증언하고 있으니 봉동이나 그 옛날의 우동과 전봉준은 깊은 연관을 맺었다고 봐야 할 것이다. 물론 이 모든 것은 방증일 뿐이므로 사학자들로서야 과제로 남겨둘 일이지만 문학은 사정이 다르다. 작가에게도 실증은 중요하지만 사실과 사실 사이를 채우고 있는 이 무궁무진한 서사야말로 실증을 뛰어넘어 우리에게는 위대한 직관을 안겨준다. 이 문제는 사학계뿐 아니라 불교계에서도 주목할 일이려니와 그보다 먼저 언급할 권한이 문학에 있다는 사실을 이 기회에 덧붙이고 싶다.

꼬박 일 년을 집필하고 꼬박 일 년을 묵힌 뒤 꼬박 일 년 동안 한국농정신문에 『이양선』이라는 제목으로 이 소설을 연재했다. 한국농정신문은 농민들의 삶과 이해를 대변해왔기 때문에 동학농민혁명 지도자들의 성장기를 연재하기에 더없이 적합하다고 보았다. 출간을 도서출판 한국농정에서 하게 된 연유도 마찬가지인데 처음 시작할 때의 제목은 『이양선』이었고 연재도 그렇게 하였으나 단행본으로 내면서는 『청년 녹두』로 바꿨다. 제국주의나 서구의 합리적 이성을 상징하는 말로 이양선이라는 용어가 적절하긴 하나 청소년들과 청년 세대에게는 낯선 말로 비칠 수 있다는 우려에 공감했다. 아울러 각 장의 머리에 얹어둔 소제목은 단가 사철가에서 가져왔음도 이 참에 밝혀둔다.

2024년 겨울

연재를 끝내고 후기를 쓴 얼마 뒤에 시절을 잘못 읽은 자들이 내란을 일으키자 사람들이 한파의 거리에 나섰다. 그런 한편 전국농민회총연맹의 '전봉준 투쟁단' 단원들은 그 옛날처럼 다시금 트랙터를 몰고 질주해갔는데 그들을 막아선 공권력에 항의해 많은 청년과 시민들이 남태령으로 몰려갔다. 우금티전투의 현대판인 남태령전투 끝에 마침내 서울에 입성하였으니 우리 역사에 그때 그 사건은 현재진행형이 아니고 무엇인가.

서구에서 비롯된 의회주의는 그나마 가장 바람직한 정치제도로 여겨졌으며 그런 대의적 의회제도를 정착시키고 실현하기 위해 많은 노력을 기울였고 또 싸웠다. 그리하여 일정한 성과를 거둔 것으로 보였으나 이것이 실은 얼마나 허약한지 최근 목격한 바 있다. 그렇다면 경험이 일천하다든가 남북 분단과 같은 우리만의 특수성 때문으로 진단하면 그만인가. 하지만 분단도 없고 장기간 의회주의를 경험한 서구는 어찌하여 위기를 맞는 것인가. 매우 자의적이게도 이런 현상은 특정 사회의 불완전성이 아니라 서구 근대의 정치체제 자체의 문제가 아닐까 의심하게 한다. 이 의심은 합리적 이성과 과학이야말로 미신이라는 막다른 결론으로 우리를 안내한다. 이런 의미로도 척양척왜를 정식화한 청년 녹두들의 문제의식을 들여다보지 않을 수 없는 것이다. 동학농민혁명 당시 보국안민과 더불어 제출한 척양척왜의 알맹이는 당대에도, 그 이전에도 선학들에 의해 활발히 논의되었거니와 이제 다시금 새겨보는 것은 단순한 복고가 아님을 염두에 두어야 한다. 이미 이런 논의의 씨앗불이 타고 있음은 그나마 반가운 노릇이다.

전북대학교 철학과의 유학자 황갑연 교수께서 구멍이 숭숭한 원고를 읽고 고견을 주셨다. 우리에게 유역문학론이라는 귀중한 논거의 틀을 제공한 문학평론가 임우기님이 해설을 해주셨으니 복을 받았다. 뒷표지를 장식해주신 원광대학교 박맹수 교수님, 전봉준투쟁단 하원오 총대장님, 표지에 그림을 싣도록 허락해주신 임의진 목사님도 고마운 분이다. 한국농정신문 관계자 여러분 고맙고, 밤하늘에 반짝이는 은하계 너머의 별들에게도 감사를 드린다.

잘 가라, 벗들이여 청년 녹두들
나의 분신인 주인공들이여.

2025년 봄

청년 녹두

초판	2025년 3월 15일
지은이	이광재
펴낸이	하원오
펴낸곳	도서출판 한국농정
등록	제318-2007-000115호
주소	서울시 용산구 한강대로40가길 7 풍양빌딩 5층
	전화 : 02-2679-3693 / 팩스 : 02-2679-3691
전자우편	kplnews@hanmail.net
홈페이지	http://www.ikpnews.net
편집 디자인	뉴톤 커뮤니케이션스
인쇄	(주)재원프린팅
판매가	18,000원
	ISBN 979-11-89014-23-0